MALÉDICTION DE NOËL

UNE ROMANCE PARANORMALE

UNIVERSITÉ DU PÔLE NORD
TOME QUATRE

MARIE-HELENE LEBEAULT

TABLE DES MATIÈRES

CHAPITRE UN

LE SORTILÈGE DE LIEN

IVY

La potion a explosé.

Pas au sens figuré, pas de façon spectaculaire. Elle a littéralement explosé, projetant des éclats de chaudron en cristal à travers le laboratoire d'Applications Magiques Avancées de la professeure Frostwick et recouvrant la moitié du plan de travail de ce qui était, trois secondes plus tôt, une essence de menthe d'hiver parfaitement dosée.

Dehors, derrière les hautes fenêtres du laboratoire, une neige fraîche commençait à tomber, de ces flocons doux et persistants qui marquaient le début du semestre d'hiver de la NPU. Le parfum des bougies à la menthe poivrée du couloir se mêlait à l'odeur âcre et piquante de l'incident magique, créant une toile de fond étrangement festive pour un chaos total.

Je me suis cachée derrière ma paillasse tandis que le chaos éclatait autour de moi. D'autres étudiants se sont éloignés en toute hâte de la zone d'explosion, leurs charmes protecteurs s'activant en de brillantes démonstrations de magie défensive. Étant la plus petite fée du laboratoire, je parvenais habituellement à passer inaperçue lors de ce genre de catastrophes. Mais pas aujourd'hui. L'odeur âcre d'herbes brûlées et d'ozone emplissait l'air, se mêlant à l'odeur piquante de l'incident magique qui a mis mes instincts de fée en alerte.

— Que tout le monde reste calme ! a tonné la voix de la professeure Frostwick, sa magie de glace s'activant déjà pour contenir le plus gros des dégâts. Le givre s'est étendu sur la potion renversée, neutralisant ses effets avant qu'elle ne puisse ronger le sol du laboratoire. — Barrières de protection en place jusqu'à ce que nous puissions évaluer...

Mais je n'écoutais plus. Car là, scintillant parmi les éclats de cristal éparpillés sur mon plan de travail, se trouvait quelque chose qui n'était certainement pas dans mon chaudron trente secondes plus tôt.

Un charme. Petit, complexe et vibrant d'une sorte d'énergie sombre qui a fait reculer instinctivement ma magie de lumière. Il ressemblait à un flocon de neige miniature sculpté dans de la glace noire, ses bords délicats semblant absorber l'éclairage vif du laboratoire. Même de là où j'étais, je pouvais sentir l'ampleur de sa présence magique, comme un nuage d'orage compressé en un objet à peine plus grand que mon pouce.

Sans réfléchir, car si j'y avais réfléchi, j'aurais su que c'était une mauvaise idée, je l'ai attrapé.

Au moment où mes doigts se sont refermés sur le charme, une douleur fulgurante, comme un éclair gelé, m'a parcouru le bras. Le monde a basculé, les couleurs se fondant les unes dans les autres tandis qu'une énergie magique que je ne reconnaissais pas inondait mon système. J'ai entendu quelqu'un crier, réalisant vaguement que c'était peut-être moi, et puis,

Connexion.

Sa puissance s'est abattue sur moi comme une avalanche.

J'étais un flocon de neige pris sur sa trajectoire, fragile, minuscule, complètement submergée par l'ampleur de cette magie qui éclipsait tout ce que j'avais pu imaginer. Ce n'était pas le partenariat magique, doux et consenti, dont j'avais lu la description dans les textes théoriques. C'était brut, violent, involontaire. Une attache magique qui s'est enclenchée entre ma conscience et celle de quelqu'un d'autre avec toute la subtilité d'un traîneau en pleine collision.

Le charme a fusionné avec mon poignet dans un flash de lumière argentée qui a laissé des images rémanentes danser devant mes yeux. Là où il a touché ma peau, des runes complexes ont commencé à apparaître, montant en spirale sur mon avant-bras en des motifs qui semblaient anciens et certainement non approuvés par les programmes que j'avais étudiés.

— Qu'est-ce que... ai-je commencé, avant de m'interrompre alors que la connexion se stabilisait et que je le sentais. Lui. Une autre présence magique liée à la mienne par des chaînes que je n'avais pas choisies et que je ne pouvais pas briser.

Et il n'était pas content du tout.

Une fureur s'est écrasée sur ma conscience, contrôlée, glaciale, et si intense qu'elle aurait dû m'anéantir complètement. Mais d'une manière ou d'une autre, et c'était impossible, sa colère avait quelque chose de... stabilisant. Comme l'œil d'un cyclone où je pouvais enfin reprendre mon souffle. Suivie immédiatement par quelque chose qui aurait pu être de la peur, bien qu'elle fût enveloppée dans tant de couches de glace protectrice que je ne pouvais en être certaine.

De toutes les fées, a dit une voix dans ma tête, qui n'était pas la mienne, mais bien masculine, et qui dégageait le genre de résignation amère habituellement réservée aux étudiants qui venaient de réaliser qu'ils avaient raté leurs examens finaux. Pourquoi fallait-il que ce soit lui ?

Attendez. Ce n'était pas juste. C'était moi qui pensais aux fées. La voix dans ma tête pensait aux fées. Ce qui voulait dire,

— Mademoiselle Snowfall ! m'a interpellée la professeure Frostwick, son ton sec me tirant de mon vertige magique. — Éloignez-vous de ce que vous tenez à l'instant !

Mais je ne pouvais pas m'éloigner. Je ne pouvais même pas bouger. Car la rune de lien flamboyait encore de puissance, et à travers elle, je sentais une autre signature magique répondre à la mienne. Un givre sombre rencontrant une lumière aussi vive que la glace dans une danse chaotique qui a fait monter nos deux pouvoirs en flèche de manière imprévisible.

Des livres se sont mis à voler.

Non pas selon un schéma organisé, juste des mouvements soudains et violents, la magie instable irradiant du charme affectant chaque objet enchanté du laboratoire. Les chaudrons cliquetaient sur leurs supports comme des grelots de traîneau pris dans une tempête de vent. Les jardins de glace soigneusement cultivés le long des fenêtres se sont fissurés et reformés en d'étranges formes tordues. Les supports de démonstration de la professeure Frostwick ont pris vie, filant à toute allure dans la pièce comme des lutins sous caféine. Même les couronnes de houx décoratives qui bordaient les murs supérieurs du laboratoire ont commencé à se décrocher, leurs baies enchantées s'éparpillant sur le sol en de minuscules explosions de lumière rouge.

— Tout le monde dehors ! a ordonné la professeure Frostwick, sa propre magie flamboyante alors qu'elle tentait de contenir le chaos. — Maintenant !

Les étudiants ont fui vers les sorties, mais je suis restée figée à ma paillasse, transpercée par la sensation de la magie de quelqu'un d'autre s'entrelaçant avec la mienne, que je le veuille ou non. Les runes sur mon bras pulsaient au rythme d'un battement de cœur qui n'était pas le mien et, à travers cette connexion non

désirée, j'ai perçu des éclairs de sensations qui ne m'appartenaient pas.

Des couloirs de pierre. Le parfum des tempêtes d'hiver. Une
solitude profonde, à vous briser les os, qui a rempli ma poitrine
d'une sympathie que je ne pouvais pas me permettre de ressentir.

Puis des pas, rapides et déterminés, approchant du laboratoire
depuis le couloir principal.

La porte s'est ouverte à la volée, et Rowan Blackthorn est entré
d'un pas décidé dans le chaos.

Je l'avais déjà vu sur le campus, bien sûr. Tout le monde l'avait
vu. Impossible de le manquer, grand, les cheveux sombres, et
enveloppé dans ce genre de magie hivernale qui poussait inconsciemment les autres étudiants à s'écarter sur son passage. Il y
avait des histoires sur sa famille, des murmures de malédictions
et de complications politiques qui suivaient le nom des Blackthorn comme des ombres persistantes.

Mais je ne l'avais jamais vu de près. Je n'avais jamais remarqué
l'intelligence vive dans ses yeux clairs, et je n'aurais pas dû le
remarquer maintenant, avec tout ce chaos, ni la façon dont il se
déplaçait comme une tempête à peine contenue dans une forme
humaine. Toute cette puissance compressée dans une silhouette
qui parvenait tout de même à me faire sentir comme un moineau
face à une tempête hivernale. J'aurais dû détourner le regard, me
concentrer sur la crise, mais quelque chose dans sa présence
rendait impossible de penser à autre chose. Et je n'avais certainement jamais senti sa magie répondre à la mienne avec une reconnaissance qui court-circuitait toute pensée consciente.

Il s'est arrêté à un mètre de ma paillasse, son regard fixé sur le
charme fusionné à mon poignet, et a prononcé les derniers mots
que je m'attendais à entendre du solitaire le plus notoire du
campus :

— Nous avons un problème.

La certitude désinvolte dans sa voix a fait naître en moi une envie de rire hystériquement ou de lui jeter quelque chose à la tête. J'étais là, liée par une magie que je ne comprenais pas à quelqu'un à qui je n'avais jamais parlé, et il avait l'air de discuter d'un conflit d'emploi du temps légèrement gênant. Comment pouvait-il être si calme alors que mon monde venait de basculer ?

La rune de lien a flamboyé de nouveau, plus vive cette fois, et j'ai senti nos signatures magiques s'aligner. Pas en harmonie, cela viendrait plus tard, si jamais cela venait. C'était une reconnaissance, un accusé de réception, la première note d'une chanson qu'aucun de nous n'avait choisi de chanter.

Autour de nous, le chaos du laboratoire s'est intensifié. Le matériel en cristal vibrait en résonance sympathique. Les potions restantes dans leurs alcôves de rangement ont commencé à luire d'une puissance empruntée. Même les sorts de confinement de la professeure Frostwick ont vacillé alors que la force qui avait créé le lien entre nous se nourrissait de l'énergie magique de la pièce.

— Tu peux le briser ? ai-je demandé, levant le bras pour lui montrer les runes qui ornaient maintenant ma peau comme des tatouages argentés complexes.

L'expression de Rowan s'est assombrie, plus noire qu'une nuit d'hiver. — Si je pouvais le briser, tu crois que je serais là ?

À travers le lien, j'ai senti la vérité qu'il ne disait pas : il avait déjà essayé. Il avait senti le lien se mettre en place où qu'il se soit trouvé sur le campus et avait tenté tous les sorts de rupture qu'il connaissait avant de se diriger vers le laboratoire.

Rien n'avait fonctionné. Au contraire, ses efforts n'avaient fait que renforcer la connexion.

Ce qui aurait dû me terrifier. Au lieu de ça, entendre ses pensées dans ma tête me semblait étrangement... juste. Comme trouver la pièce manquante d'une chanson que je n'avais pas réalisé être incomplète.

— Alors, qu'est-ce qu'on...

La porte du laboratoire s'est de nouveau ouverte à la volée, révélant cette fois Dylan Vixen et Lyra Lumina. Ils ont jaugé la scène d'un regard rapide et professionnel : le chaos magique, la rune de lien sur mon poignet, la façon dont Rowan et moi étions figés, pétrifiés par des forces que ni l'un ni l'autre ne comprenions.

— Bon, a dit Dylan avec le genre de résignation joyeuse qui suggérait que ce n'était pas sa première rencontre avec des phéno-mènes magiques incontrôlés. — On dirait qu'on a affaire à une situation de lien ancien. Lyra, des idées ?

Lyra était déjà en mouvement, sa magie de lumière flam-boyante alors qu'elle commençait à analyser les schémas d'énergie irradiant du charme. — Clairement pré-institutionnel. La signature magique suggère des origines de la Cour d'Hiver, probablement conçu comme un outil de liaison politique plutôt que romantique.

— Liaison politique ? ai-je couiné.

— Pense mariage arrangé, a dit Dylan pour m'aider — mais avec la magie qui fait les arrangements.

Mon estomac s'est noué. — Et la partie contrainte ?

— Ah, ça. Le sourire de renard-garou de Dylan est devenu légèrement désolé. — Si vous essayez de lutter trop fort contre, les deux participants risquent un contrecoup magique qui pourrait endommager de façon permanente vos capacités d'incantation.

La rune sur mon poignet a pulsé, comme pour répondre à l'ex-plication, et j'ai senti une autre vague de la fureur contrôlée de Rowan s'écraser sur ma conscience.

C'est exactement ce que ma famille ferait, sa voix mentale était empreinte d'une familiarité amère, mais elle a résonné en moi comme une cloche parfaitement accordée. Magie ancienne, pas de choix, pas de clause de sortie.

Un frisson m'a parcouru l'échine, qui n'avait rien à voir avec la température du laboratoire. Il y avait quelque chose sous ses mots, une noirceur, un poids qui parlait de secrets bien plus dangereux que de simples politiques familiales. Quelle que soit l'affaire dans laquelle les Blackthorn étaient impliqués, c'était plus profond et plus effrayant que ne le laissaient entendre les rumeurs du campus.

Ta famille a fait ça ? ai-je pensé en retour, pas tout à fait certaine que le lien fonctionnait dans les deux sens.

Ses yeux clairs se sont tournés vers les miens, et j'ai senti sa surprise que je l'aie entendu si clairement. Quelqu'un dans le cercle politique de ma famille. La question est de savoir s'ils te visaient, toi, ou moi.

— Les deux, a dit Lyra d'un ton sombre, ayant capté assez de notre échange mental pour suivre la conversation. — Les anciens liens politiques étaient conçus pour créer des alliances entre les maisons magiques. Si quelqu'un voulait neutraliser deux étudiants potentiellement puissants...

Elle n'a pas terminé sa pensée, mais elle n'en a pas eu besoin. L'implication flottait dans l'air comme une tempête d'hiver sur le point d'éclater.

Quelqu'un avait voulu nous lier, que nous soyons compatibles ou non. Quelqu'un avait décidé de notre avenir magique sans nous consulter. Quelqu'un avait transformé ce qui aurait dû être un choix en un piège.

Le charme a de nouveau pulsé, et cette fois le contrecoup magique a été assez fort pour fissurer les fenêtres renforcées du laboratoire.

La professeure Frostwick, qui avait maintenu ses sorts de confinement avec une détermination impressionnante, a finalement regardé Dylan et Lyra avec un air proche du désespoir.

— Pouvez-vous stabiliser ça avant qu'ils ne fassent s'effondrer la moitié de l'aile académique ?

— On peut essayer, a dit Lyra. — Mais ils vont avoir besoin d'un endroit privé pour gérer l'ajustement initial du lien. L'Observatoire ?

Dylan a hoché la tête. — L'Observatoire. Loin des autres étudiants, plein d'espace pour les incidents magiques, et tout votre équipement de recherche sur les partenariats.

J'ai regardé Rowan, qui suivait la conversation avec l'expression de quelqu'un qui venait de réaliser que sa vie avait pris un virage serré vers un territoire qu'il n'avait jamais voulu explorer.

À travers le lien, j'ai capté le fil de ses pensées : Magie de partenariat. Bien sûr. Parce qu'être lié magiquement à une fée à qui je n'ai jamais parlé n'était pas assez compliqué.

Je t'entends, tu sais, ai-je pensé en retour, laissant une partie de ma propre irritation transparaître à travers la connexion.

Ses sourcils se sont légèrement haussés. Bien. Alors tu as entendu la partie où ce n'était pas non plus mon choix.

Cinq sur cinq.

Malgré tout, le chaos, le lien non désiré, le fait que ma troisième année venait de prendre un tournant spectaculaire vers l'impossible, j'ai senti ma bouche s'étirer en un rictus qui aurait pu être de l'amusement.

Si nous étions coincés ensemble, autant commencer par l'honnêteté.

Le charme a pulsé une dernière fois, et j'aurais juré l'avoir senti... se stabiliser. Pas disparaître, pas s'affaiblir, mais accepter la situation actuelle comme la nouvelle normalité.

La magie, apparemment, avait sa propre opinion sur ce qui constituait des présentations en bonne et due forme.

CHAPITRE DEUX
UNE TEMPÊTE SOUS FORME HUMAINE

ROWAN

Le lien m'a frappé comme la foudre alors que je m'entraînais à la magie défensive dans la tour abandonnée, où personne ne pouvait être témoin de ce que l'héritage de ma famille avait fait de moi.

L'instant d'avant, je contenais une nouvelle crise de givre cauchemardesque, qui empirait de semaine en semaine ; une magie de la glace pervertie, devenue avide et cruelle, comme toujours quand la malédiction des Blackthorn décidait de me rappeler ma place en ce monde. L'instant d'après, une magie étrangère s'est écrasée dans ma conscience avec toute la subtilité d'une avalanche.

De la magie de la lumière. Éclatante, chaotique, et absolument pas préparée à ce à quoi elle venait de se connecter.

J'avais lâché mes baguettes d'entraînement et je courais avant même d'avoir compris ce qui s'était passé. La rune du lien me brûlait les côtes, où elle s'était matérialisée à travers ma chemise comme une marque au fer rouge, m'attirant vers la personne qui avait eu le malheur de déclencher le piège ancestral que ma famille avait encore dû poser.

La sensation ne ressemblait à rien de ce que j'avais connu auparavant, ce n'était pas seulement une connexion magique, mais une résonance émotionnelle. À travers ce lien non désiré, je pouvais sentir sa panique, sa confusion, et la façon dont sa magie partait en vrille alors qu'elle essayait de comprendre ce qui venait de lui arriver. Ce qui venait de nous arriver.

Cela aurait dû être envahissant, écrasant. Au lieu de ça, c'était étrangement... stabilisant. Comme si ma magie de l'orage avait trouvé un point d'ancrage dont elle ignorait avoir besoin.

La Cour d'Hiver jouait à ces jeux depuis des siècles, et les Blackthorn étaient leurs instruments les plus fiables. La seule question était de savoir s'ils m'avaient ciblé, moi, ou une autre pauvre âme, et quel avait été le véritable objectif.

La porte du laboratoire fumait déjà quand je suis arrivé, les sorts de confinement du professeur Frostwick tournant à plein régime pour empêcher le chaos magique qui se déchaînait à l'intérieur de se propager au reste de l'aile universitaire. Des baies de houx provenant des décorations de fête du couloir crissaient sous mes bottes ; apparemment, le choc en retour magique avait été assez puissant pour secouer même les guirlandes enchantées trois salles plus loin. À travers le verre dépoli, je pouvais voir des formes s'agiter frénétiquement, des livres voler en trajectoires erratiques, et le scintillement caractéristique d'une magie instable devenue folle.

Et à travers la connexion non désirée qui liait désormais ma conscience à celle de quelqu'un d'autre, je la sentais.

Terreur. Confusion. Le besoin désespéré de comprendre ce qui se passait, superposé à une détermination qui aurait dû être impossible pour quelqu'un dont la signature magique semblait à peine plus grande qu'une flamme de bougie.

Mais il y avait autre chose, aussi. Quelque chose qui fit réagir ma magie de l'orage avec intérêt plutôt qu'avec son hostilité défensive habituelle. Sa lumière n'essayait pas de bannir mes ténèbres ou de réparer ce qui était brisé dans mon noyau magique. Elle était simplement... là. Présente. Stable malgré sa peur.

Une lutine. De tous les étudiants de l'Université du Pôle Nord, le lien s'était attaché à une lutine à peine assez puissante pour être détectée par la plupart des sorts de détection magique.

Parfait. Absolument parfait. Comme si les machinations politiques de ma famille n'étaient pas déjà assez compliquées sans y mêler quelqu'un qui n'avait probablement jamais entendu parler des querelles de la Cour d'Hiver qui avaient façonné les trois derniers siècles de l'histoire des Blackthorn.

Mais alors que je franchissais la porte du laboratoire, ma magie de l'orage se déployant automatiquement pour évaluer la situation, j'ai dû revoir mon jugement initial. Le chaos était pire que ce à quoi je m'étais attendu, il n'y avait pas que des livres qui volaient, mais aussi des chaudrons qui s'entrechoquaient comme des esprits piégés, des jardins de glace se fracturant en éclats dangereux, et même les guirlandes de houx décoratives qui se désagrégeaient en averses de baies enchantées. Et au centre de tout cela se tenait la plus petite étudiante que j'aie jamais vue, à peine visible derrière un plan de travail renversé, mais refusant de reculer.

Elle ne se recroquevillait pas. Ne fuyait pas comme les autres étudiants l'avaient fait. Elle se tenait là, le menton levé, ses yeux couleur de givre flamboyants d'un défi qui suggérait que si elle était petite en taille, elle ne l'était pas en esprit.

Elle ne devait pas mesurer plus d'un mètre cinquante, avec des cheveux blanc argenté qui captaient les motifs lumineux chaotiques du laboratoire et une peau qui semblait briller de son propre éclat intérieur. Puis la voix du professeur Frostwick a percé le chaos : — Mademoiselle Snowfall ! Éloignez-vous de ce que vous tenez sur-le-champ !

Ivy Snowfall. Même au milieu du tumulte magique qui nous entourait, elle paraissait lumineuse. Délicate comme du verre filé, mais avec quelque chose dans ses yeux bleu pâle qui laissait supposer qu'elle était bien plus coriace que son apparence ne le laissait entendre.

La rune du lien sur son poignet était sans aucun doute une œuvre des Blackthorn, je reconnaissais l'élégance cruelle du dessin, la façon dont il pulsait d'une énergie destinée à contrôler plutôt qu'à connecter. Quelqu'un dans la sphère de ma famille avait décidé que cette minuscule lutine servirait leurs desseins, qu'elle le veuille ou non.

La fureur qui monta en moi en réponse fut froide, maîtrisée et absolument meurtrière. Pas seulement parce que quelqu'un l'avait piégée dans cette situation sans son consentement, mais parce qu'ils s'étaient servis d'elle pour me piéger aussi. Une magie ancienne, conçue pour forcer des liens qui auraient dû être choisis librement.

— Nous avons un problème, ai-je dit, car il était inutile de prétendre que ce n'était pas exactement ce que ça semblait être. Bien que je dusse admettre qu'être magiquement lié à quelqu'un à qui je n'avais jamais parlé était un nouveau record de bassesse, même pour un Blackthorn.

Elle m'a dévisagé de ses yeux couleur de givre, et j'ai capté un fragment de ses pensées à travers notre connexion non désirée. Je n'aurais pas dû remarquer la façon dont son regard soutenait le mien alors même que la pièce s'effondrait autour de nous, mais ce fut le cas. De l'irritation face à mon ton calme, de la confusion quant à la raison pour laquelle je ne m'effondrais pas comme elle, et en dessous de tout ça, quelque chose qui aurait pu être de la reconnaissance.

Comment peut-il être si calme alors que mon monde entier vient de basculer hors de son axe ?

Parce que je m'étais attendu à ça toute ma vie. Parce que les Blackthorn n'ont pas le luxe de s'effondrer quand les jeux politiques de la famille finissent par les rattraper. Parce que quelqu'un devait rester fonctionnel assez longtemps pour comprendre comment nous allions tous les deux survivre au piège qui venait de se refermer sur nous.

Mais en la regardant, en la regardant vraiment pour la première fois, j'ai senti quelque chose se fissurer dans mon sang-froid si soigneusement entretenu. Elle était si petite, si peu préparée aux ténèbres qui accompagnaient mon nom de famille.

— Pouvez-vous le briser ? a-t-elle demandé, levant le bras pour me montrer les runes qui ornaient maintenant sa peau comme des tatouages d'argent complexes.

Si j'avais pu le briser, je l'aurais fait à l'instant où le lien s'est mis en place. J'avais essayé tous les sorts de rupture de mon répertoire considérable pendant ma course à travers le campus, puis plusieurs qui n'étaient certainement pas approuvés pour l'usage des étudiants. De la magie avancée qui aurait poussé le professeur Blitzen à me renvoyer sur-le-champ si elle en avait été témoin.

Rien n'avait fonctionné. Au contraire, mes efforts avaient renforcé la connexion entre nous, comme si le lien était conçu pour se nourrir des tentatives de le briser.

Ce qui, connaissant l'approche de ma famille en matière de contrats magiques, était probablement le cas.

— Si je pouvais le briser, pensez-vous que je serais encore là ? ai-je répondu, laissant une partie de ma propre frustration transparaître dans ma voix.

À travers le lien, j'ai senti sa réaction à mon honnêteté, la surprise que je n'essaie pas de la rassurer, suivie de quelque chose qui aurait pu être du soulagement qu'au moins l'un de nous soit direct au sujet de notre situation.

Puis Dylan Vixen et Lyra Lumina sont apparus à l'entrée du laboratoire, et j'ai dû résister à l'envie de rire de l'absurdité de la situation. Bien sûr, les chercheurs en magie de partenariat les plus célèbres du campus se pointeraient pour analyser le dernier désastre de ma famille.

— Bon, a dit Dylan avec cette énergie joyeuse de méta-morphe-renard qui suggérait qu'il trouvait le chaos magique personnellement divertissant. On dirait qu'on a affaire à un cas de lien ancien. Lyra, des idées ?

Lyra était déjà en mouvement, sa magie de la lumière flam-boyante alors qu'elle examinait les motifs d'énergie rayonnant du charme fusionné au poignet de la lutine. Son analyse fut rapide, professionnelle et malheureusement précise.

— Certainement pré-institutionnel. La signature magique suggère des origines de la Cour d'Hiver, probablement conçu comme un outil de liaison politique plutôt que romantique.

La lutine, Ivy, a couiné une question sur les liens politiques, et l'explication de Dylan a été d'une franchise caractéristique.

— Pensez à un mariage arrangé, mais où c'est la magie qui s'en charge.

J'ai regardé son visage pâlir alors que les implications s'impo-saient à elle, j'ai senti son estomac se nouer à travers notre connexion non désirée. Elle réalisait, comme je l'avais déjà fait, que ce n'était pas un accident magique aléatoire. Quelqu'un nous avait ciblés spécifiquement.

La question était pourquoi. Qu'est-ce que quiconque avait à gagner à lier un héritier Blackthorn à une lutine qui avait proba-blement passé toute sa carrière universitaire à essayer de rester invisible ? À moins que...

À moins que quelqu'un ait voulu nous neutraliser tous les

deux, retirer deux étudiants potentiellement problématiques de l'équation politique en les piégeant dans un lien qui les détruirait ou les rendrait trop distraits pour interférer avec des plans plus vastes.

— Et la partie contrainte ? a-t-elle demandé.

Le sourire contrit de Dylan n'a pas adouci le coup. — Ah, oui. Si vous essayez de trop le combattre, les deux participants risquent un choc en retour magique qui pourrait endommager de façon permanente vos capacités d'incantation.

La rune du lien a pulsé, comme si elle répondait à l'explication, et j'ai senti une autre vague de sa détresse s'écraser dans ma conscience. Mais sous la peur et la confusion, il y avait autre chose. Quelque chose qui m'a rappelé pourquoi la devise de la famille Blackthorn était « L'hiver perdure » plutôt que « L'hiver capitule ». Elle avait peur, mais elle n'allait pas craquer. Qui que soit Ivy Snowfall, elle avait de l'acier dans la colonne vertébrale.

Et à travers notre lien, je pouvais sentir qu'elle commençait à réaliser la même chose à mon sujet. Que, malgré la réputation de ma famille, malgré les ombres qui suivaient le nom de Blackthorn, je n'étais pas le monstre auquel elle s'était probablement attendue.

C'est exactement ce que ma famille ferait, ai-je pensé, sans prendre la peine de lui cacher cette communication mentale. Magie ancienne, pas de choix, pas de clause de sortie.

Votre famille a fait ça ? Sa voix mentale était acérée, pleine d'accusation.

Quelqu'un dans le cercle politique de ma famille. La question est de savoir s'ils vous visaient, vous, ou moi.

Je l'ai sentie frissonner alors que les mots flottaient entre nous, je l'ai sentie percevoir les ombres que je n'étais pas prêt à expliquer. La malédiction des Blackthorn n'était pas de notoriété publique, mais elle projetait une obscurité que les personnes sensibles pouvaient sentir même sans comprendre ce qu'elles percevaient.

Et Ivy, malgré sa taille, était clairement plus sensible aux courants magiques sous-jacents que la plupart des gens. Elle ne connaissait peut-être pas les détails de l'héritage de ma famille, mais elle comprenait que ce qui nous liait était plus dangereux qu'une simple manœuvre politique.

L'analyse de Lyra a confirmé ce que je soupçonnais déjà : cela nous visait tous les deux, conçu pour créer une alliance, que nous en voulions une ou non. Le genre de manœuvre qui avait maintenu la Cour d'Hiver au pouvoir pendant des siècles.

Le charme a pulsé à nouveau, et cette fois, le choc en retour magique a été assez fort pour fissurer les fenêtres renforcées du laboratoire. Les sorts de confinement du professeur Frostwick ont vacillé dangereusement.

— Pouvez-vous stabiliser ça avant qu'ils ne fassent s'effondrer la moitié de l'aile universitaire ? a-t-elle demandé à Dylan et Lyra, sa voix à peine maîtrisée par le désespoir.

— On peut essayer, a dit Lyra. Mais ils vont avoir besoin d'un endroit privé pour gérer l'ajustement initial du lien. L'Observatoire ?

L'Observatoire. Là où Dylan et Lyra avaient apparemment passé le dernier semestre à prouver que la magie de partenariat pouvait fonctionner quand les deux participants la choisissaient librement. L'ironie ne m'a pas échappé.

Mais alors que nous nous préparions à quitter le laboratoire détruit, quelque chose avait changé dans le chaos magique qui nous entourait. Les livres avaient cessé de voler. Les chaudrons s'étaient tus. Même les jardins de glace fracturés semblaient se stabiliser.

Non pas parce que le lien s'était affaibli ; au contraire, la connexion entre Ivy et moi semblait plus forte que jamais. Mais elle ne se combattait plus elle-même. Nos signatures magiques commençaient à se synchroniser malgré notre résistance, trouvant une harmonie là où il aurait dû y avoir de la discorde.

Cela semblait trop naturel. Trop facile. Comme si nous avions été conçus pour nous compléter l'un l'autre, ce qui aurait dû être impossible étant donné que nous ne nous étions même jamais parlé avant aujourd'hui.

Ce genre de compatibilité magique n'arrive pas par accident.

Alors que nous nous apprêtions à quitter le laboratoire détruit, j'ai surpris Ivy en train de me regarder avec une expression que je n'arrivais pas tout à fait à déchiffrer. De la méfiance, certainement. De la curiosité, malgré elle. Et autre chose, une lueur de conscience que cette connexion entre nous semblait plus naturelle qu'elle n'aurait dû, étant donné qu'elle nous avait été imposée par la magie et la manipulation.

De la magie de partenariat pour des partenaires non consentants, avait dit Lyra à Dylan, et j'avais senti la réaction d'Ivy à travers notre lien. Pas seulement de la peur, mais une minuscule étincelle de ce qui aurait pu être de l'espoir.

Une pensée dangereuse pour nous deux.

J'étais un Blackthorn, lignée maudite et politique de la Cour d'Hiver enveloppées dans une magie de l'orage. Elle était quelqu'un qui avait clairement passé sa vie à éviter l'attention plutôt qu'à courtiser le genre de pouvoir qui s'accompagne de danger.

Nous étions le pire duo possible, liés par une magie qui ne se souciait aucunement de nos préférences.

Mais alors que nous suivions Dylan et Lyra vers l'Observatoire, je ne pouvais pas me défaire du sentiment que quiconque avait orchestré ce lien avait fait une erreur de calcul cruciale.

Ils avaient supposé que nous le combattrions. Que nous nous combattrions l'un l'autre. Que nous laisserions la connexion forcée nous déchirer tous les deux plutôt que de trouver un moyen de la faire fonctionner.

Ils n'avaient jamais envisagé la possibilité que les tempêtes hivernales et la lumière vive puissent en fait se compléter, si on leur en donnait l'occasion.

La rune du lien brûlait contre mes côtes, s'installant dans un rythme qui correspondait aux battements de cœur d'Ivy, et pour la première fois depuis que la connexion s'était mise en place, je me suis permis de me demander :

Et si ce n'était pas un piège ?

Et si c'était une opportunité ?

Peut-être que la lumière n'était pas censée bannir les tempêtes. Peut-être qu'elle était censée les illuminer.

CHAPITRE TROIS

CHAOS SUR LE CAMPUS

IVY

L'Observatoire aurait dû être un sanctuaire.

Lyra nous avait accueillis dans son espace de recherche avec une chaleur professionnelle qui suggérait qu'elle voulait sincèrement nous aider, plutôt que de simplement nous étudier comme de fascinants spécimens. Dylan avait fait apparaître des sièges confortables et un chocolat chaud qui avait le goût du réconfort à l'état pur, avec des guimauves qui se reformaient chaque fois qu'elles fondaient. L'endroit lui-même vibrait d'une énergie paisible, ses surfaces cristallines et ses motifs d'aurores douces se voulant apaisants.

Pourtant, j'avais l'impression d'être assise sur un baril de poudre.

Pas à cause du chaos magique, étonnamment. Il s'était calmé dès l'instant où Rowan et moi nous étions assis l'un en face de l'autre à la table de recherche principale de Lyra. La rune de lien à mon poignet avait cessé ses pulsations frénétiques, pour adopter un rythme régulier qui correspondait à celui de mon cœur. Même l'étrange écho des pensées de Rowan dans ma tête s'était apaisé, devenant un murmure supportable.

Non, le problème, c'était que tout semblait trop normal. Trop confortable. Comme si ma magie avait décidé que c'était exactement là qu'elle voulait être, quelles que soient les circonstances qui nous y avaient conduits.

— La bonne nouvelle, a dit Lyra, dont la magie de lumière dansait autour de ses doigts tandis qu'elle analysait la signature énergétique de la rune, c'est que ce n'est pas un lien destructeur. Il est conçu pour améliorer, pas pour contrôler.

— Améliorer ? ai-je couiné.

— Pense à ça comme à une amplification magique, a expliqué Dylan, perché sur le bord du bureau de Lyra avec l'assurance désinvolte de quelqu'un qui avait manifestement passé de nombreuses heures dans cet espace. Vos capacités de lancement de sorts individuelles devraient devenir plus fortes lorsque vous travaillez ensemble, pas plus faibles.

— Et la mauvaise nouvelle ? a demandé Rowan, sa voix portant cette pointe de sarcasme que j'apprenais déjà à reconnaître.

L'expression de Lyra est devenue soucieuse. — Le lien est suffisamment ancien pour que nous n'ayons pas une documentation complète de ses effets. Il est également lié à la résonance émotionnelle, ainsi qu'à la compatibilité magique. Plus votre connexion deviendra forte, plus vos signatures magiques seront... intégrées.

À travers notre lien, j'ai senti le pic de préoccupation de Rowan. Intégrées comment ?

C'est ce que nous devons découvrir, ai-je pensé en retour, avant de me reprendre. Est-ce que je m'habituais déjà à la connexion mentale ? Voilà quelque chose qui aurait dû m'inquiéter davantage.

— Nous allons commencer par des tests de compatibilité de base, a poursuivi Lyra. Des sortilèges simples, individuels et colla-boratifs. Nous devons comprendre comment le lien affecte votre magie avant de pouvoir déterminer s'il est sûr de le maintenir ou si nous devons trouver un moyen de le modifier.

— Le modifier ? ai-je demandé, pleine d'espoir.

— Le briser n'est pas une option, a dit Dylan gentiment. Pas sans risquer un sérieux retour de flamme magique pour vous deux. Mais nous pourrions peut-être en ajuster les paramètres, le rendre moins intrusif.

Moins intrusif, ce serait bien. La conscience constante de l'état émotionnel de Rowan s'avérait déjà être une distraction. À cet instant, par exemple, je pouvais sentir son anxiété soigneusement contenue sous son apparence calme, ainsi que quelque chose qui aurait pu être un instinct de protection chaque fois que Dylan ou Lyra me posaient des questions.

Ce qui était... inattendu. Et déroutant. Et certainement quelque chose que je n'aurais pas dû trouver aussi réconfortant.

— Commençons simplement, a suggéré Lyra. Ivy, pouvez-vous créer une construction de lumière basique ? Quelque chose avec laquelle vous seriez à l'aise dans n'importe quelle situation de cours normale.

J'ai hoché la tête, tendant la main et invoquant le genre de sort d'illumination que je pratiquais depuis ma première année à l'UPN. La magie de la lumière était censée être instinctive pour les sprites ; nous étions des créatures de luminescence, après tout. Mais j'avais toujours eu du mal avec les techniques avancées qui venaient naturellement à mes camarades de classe. Mes construc-tions de lumière avaient tendance à être petites, faibles et déses-pérément brèves.

Cette fois, c'était différent.

À l'instant où j'ai puisé dans ma magie, j'ai senti la puissance de Rowan répondre à travers notre lien. Sans interférer, sans m'écraser, juste... me soutenir. Comme si quelqu'un venait soudain de fournir une base stable à des capacités qui m'avaient toujours semblé précaires.

La lumière qui a jailli de ma paume était trois fois plus brillante que tout ce que j'avais jamais produit, et elle a conservé sa forme avec une stabilité parfaite. Au lieu de ma flamme de bougie vacillante habituelle, j'avais créé ce qui ressemblait à une étoile miniature.

— Waouh, a soufflé Dylan.

— Qu'est-ce que ça vous fait de ressentir ça ? a demandé Lyra, son excitation d'universitaire à peine contenue.

— C'est puissant, ai-je admis, en regardant la construction radieuse qui flottait au-dessus de ma main. Très puissant. Comme si ma magie avait enfin de la place pour grandir.

À travers notre connexion, j'ai senti la surprise de Rowan égaler la mienne. Quoi qu'il ait attendu de notre partenariat forcé, ce n'était pas ce niveau d'amélioration.

— Rowan, à votre tour, a dit Lyra. Pouvez-vous nous montrer un sort de givre basique ?

Je l'ai regardé tendre la main, notant le contrôle minutieux dans chacun de ses mouvements. Quand sa magie s'est manifestée, j'ai compris pourquoi.

Son givre ne ressemblait pas à la jolie magie de glace décorative que j'avais vue chez d'autres étudiants de l'hiver. C'était quelque chose de plus sombre, de plus vorace, des motifs qui semblaient absorber la lumière plutôt que de la refléter, créant des ombres dans les ombres qui ont fait frémir mes instincts de sprite avec malaise.

Mais à l'instant où nos signatures magiques se sont touchées à travers le lien, tout a changé. Ma magie de lumière n'a pas banni ses ombres, elle les a illuminées, révélant la beauté complexe cachée dans les ténèbres. Son givre est devenu un art cristallin, complexe et envoûtant plutôt que menaçant.

— Extraordinaire, a murmuré Lyra, ses instincts de chercheuse clairement en surrégime. Vos signatures magiques créent une amélioration composée. Ivy, votre lumière fournit un support structurel pour le travail de glace plus complexe de Rowan. Rowan, votre magie donne à l'illumination d'Ivy de la profondeur et de la persistance.

— Alors on est vraiment... compatibles ? ai-je demandé avec hésitation.

— Plus que compatibles. Vous êtes complémentaires. Le sourire de renard-métamorphe de Dylan était éclatant de plaisir sincère. C'est le genre de partenariat magique dont les textes de théorie rêvent mais qui est rarement documenté dans la pratique.

J'aurais dû me sentir soulagée. Heureuse, même. Au lieu de cela, un nœud d'anxiété se formait dans mon estomac. J'avais passé trois ans à essayer de ne pas me faire remarquer, me contentant d'être la plus petite sprite dans n'importe quelle pièce plutôt que de risquer le genre d'attention qui vient quand on se démarque. Et maintenant, tout le monde me regardait comme si je venais d'allumer l'aurore boréale moi-même.

— Pouvons-nous essayer quelque chose de plus avancé ? a demandé Lyra, son excitation d'universitaire à peine contenue. Peut-être une protection défensive collaborative ?

— Peut-être qu'on devrait y aller doucement, ai-je dit avec hésitation, même si j'étais curieuse de savoir ce que nous pourrions accomplir d'autre ensemble.

— Juste un dernier test, a insisté Lyra. La magie défensive est cruciale pour les évaluations de partenariat.

Dylan s'est penché en avant, intéressé. — Les protections défensives sont notoirement difficiles à coordonner entre différents types de magie. Si vous deux y arrivez...

— On va essayer, a dit Rowan, bien que je puisse sentir sa méfiance à travers notre lien.

Lyra nous a fait signe de nous tenir l'un en face de l'autre. — La technique exige une intention et un timing magique synchronisés. La plupart des étudiants ont besoin de semaines de pratique pour atteindre une coordination de base.

J'ai tendu les mains vers Rowan, et il a reproduit le geste. Lorsque nos paumes se sont presque touchées, j'ai senti cette montée familière de connexion, plus forte maintenant que nous nous concentrions délibérément sur la collaboration magique.

— Créez une barrière ensemble, a instruit Lyra. Ivy, projetez la lumière vers l'extérieur. Rowan, tissez du givre pour renforcer et contenir.

J'ai puisé dans ma magie, laissant la lumière s'écouler de mes paumes en flux réguliers. Mais au lieu de former la barrière faible et vacillante à laquelle je m'attendais, l'illumination a brillé avec une confiance que je n'avais jamais possédée. À travers notre lien, j'ai senti Rowan répondre, sa magie de givre s'enroulant autour de ma lumière comme un filigrane d'argent complexe.

La protection qui s'est matérialisée entre nous était à couper le souffle, un mur chatoyant de glace lumineuse qui ressemblait à de la lumière d'étoile capturée, à la fois magnifique et clairement impénétrable.

— Eh bien, a dit Dylan après un moment de silence stupéfait. C'est la barrière défensive la plus esthétique que j'aie jamais vue.

— Et probablement la plus forte, a ajouté Lyra, en se rapprochant pour examiner la construction de la protection. Les lectures de densité magique crèvent le plafond.

— Ça semble si facile, ai-je admis, en contemplant notre création avec émerveillement. Comme si ma magie savait exactement quoi faire quand la sienne est là pour la soutenir.

— Pareil, a dit Rowan, et à travers notre connexion, j'ai senti son étonnement égaler le mien. D'habitude, ma magie de givre combat toute tentative de collaboration. Elle est conçue pour fonctionner indépendamment, en écartant les autres éléments. Mais avec la tienne...

— Ça devient quelque chose de nouveau, ai-je terminé.

— Quelque chose de mieux, a observé Dylan avec un grand sourire. Mais si vous continuez à faire des découvertes capitales, Lyra va vouloir vous étudier pour le reste du semestre.

— Bien sûr, a dit Lyra aussitôt. C'est beaucoup à digérer. Rowan, pourquoi ne resteriez-vous pas ici pour m'aider à vérifier ces lectures ? Dylan peut emmener Ivy sur la plateforme d'observation pour prendre un peu l'air.

J'ai senti la tension immédiate de Rowan à travers notre lien. Nous venions de découvrir que nous ne pouvions pas être séparés plus de quinze minutes, mais Lyra sortait déjà des écrans de surveillance qui bénéficieraient clairement de l'expertise de Rowan en matière de magie du givre.

— C'est juste trois étages plus haut, a dit Dylan, remarquant mon hésitation. Quinze minutes, max. On testera si la distance verticale a une incidence différente de l'horizontale.

Dylan s'est relevé d'un bond avec son énergie caractéristique, bien que j'aie remarqué qu'il vérifiait un chronomètre. — Viens, Ivy. L'Observatoire a la meilleure vue sur les aurores boréales du campus, surtout pendant le trimestre d'hiver. Et on va chronométrer ça soigneusement.

Alors que nous le suivions vers un escalier cristallin qui montait en spirale vers les niveaux supérieurs de l'Observatoire, j'ai croisé le regard de Rowan. À travers notre connexion, j'ai senti sa gratitude de ne pas avoir insisté pour plus de tests, ainsi qu'une pointe d'approbation pour ma capacité à lire la situation.

Merci ; sa voix mentale était plus calme que d'habitude. J'avais besoin d'un moment pour réfléchir.

Moi aussi, ai-je admis. Tout ça va très vite.

La plateforme d'observation était à couper le souffle, une estrade circulaire enfermée dans un cristal transparent qui offrait une vue panoramique sur le campus enneigé de l'Université du Pôle Nord. Au loin, l'aurore boréale dansait dans le ciel en rubans de vert et d'or, tandis que plus près du sol, les lumières magiques des différents bâtiments créaient leur propre constellation d'illumination chaleureuse.

— C'est magnifique, n'est-ce pas ? a dit Dylan, en s'asseyant sur l'un des bancs rembourrés qui bordaient le périmètre de la plateforme. Lyra monte ici quand elle a besoin de réfléchir. Elle dit que prendre de la hauteur l'aide à résoudre les problèmes.

Je pouvais comprendre. D'ici, le campus avait l'air paisible, organisé, magique de la meilleure des manières. Il était facile d'oublier les runes de lien, les partenariats forcés et la façon dont ma magie venait d'accomplir des prouesses que je n'avais jamais crues possibles.

À travers le cristal de communication de l'Observatoire, la voix de Rowan est parvenue depuis le poste de surveillance supérieur où il était allé avec Lyra.

— Dylan, qu'est-ce qui se passe si ça s'apprend ? Notre... compatibilité ?

Même séparés par trois étages, je pouvais sentir son inquiétude à travers notre lien, bien que la distance commençait à faire douloureusement palpiter ma rune de lien en guise d'avertissement.

L'expression de Dylan est devenue plus sérieuse tandis qu'il regardait alternativement le cristal de communication et moi. — Tu as peur d'attirer l'attention des mauvaises personnes.

— Le nom de Blackthorn attire certains types d'intérêts, dis-je, me remémorant les paroles de Rowan.

— Des intérêts politiques. Le genre qui a tendance à compliquer les expériences académiques des étudiants.

À travers notre lien, j'ai senti le poids de ce qu'il ne disait pas, amplifié par l'inconfort croissant de la séparation. Des complications familiales. Des intrigues de cour. Des secrets plus profonds que de simples capacités magiques.

— Et la sécurité d'Ivy deviendra une préoccupation si les gens pensent qu'elle est liée à ces complications, a terminé Dylan, comprenant immédiatement. Il a touché le cristal. Rowan, tu devrais redescendre. Ta rune commence à s'embraser, n'est-ce pas ?

J'ai eu un poids dans l'estomac. Je n'avais même pas envisagé cet aspect. Être liée à Rowan ne signifiait pas seulement une magie améliorée et une connexion mentale ; cela signifiait hériter de tous les ennemis que sa famille s'était faits au fil des siècles.

— Nous ferons attention à qui nous impliquons, a promis Dylan. Les recherches de Lyra resteront confidentielles, à moins que vous ne consentiez tous les deux à leur publication. Et nous travaillerons à trouver des moyens de vous aider à gérer le lien sans attirer l'attention.

— Et pour les cours ? ai-je demandé, réalisant soudain qu'une autre complication était apparue. Si notre magie est améliorée quand nous sommes ensemble, que se passera-t-il quand nous serons séparés ? Est-ce que j'aurai à nouveau à peine la force d'allumer une bougie ?

— C'est... une très bonne question, a admis Dylan. Et quelque chose que nous devrons tester avec soin.

Comme si elle était convoquée par mon anxiété, la rune de lien à mon poignet a commencé à pulser en guise d'avertissement. Pas douloureusement, exactement, mais avec insistance. Comme si elle essayait de me dire quelque chose d'urgent.

— Qu'est-ce qu'il y a ? a demandé Rowan, se rapprochant immédiatement.

— Je ne suis pas sûre. La rune vient de commencer à... J'ai eu le souffle coupé alors que la sensation s'intensifiait, se propageant dans tout mon bras. Ce n'était pas seulement ma magie qui cherchait quelque chose qu'elle ne pouvait pas trouver. C'était tout mon être qui aspirait à Rowan, comme si chaque partie de moi reconnaissait qu'il était trop loin.

Le système d'alarme de l'Observatoire s'est activé avec un son de cloches de cristal qui se brisent. Des lumières d'urgence ont commencé à clignoter, et à travers les murs transparents de la plateforme d'observation, nous pouvions voir des étudiants courir sur le campus.

— C'est le signal d'urgence magique, a dit Dylan, son attitude décontractée se transformant instantanément en une tension alerte. Quelque chose a mal tourné dans l'un des bâtiments universitaires.

À travers notre lien, j'ai senti la sinistre prise de conscience de Rowan correspondre à mon horreur grandissante. — C'est lié à nous, n'est-ce pas ? Au lien ?

Comme pour répondre, ma rune a brillé assez fort pour être visible à travers ma manche, et la sensation de désir désespéré s'est intensifiée.

— Depuis combien de temps sommes-nous séparés ? a demandé Rowan, bien que je puisse voir qu'il était déjà en train de faire le calcul.

— Quinze minutes, ai-je dit. Depuis que tu es parti avec Lyra pour vérifier les moniteurs du niveau supérieur pendant que je restais ici avec Dylan.

— C'est peut-être le seuil, a réalisé Dylan, sa voix tendue par l'inquiétude.

— Le lien n'est pas seulement amélioré quand vous êtes

ensemble... il est instable quand vous êtes séparés au-delà d'une certaine distance ou durée.

À travers les murs de cristal de la plateforme d'observation, nous pouvions voir le chaos magique se répandre sur le campus. Des lumières vacillaient aux fenêtres des dortoirs. Des étudiants abandonnant leurs activités du soir pour faire face à une sorte d'urgence. Même à cette distance, les motifs de l'aurore boréale au-dessus du campus semblaient agités, tourbillonnant dans des configurations qui n'étaient absolument pas naturelles.

— Nous devons retourner voir Lyra, a dit Dylan avec urgence. Maintenant.

Mais alors que nous nous précipitions vers le niveau principal de l'Observatoire, l'horrible prise de conscience qui s'installait dans ma poitrine semblait plus lourde que de la glace. Ce lien ne concernait pas seulement l'amélioration et la compatibilité. Il concernait la dépendance.

Nous n'étions pas seulement plus forts magiquement ensemble. Nous étions magiquement instables séparément.

Ce qui signifiait que toute liberté que j'avais cru conserver, tous les choix que j'avais imaginé pouvoir faire concernant ma propre vie et mon avenir académique, venaient de disparaître en même temps que tout espoir de retrouver ma confortable invisibilité.

La rune de lien a pulsé de nouveau, avec plus d'urgence cette fois, et à travers les murs de cristal de l'Observatoire, j'ai pu entendre le son lointain des cloches d'urgence résonner sur notre campus.

Le campus où certains types de magie, apparemment, se fichaient de ce que vous vouliez, de ce dont vous aviez besoin ou de ce que vous craigniez.

Où certains types de magie prenaient simplement ce qu'ils voulaient, que vous soyez prêt ou non.

CHAPITRE QUATRE

TEMPÊTE ET SANCTUAIRE

ROWAN

Dès l'instant où nous avons atteint le niveau principal de l'Observatoire, j'ai su qu'il était trop tard pour empêcher la crise, mais avec un peu de chance, pas trop tard pour la contenir.

Lyra se tenait devant sa console centrale, sa magie de lumière flamboyait tandis qu'elle suivait des perturbations magiques sur plusieurs écrans. Les relevés indiquaient un chaos qui se propageait depuis l'aile universitaire, des fluctuations de puissance dans les dortoirs, des aurores boréales instables au-dessus du campus, des cheminées de portail qui hoquetaient dans le réseau de transport. Quelques-unes avaient raté leur cible, menant au Village avant de revenir aussitôt, un bug de boucle classique. Même les systèmes de traîneaux enchantés montraient des signes de perturbation.

— C'est grave à quel point ? a demandé Dylan, passant immédiatement en mode gestion de crise.

— Très grave. Lyra n'a pas levé les yeux de ses sorts de surveillance. Ce qui s'est passé quand vous avez été séparés n'a pas seulement affecté l'Observatoire. Le lien semble être connecté d'une manière ou d'une autre à l'infrastructure magique fondamentale du campus.

À travers ma connexion avec Ivy, j'ai senti son horreur face à ces implications. Le lien ne faisait pas que nous rendre magiquement dépendants l'un de l'autre, il rendait toute l'université magiquement dépendante de notre proximité.

— C'est impossible, ai-je dit, bien qu'au moment même où les mots quittaient ma bouche, je me souvenais de fragments de la tradition familiale des Blackthorn qui suggéraient que ce n'était pas impossible du tout.

— Vraiment ? Les yeux pâles de Lyra se sont fixés sur moi avec une intensité troublante. La Cour d'Hiver a posé la grille du campus. Si la grille reconnaît ce lien comme une autorité légitime...

Mon estomac s'est noué. Bien sûr. NPU avait été construite avec la magie de la Cour d'Hiver, conçue pour être un terrain neutre où différentes communautés surnaturelles pourraient coexister et apprendre. Mais neutre ne voulait pas dire indépendant. L'infrastructure magique de l'université était toujours, en fin de compte, liée au système de cour qui l'avait créée.

Et si quelqu'un avait utilisé un ancien lien des Blackthorn pour nous connecter, Ivy et moi, à cette infrastructure...

— Quelqu'un n'essaie pas seulement de nous contrôler, ai-je réalisé à voix haute. On teste son contrôle sur l'université à travers nous.

— À travers nous, a murmuré Ivy, son visage blêmissant à mesure que l'ampleur de la manipulation devenait claire.

Dylan était déjà en mouvement, ses instincts de renard-garou aiguisés par une rage protectrice. — Peut-on briser la connexion à l'infrastructure sans briser votre lien ?

— Je ne sais pas, a admis Lyra. Mais nous devons d'abord

stabiliser la crise immédiate. Plus le chaos magique dure, plus le risque de dommages permanents aux systèmes du campus est grand.

Elle a montré ses écrans, où les relevés se détérioraient régulièrement. — Les aurores boréales se déstabilisent. Les systèmes de chauffage des résidences fluctuent. Même les sorts de conservation de la nourriture du réfectoire commencent à défaillir.

À travers notre lien, j'ai senti la panique grandissante d'Ivy. Il ne s'agissait plus seulement de nous, mais de chaque étudiant du campus, de chaque professeur, de chaque créature magique qui considérait NPU comme son foyer. Si l'infrastructure venait à s'effondrer complètement, des centaines de personnes pourraient être blessées, voire pire.

— Que devons-nous faire ? a-t-elle demandé, sa voix stable malgré la peur que je pouvais déceler en dessous.

— Rapprochez-vous l'un de l'autre, a dit Lyra immédiatement. La proximité physique semble stabiliser le lien, ce qui devrait aider avec les fluctuations de l'infrastructure. Mais nous devons aussi comprendre pourquoi la séparation provoque des effets aussi spectaculaires.

Je me suis placé à côté d'Ivy, et dès l'instant où j'ai été à portée de bras, nos deux runes de lien se sont calées sur ce rythme synchronisé que je commençais à reconnaître. À travers les murs de cristal de l'Observatoire, nous pouvions voir les lumières d'urgence du campus commencer à faiblir, signe que la crise que nous avions déclenchée commençait à se résoudre.

Mais autre chose s'est produit lorsque notre magie s'est alignée. Le gel cauchemardesque qui s'était renforcé, cette glace tordue et affamée qui était la manifestation de la malédiction de ma famille, s'est apaisé jusqu'à n'être plus qu'un murmure. Pour la première fois depuis des mois, ma magie de la tempête m'a semblé... paisible. Contrôlée non par la force ou une discipline rigide, mais par l'harmonie.

Je n'étais pas préparé à l'envie dévorante de conserver cette sensation. L'envie n'était pas un luxe que les Blackthorn pouvaient s'offrir. Mais j'en avais envie quand même.

La présence d'Ivy ne bannissait pas l'obscurité de mon noyau magique. Elle lui donnait une forme, un but, une beauté. Comme si elle apprenait à ma magie hivernale à se souvenir de ce qu'elle avait été avant que la malédiction ne la torde en quelque chose de destructeur.

Je n'avais jamais rien ressenti de tel. Jamais imaginé que les tempêtes de glace chaotiques dans ma poitrine pourraient se calmer pour former quelque chose qui ressemblait à un foyer.

— C'est mieux, a observé Dylan, en vérifiant les relevés de Lyra. Les fluctuations de puissance se stabilisent.

— Mais ce n'est qu'une solution temporaire, a averti Lyra. Vous ne pouvez pas passer chaque instant du semestre à moins de...

Elle s'est interrompue au milieu de sa phrase quand Ivy a changé de position, s'éloignant de quelques pas pour mieux voir les écrans de contrôle. Au moment où la distance entre nous a dépassé un mètre cinquante, nos deux runes de lien se sont embrasées d'une lueur d'avertissement.

L'effet a été immédiat et spectaculaire. Les murs de cristal de l'Observatoire ont vibré en résonance sympathique. Le matériel de surveillance de Lyra a grimpé en flèche dans la zone dangereuse. À travers le dôme transparent au-dessus de nous, nous pouvions voir les aurores boréales commencer à se fracturer de nouveau.

— Ivy ! ai-je crié, et elle est immédiatement revenue à portée.

Le chaos s'est calmé aussi vite qu'il avait éclaté, mais la

démonstration avait prouvé l'hypothèse de Lyra avec une clarté déconcertante.

— Un mètre cinquante, a dit Dylan d'un air sombre. Cela semble être votre distance de sécurité maximale.

— Appelons ça la règle du mètre cinquante jusqu'à ce qu'on en apprenne plus, a dit Lyra en tapant une note sur sa console de recherche. Et un seuil de temps, quinze à vingt minutes de séparation déclenchent la spirale. Je vais noter les deux.

La voix de Lyra s'est faite plus basse. — Chaque instant du semestre.

Le carillon de l'entrée principale de l'Observatoire a retenti, et la professeure Blitzen est entrée avec le genre d'énergie électrique crépitante qui faisait bourdonner l'air lui-même d'une puissance contenue. La température dans la pièce a chuté de plusieurs degrés du simple fait de sa présence, et j'ai senti Ivy se rapprocher instinctivement de moi.

Ce n'était pas l'autorité contrôlée d'une professeure gérant la discipline en classe. C'était la domination magique brute de quelqu'un qui pourrait raser des bâtiments si on la provoquait suffisamment.

— Monsieur Blackthorn, a-t-elle dit, ses cheveux argentés crépitant littéralement d'éclairs contenus, ses yeux pâles assez perçants pour couper du verre. Mademoiselle Snowfall. Si je comprends bien, vous êtes responsables du chaos magique qui vient de nous forcer à évacuer la moitié de l'aile universitaire ?

— Pas intentionnellement, ai-je répondu prudemment.

— L'intention est sans importance ; les résultats font foi, a déclaré la professeure Blitzen d'une voix qui aurait pu geler les flammes. Surtout quand les résultats incluent des laboratoires de potions qui explosent et des tempêtes d'aurores boréales assez sévères pour perturber le trafic des traîneaux.

— Un lien ancien avec des connexions inattendues à l'infrastructure, a expliqué Lyra, son excitation académique à peine contenue malgré la gravité de la situation. La signature magique suggère des origines de la Cour d'Hiver, mais la portée de l'effet dépasse de loin tout ce qui est documenté dans la littérature sur la magie de partenariat.

— Montrez-moi, a ordonné la professeure Blitzen.

Ce qui a suivi a été l'analyse magique la plus approfondie et la plus troublante que j'aie jamais vue. La magie foudroyante de la professeure Blitzen s'est interfacée avec les systèmes de recherche de Lyra, créant des scans détaillés de nos deux signatures magiques individuelles et du lien qui nous unissait. Dylan a fourni un contexte historique sur la théorie de la magie de partenariat, tandis qu'Ivy et moi nous soumettions à une série de tests conçus pour cartographier les effets du lien.

La plupart des scans étaient routiniers : relevés de densité magique, évaluations de compatibilité, mesures de force du lien. Mais lorsque la professeure Blitzen a tenté d'analyser directement la connexion du lien à l'infrastructure de NPU, quelque chose a mal tourné.

Au moment où sa magie foudroyante a touché les couches profondes du lien, Ivy et moi avons tous deux convulsé comme si nous avions été frappés par de l'électricité réelle. Les runes de lien sur nos bras ont brillé d'un blanc incandescent, et à travers notre connexion, j'ai ressenti sa douleur comme si c'était la mienne, aiguë, brûlante, et accompagnée de la sensation terrifiante que quelque chose de fondamental dans nos noyaux magiques était sur le point de se déchirer.

Ses genoux ont fléchi ; j'ai attrapé son coude, peau contre peau ; la brûlure a diminué de moitié. Le contact a stabilisé les relevés.

— Arrêtez ! a crié Lyra, coupant immédiatement le flux d'analyse.

La professeure Blitzen a reculé, son expression sombre. — Le lien a des mesures de protection. Une investigation agressive déclenche des réponses défensives.

À travers notre lien, j'ai senti le choc persistant d'Ivy et la prise de conscience effrayante que quelqu'un avait conçu ce lien non seulement pour nous contrôler, mais pour empêcher quiconque de comprendre comment nous libérer. Chaque couche de la construction magique était protégée par des moyens de dissuasion de plus en plus dangereux.

— Vous allez bien tous les deux ? a demandé Dylan en se rapprochant avec une inquiétude évidente.

— Ça va, ai-je réussi à dire, bien qu'Ivy tremble à côté de moi et que je ne me sente pas particulièrement stable moi-même.

Les résultats des tests moins invasifs étaient à la fois fascinants et terrifiants.

— Le lien est bel et bien conçu pour le contrôle territorial, a confirmé la professeure Blitzen après avoir examiné les données. Pas seulement de la magie de partenariat, mais de la magie de domination. Le genre utilisé pour établir une souveraineté magique sur des lieux spécifiques.

— Quelqu'un voulait nous donner le contrôle de l'université ? a demandé Ivy, la confusion claire dans sa voix.

— Ou cette personne voulait utiliser votre connexion pour prendre le contrôle elle-même, ai-je dit d'un air sombre. À travers notre lien, je l'ai sentie frissonner alors que les implications s'imposaient. Créer un lien lié à l'infrastructure, puis manipuler les parties liées pour servir des intérêts externes.

— Mais pourquoi nous en particulier ? a-t-elle insisté, et j'ai senti sa détresse croissante à travers notre connexion. Je ne suis personne de spéciale. Juste une sprite qui a à peine réussi son examen d'Illumination Avancée le semestre dernier.

À travers notre lien, j'ai capté des bribes de ses souvenirs, trois ans passés assise au fond des amphithéâtres, évitant l'attention des professeurs, atténuant délibérément sa magie pour ne pas se faire remarquer. Elle avait passé toute sa carrière académique à essayer d'être invisible, pour découvrir que quelqu'un l'avait observée tout ce temps. L'étudiait. Faisait des plans pour elle.

La violence de cette prise de conscience l'a frappée comme un coup physique. Ses doigts se sont resserrés sur le bord de la table ; j'en ai senti l'écho dans mes os.

L'expression de la professeure Blitzen est devenue pensive. — Mademoiselle Snowfall, que savez-vous de la lignée magique de votre famille ?

— Pas grand-chose, a admis Ivy, sa voix plus faible que d'habitude. Mes parents disaient que nous descendions de sprites arctiques, mais la plupart des familles de sprites ont un héritage mixte. Rien de particulièrement remarquable.

— Et pourtant, votre magie de la lumière montre une résonance inhabituelle avec les éléments de l'hiver, a songé la professeure Blitzen. Presque comme si elle était conçue pour compléter la magie du gel plutôt que pour s'y opposer.

À travers notre connexion, j'ai senti le malaise grandissant d'Ivy se transformer en quelque chose de plus proche de la peur. Elle ne s'était jamais demandé pourquoi sa magie était différente de celle des autres sprites, mais maintenant que quelqu'un l'examinait de près, les anomalies devenaient impossibles à ignorer. Ses parents lui avaient-ils menti sur leur héritage ? Avaient-ils su qu'elle était différente d'une manière qui pourrait attirer une attention dangereuse ?

— Il y a autre chose, a ajouté Lyra doucement. La signature magique du lien suggère qu'il a été créé spécifiquement pour vos types de magie. Pas n'importe quelle sorcière de l'hiver et n'importe quelle sprite, mais une magie de l'hiver avec les caractéristiques des Blackthorn et une magie de la lumière avec un héritage de sprite arctique.

— Un piège sur mesure, a réalisé Dylan. Quelqu'un a fait des recherches sur vos deux lignées magiques et a conçu un lien qui ne fonctionnerait qu'avec vos combinaisons spécifiques.

Les implications m'ont frappé comme un coup physique. Ce n'était pas une manœuvre politique aléatoire ou une manipulation opportuniste. Quelqu'un avait planifié cela pendant des années, peut-être des décennies. Étudiant nos familles, analysant notre potentiel magique, attendant le bon moment pour refermer son piège.

— Qui aurait accès à ce genre de recherches généalogiques ? ai-je demandé, même si je craignais déjà de connaître la réponse.

— La Cour d'Hiver conserve des archives exhaustives, a confirmé la professeure Blitzen. Lignées magiques, alliances politiques, menaces potentielles à la stabilité de la cour. Si quelqu'un voulait identifier deux étudiants dont le lien pourrait être utilisé pour contrôler l'infrastructure de NPU...

Elle n'a pas eu besoin de finir sa pensée. La Cour d'Hiver avait les ressources, les connaissances et la motivation politique pour orchestrer exactement ce genre de manipulation.

— Peut-on le briser ? a demandé Ivy doucement.

— Pas sans un risque significatif pour vous deux, a répondu honnêtement la professeure Blitzen. La magie de domination ancienne est conçue pour être permanente. Tenter de la rompre pourrait entraîner un contrecoup magique assez sévère pour endommager de façon permanente vos capacités de lancer de sorts.

— Et les connexions à l'infrastructure ? a insisté Dylan.

— Celles-ci pourraient être modifiables, a dit Lyra, pensive. Si nous pouvons comprendre comment le lien s'interface avec les systèmes magiques de l'université, nous pourrions peut-être rediriger ou limiter la connexion sans affecter le lien personnel entre Ivy et Rowan.

Ce n'était pas la solution que nous avions espérée, mais c'était quelque chose.

— Pour l'instant, a poursuivi la professeure Blitzen, vous devrez gérer attentivement les exigences de proximité. Je vais organiser des emplois du temps et des attributions de dortoirs modifiés pour minimiser le temps de séparation.

— Nous allons être constamment ensemble, a dit Ivy, et j'ai senti son mélange d'anxiété et de quelque chose qui aurait pu être de l'anticipation à travers notre lien.

— Est-ce que c'est... problématique ? a demandé la professeure Blitzen, ses yeux perçants notant le courant sous-jacent de tension entre nous.

— Non, ai-je dit rapidement, avant qu'Ivy ne puisse exprimer les doutes que je sentais de sa part. Nous nous débrouillerons.

À travers notre connexion, j'ai senti sa surprise face à mon acceptation immédiate, suivie d'un flottement de quelque chose de plus chaleureux. Du soulagement, peut-être. Ou de la gratitude que je n'allais pas rendre cette situation plus difficile qu'elle ne l'était déjà.

— Bien, a acquiescé la professeure Blitzen. Parce que, que ça vous plaise ou non, vous êtes partenaires maintenant. Pas seulement magiquement, mais pratiquement. Votre réussite scolaire, votre sécurité, et apparemment la stabilité de tout notre campus dépendent de votre capacité à travailler ensemble.

Comme pour souligner ses paroles, les runes de lien sur nos deux bras ont pulsé en parfaite synchronisation, et à travers le dôme de cristal de l'Observatoire, nous pouvions voir les aurores boréales au-dessus du campus se stabiliser en un spectacle magnifique et stable, celui qui rendait NPU célèbre dans tout le monde magique.

— On trouvera une solution, a dit Ivy doucement, et à travers notre lien, j'ai senti sa détermination se renforcer. Pas de la résignation, mais de la résolution. Le genre de force tranquille qui l'avait aidée à survivre pendant trois ans dans une université où elle s'était sentie ignorée et sous-estimée.

— Oui, ai-je convenu, en la regardant vraiment pour la première fois depuis le début de cette crise. Vraiment regarder, voir au-delà de la compatibilité magique et des complications politiques la personne qui avait été jetée dans cette situation aussi involontairement que moi.

Elle était petite, oui. Effacée d'une manière qui l'avait probablement protégée de l'attention toute sa vie. Mais il y avait de l'acier dans sa colonne vertébrale et du feu dans ses yeux pâles, et à travers notre connexion non désirée, je commençais à comprendre que quiconque l'avait choisie pour ce lien avait sous-estimé exactement le genre de personne que l'on essayait de manipuler.

Ce qui pourrait bien être le premier avantage que nous ayons gagné depuis le début de toute cette situation.

Je pouvais m'accommoder de la sous-estimation. La sous-estimation était un levier. Nous en avions besoin maintenant.

— On trouvera une solution ensemble, ai-je ajouté, et je le pensais.

La rune de lien a pulsé une fois de plus, mais cette fois, cela ressemblait moins à une laisse qu'à une bouée de sauvetage.

Peut-être que c'était un progrès.

CHAPITRE CINQ
L'ARRANGEMENT
DE L'OBSERVATOIRE

IVY

Ma nouvelle réalité m'a frappée à six heures et demie précises le lendemain matin, quand un doux carillon de mon agenda enchanté m'a réveillée avec un message que je ne m'attendais pas à recevoir :

Mise à jour de l'emploi du temps : Tous les cours ont été déplacés dans l'Annexe de l'Observatoire. Exigences de proximité des partenaires en vigueur. Veuillez vous présenter à l'Aile Lumina avant 7 h pour un briefing académique. — Affaires académiques

J'ai fixé le texte lumineux qui flottait au-dessus de mon oreiller, mon cerveau encore embrumé par le sommeil peinant à comprendre ce que cela signifiait pour ma vie si soigneusement organisée. Fini de me glisser dans les amphithéâtres cinq minutes en retard pour m'asseoir dans le coin du fond. Fini d'éviter les projets de groupe ou les sessions d'étude optionnelles. Fini de prétendre que j'étais une simple elfe sans histoire préparant un diplôme tout aussi banal.

La rune de lien sur mon poignet a pulsé doucement, comme si elle sentait mon anxiété monter, et à travers notre connexion non désirée, j'ai perçu un écho de sentiments similaires provenant de la chambre voisine. La porte communicante entre nos chambres était ouverte, elle l'était restée toute la nuit, car la fermer nous éloignait trop. J'entendais Rowan s'affairer dans son espace, les bruits familiers de quelqu'un qui essaie de commencer sa journée sans faire de bruit.

Il va falloir s'y habituer. Sa voix mentale était plus claire que la veille, le lien s'étant apparemment renforcé pendant la nuit. Je parle des appartements communs.

C'est un euphémisme, ai-je répondu, puis j'ai marqué une pause en réalisant à quel point la communication mentale devenait naturelle. Est-ce que... ça te va ? Ce truc de proximité constante ? Le fait de vivre ensemble ?

Il y a eu un moment de silence, et à travers l'embrasure de la porte, j'ai vu son ombre s'immobiliser sur le mur. J'ai perçu un soupçon de ce qui aurait pu être de la vulnérabilité avant qu'il ne réponde. Repose-moi la question dans une semaine. Mais pour l'instant... ce n'est pas la pire chose qui aurait pu arriver.

Ce qui n'était pas exactement un soutien enthousiaste, mais étant donné que nous avions été liés magiquement contre notre gré moins de vingt-quatre heures auparavant, je supposais que ça aurait pu être pire.

À sept heures du matin, l'Aile Lumina bourdonnait d'une activité qui gravitait clairement autour de notre situation inhabituelle. La professeure Blitzen se tenait près de l'entrée principale de l'Observatoire, s'entretenant avec ce qui semblait être la moitié de l'administration universitaire. Lyra se déplaçait entre plusieurs postes de recherche, sa magie lumineuse dansant autour d'écrans cristallins qui affichaient les relevés de notre lien effectués pendant la nuit. Dylan était perché sur un coussin flottant non loin de là, offrant des commentaires qui parvenaient à être à la fois utiles et irrévérencieux.

— Ah, mademoiselle Snowfall, a dit la professeure Blitzen alors que j'approchais, ses cheveux argentés crépitant de l'électricité résiduelle qui semblait la suivre partout. Ponctuelle. Bien. Nous avons beaucoup de choses à organiser avant votre premier cours modifié.

— Modifié en quoi, exactement ? ai-je demandé, sans être certaine de vouloir connaître la réponse.

— Votre emploi du temps a été restructuré pour tenir compte des exigences de partenariat, a-t-elle expliqué avec une efficacité qui laissait supposer qu'elle avait passé la majeure partie de la nuit à prendre ces dispositions. Les cours auront lieu dans des espaces assez grands pour vous accueillir tous les deux, monsieur Blackthorn et vous, sans enfreindre les limites de proximité. Les professeurs ont été informés des restrictions de collaboration. Les attributions de logements ont été... ajustées.

Mon estomac s'est noué. — Ajustées comment ?

— Chambres adjacentes avec une porte communicante, a lancé Dylan depuis son coussin flottant. Pas de panique... des chambres séparées, un espace commun partagé. Mais d'après les relevés de proximité de la nuit dernière, vous feriez mieux de laisser cette porte ouverte.

À travers notre lien, j'ai senti la gêne de Rowan refléter la mienne alors que nous nous rappelions tous deux comment s'était déroulée la première nuit. Nous avions commencé dans des chambres séparées avec la porte fermée, essayant de conserver un semblant d'intimité. Cela avait duré jusqu'à deux heures du matin, lorsque nos runes de lien avaient commencé à pulser avec une intensité suffisante pour nous réveiller tous les deux. Il avait fini par traîner son matelas dans l'espace commun, assez près de la porte fermée de ma chambre pour que les runes se calment enfin.

Aucun de nous n'avait beaucoup dormi.

— C'est une installation plutôt sympa, en fait, a poursuivi Dylan, soit inconscient de notre malaise, soit l'ignorant avec tact. Lyra et moi nous sommes consultés pour les modifications magiques. La suite peut s'adapter à mesure que vos exigences de proximité évoluent.

Avant que je ne puisse pleinement mesurer les implications de partager un espace de vie avec Rowan Blackthorn, et le souvenir de l'avoir trouvé endormi juste devant ma porte ce matin, l'homme en question est arrivé avec le genre de calme parfaitement maîtrisé qui m'a fait me demander s'il était réveillé depuis des heures à se préparer pour cette conversation.

— Professeure, a-t-il dit avec un signe de tête respectueux à Blitzen, puis il a croisé mon regard avec quelque chose qui aurait pu être du réconfort. Ivy. Comment tu te sens par rapport à tout ça ?

Mieux, maintenant que tu es là, ai-je pensé avant de pouvoir m'en empêcher, puis j'ai senti la chaleur me monter au cou en réalisant qu'il l'avait probablement entendu.

À travers notre lien, j'ai perçu sa brève surprise, suivie de quelque chose de plus chaleureux. Les effets de proximité deviennent vraiment plus forts.

C'est comme ça qu'on appelle ça ?

Pour l'instant.

La professeure Blitzen s'est raclé la gorge avec l'autorité de quelqu'un qui avait remarqué la communication silencieuse et n'avait pas de temps à perdre avec ça. — Comme je l'expliquais à mademoiselle Snowfall, vos dispositions académiques ont été restructurées. L'Annexe de l'Observatoire a été transformée en un espace de classe spécialisé. Vos professeurs y viendront à tour de rôle au lieu que ce soit vous qui changiez de bâtiment.

— Une sorte d'assignation à résidence magique, ai-je marmonné, avant de regretter immédiatement mon commentaire lorsque le regard pâle de la professeure Blitzen s'est aiguisé.

— Une sorte d'aménagement nécessaire, a-t-elle corrigé froidement. À moins que vous ne préfériez expliquer aux familles de trois cents autres étudiants pourquoi l'éducation de leurs enfants a été perturbée par les connexions de votre lien aux infrastructures.

Le renvoi m'a piquée plus qu'il n'aurait dû. Trois jours plus tôt, j'aurais accepté la réprimande et me serais à nouveau fondue dans l'invisibilité. Mais quelque chose dans le fait d'être liée à Rowan, de compter soudainement assez pour perturber une université entière, m'a donné envie de résister au lieu de plier.

J'ai réprimé l'envie de souligner que rien de tout cela n'était notre choix, que nous étions les victimes du jeu politique de quelqu'un d'autre, pas des participants volontaires. À travers notre lien, j'ai senti le mélange d'approbation de Rowan pour ma retenue et de compréhension pour ma frustration.

— Nous nous débrouillerons, a dit Rowan d'un ton diplomatique.

Dylan a bondi de son coussin avec son enthousiasme caractéristique.

— Maintenant, place à la partie amusante. L'aménagement du logement avait besoin d'un peu de travail, alors venez voir ce qu'on a préparé pour vous.

Le logement « ajusté » se trouvait dans la section résidentielle de l'Aile Lumina, occupant ce qui avait apparemment été une suite réservée aux chercheurs diplômés. Deux chambres encadraient un espace commun central qui avait été équipé de postes d'étude, de sièges confortables et de ce qui semblait être une cuisine magique entièrement fonctionnelle.

Dès que je suis entrée, j'ai été frappée par le soin apporté à la préparation de l'espace. L'air portait l'odeur fraîche des protections de pin et le subtil bourdonnement des enchantements protecteurs tissés dans les murs. Une chaleur cristallisée émanait des runes de chauffage qui avaient été soigneusement calibrées pour s'adapter à différentes signatures magiques. Plus révélateur encore, il y avait déjà une légère trace de givre le long du cadre de la porte assignée à Rowan, sa magie marquant automatiquement son territoire même lorsqu'il ne lançait pas de sort consciemment.

— De l'intimité quand vous en avez besoin, de la proximité quand le lien l'exige, a expliqué Dylan, présentant l'espace avec une fierté évidente pour sa conception. En plus, vous n'êtes qu'à deux étages de l'Observatoire, donc Lyra peut surveiller la stabilité du lien sans avoir à traverser tout le campus.

Mais alors que je prenais conscience de la réalité de ce que cela signifiait — repas partagés, temps d'étude partagé, tout partager avec quelqu'un que je connaissais à peine — mon estomac s'est serré d'une anxiété qui n'avait rien à voir avec le lien magique.

— C'est... ai-je commencé, puis je me suis tue. Comment dire poliment qu'emménager avec un quasi-inconnu semblait trop, trop vite, même quand la nécessité magique l'exigeait ?

À travers notre lien, j'ai senti Rowan comprendre mon malaise, ainsi que sa propre incertitude face à cet arrangement.

« Gênant » est un faible mot, sa voix mentale était empreinte d'une honnêteté navrée.

Et si on ne se supporte plus d'ici la fin de la semaine ? ai-je pensé en retour.

Alors on trouvera un moyen d'être malheureux en étant proches l'un de l'autre sans détruire le campus, a-t-il répondu, et l'humour pince-sans-rire dans son ton a apaisé quelque chose en moi.

J'ai traversé ce qui serait apparemment ma chambre, plus grande que ma précédente chambre d'étudiante, avec des fenêtres donnant sur les terrains enneigés du campus et des étagères déjà garnies de ma collection personnelle. Quelqu'un avait clairement fait des efforts considérables pour rendre cette transition aussi confortable que possible.

Mes propres affaires avaient été transportées de la même manière, mes bibliothèques déjà remplies, ma couverture préférée drapée sur le lit. Quelqu'un s'était même souvenu de ma collection de fleurs d'hiver pressées, soigneusement disposées sur le rebord de la fenêtre où la lumière du matin les attraperait.

De l'autre côté de l'espace commun, je pouvais voir Rowan se déplacer dans sa propre chambre avec une précision méthodique, rangeant des affaires qui avaient déjà été livrées pendant notre briefing d'urgence. Des caisses de déménagement enchantées flottaient, vides, près de la porte — l'œuvre de Dylan, probablement — tandis que Rowan déballait ses affaires avec le genre de contrôle prudent qui suggérait que chaque placement était délibéré. Il y avait quelque chose de fascinant dans la façon dont il manipulait chaque objet... des livres classés par sujet, des instruments magiques organisés selon un système que je ne pouvais déchiffrer, tout positionné exactement là où ce serait le plus utile.

Tu me dévisages, sa voix mentale amusée a interrompu mon observation.

La chaleur a inondé mes joues quand j'ai réalisé qu'il avait raison. Je... notais simplement ton système.

Je prends ça pour un compliment, a-t-il pensé en retour, puis il a délibérément tourné son attention vers l'accrochage de ses robes, me laissant l'intimité nécessaire pour digérer ma gêne.

Ce qui, d'une certaine manière, l'a rendue plus écrasante plutôt que moins.

— C'est trop, ai-je dit doucement. Toute cette perturbation, tous ces aménagements... pour un seul lien qui s'est produit par accident.

— Pas par accident, a dit Rowan depuis l'endroit où il examinait sa propre chambre de l'autre côté de l'espace commun. Tu te souviens ? Quelqu'un a planifié ça. Ce qui signifie que la perturbation a toujours fait partie de leur stratégie.

À travers notre lien, j'ai senti sa certitude croissante quant aux implications politiques de notre situation. Il avait clairement passé du temps pendant la nuit à réfléchir aux ramifications, et ses conclusions n'étaient pas réconfortantes.

— Tu penses qu'ils voulaient que l'université nous accommode ? ai-je demandé.

— Je pense qu'ils voulaient voir jusqu'où l'université irait pour éviter le chaos que cause la séparation, a-t-il répondu, s'appuyant contre le cadre de la porte entre sa chambre et l'espace commun. Chaque aménagement qu'ils font, chaque arrangement spécial, chaque exception aux procédures normales, tout cela crée des précédents. Chaque précédent crée une chaîne. Et la Cour d'Hiver ne laisse jamais une chaîne sans la tirer.

Les instincts de métamorphe-renard de Dylan avaient clairement perçu le sous-entendu de la conversation. — Vous pensez que c'est un cas test. Pour voir quel contrôle le lien vous donne réellement sur les décisions institutionnelles.

— C'est ce que je ferais, a dit Rowan d'un ton sombre. Si je voulais établir progressivement une autorité magique sur l'UNP sans confrontation directe.

Les implications de cela se sont abattues sur moi comme un poids glacial. Nous n'étions pas seulement liés l'un à l'autre, nous étions liés à une stratégie politique plus vaste et plus complexe que nous ne l'avions réalisé. Chaque choix que nous faisions, chaque aménagement que nous acceptions, chaque précédent que nous établissions pouvait être utilisé pour justifier de futures manipulations.

— Alors, qu'est-ce qu'on fait ? ai-je demandé. On refuse les arrangements ? On insiste pour avoir des dortoirs normaux et des emplois du temps de classe normaux, même si ça provoque un chaos à l'échelle du campus ?

— On joue le jeu mieux que celui qui a fixé les règles, a dit Rowan, et à travers notre lien, j'ai senti sa résolution se cristalliser en quelque chose qui aurait pu être de la planification stratégique. Ils s'attendaient à ce que nous soyons des marionnettes. Nous serons des partenaires à la place.

À travers notre connexion, j'ai perçu sa brève surprise à la vitesse à laquelle il avait dit cela, suivie de sa prise de conscience qu'il le pensait complètement. Il remarquait des choses à mon sujet, comment mes joues et mon cou rougissaient quand j'étais gênée, comment ma magie stabilisait automatiquement sa tempête même lorsque nous ne lancions pas activement de sorts, comment ma colonne vertébrale se redressait quand j'essayais de ne pas céder face à l'autorité.

Partenaires. Le mot a résonné à travers notre connexion d'une manière qui n'avait rien à voir avec les manœuvres politiques et tout à voir avec la prise de conscience croissante que nous étions plus forts ensemble que séparés.

— Pour l'instant, a interrompu Dylan avec le pragmatisme joyeux qui semblait être sa spécialité, vous devez vous concentrer pour survivre à votre première journée de cours modifiés sans que personne ne se rende compte à quel point le lien a déjà changé depuis hier.

— Changé comment ? ai-je demandé, bien que je soupçonne que je connaissais déjà la réponse.

— Vos signatures magiques se synchronisent plus vite que Lyra ne l'avait prédit, a admis Dylan. Les effets d'amélioration se renforcent, et les exigences de proximité deviennent plus spécifiques. Elle pense que vous pourriez bientôt avoir besoin d'être à moins d'un mètre l'un de l'autre, au lieu de deux.

À travers notre lien, j'ai senti le mélange d'inquiétude de Rowan et d'autre chose. Quelque chose qui suggérait que la proximité croissante n'était pas entièrement malvenue, ce qui aurait dû être plus alarmant que ça ne l'était.

Ça t'inquiète ? lui ai-je demandé silencieusement.

Beaucoup de choses m'inquiètent, a-t-il répondu honnêtement. Mais pas le fait de passer du temps avec toi.

Ce simple aveu a envoyé une vague de chaleur en moi qui n'avait rien à voir avec le lien magique et tout à voir avec la prise de conscience croissante que Rowan Blackthorn, solitaire notoire, politique de la Cour d'Hiver, magie familiale maudite et tout le reste, était quelqu'un que je commençais à vraiment apprécier.

Ce qui était probablement le développement le plus dangereux dans une situation déjà compliquée.

— Ivy ? La voix de Dylan a interrompu ma spirale de pensées. Tu diffuses une résonance émotionnelle à travers le lien. Les moniteurs de Lyra captent des lectures intéressantes.

J'ai regardé de l'autre côté de l'espace commun où Rowan m'observait avec une expression que je ne pouvais pas tout à fait déchiffrer. À travers notre connexion, je pouvais sentir sa conscience de mon attirance grandissante, ainsi que sa propre réaction confuse à celle-ci.

Ça devient compliqué, lui ai-je pensé.

C'était déjà compliqué, a-t-il répondu. La question est de savoir si nous allons laisser les choses devenir compliquées et impossibles, ou si nous allons trouver un moyen de faire en sorte que ça marche.

Avant que je puisse répondre, le système de communication de la suite a carillonné, annonçant que notre premier cours modifié commencerait dans quinze minutes.

Il était temps de découvrir si un partenariat magique pouvait survivre aux Applications Théoriques Avancées enseignées par un professeur qui n'avait probablement jamais entendu parler de sortilèges dépendants de la proximité.

Ensemble ? La voix mentale de Rowan portait le genre de détermination tranquille qui m'a serré la poitrine avec quelque chose qui n'était certainement pas seulement de la résonance magique.

Ensemble, ai-je accepté, et je le pensais.

La rune de lien sur mon poignet a pulsé une fois, comme pour accuser réception d'une décision qui allait plus loin que l'aménagement magique.

Peut-être que Dylan avait raison. Peut-être que cela allait au-delà de la politique ou des malédictions ou des machinations de gens qui pensaient pouvoir contrôler nos choix.

Peut-être s'agissait-il de découvrir ce qui se passait lorsque deux personnes qui ne s'attendaient pas à trouver leur place dans le monde réalisaient soudain qu'elles l'avaient peut-être trouvée l'une avec l'autre.

CHAPITRE SIX

L'ÉPREUVE DE LA SALLE DE CLASSE

ROWAN

L'Annexe de l'Observatoire, à huit heures du matin, ressemblait à un croisement entre un amphithéâtre et un laboratoire de magie, avec des présentoirs en cristal le long des murs et des gradins disposés en demi-cercle autour d'une zone de démonstration centrale. Ce à quoi elle ne ressemblait pas, c'était une salle de classe normale, et la douzaine d'autres étudiants qui avaient été affectés à notre section modifiée d'Applications Théoriques Avancées avaient visiblement du mal à faire comme si de rien n'était.

La professeure Meridian avait été sélective quant à la composition de la classe : uniquement des chercheurs en magie de partenariat ou des théoriciens avancés qui avaient signé des accords de confidentialité exhaustifs avant même de savoir pourquoi ils avaient été réaffectés. L'administration avait présenté la chose comme une « section de pédagogie expérimentale spécialisée », sans mentionner le lien qui nécessitait ces modifications.

Pourtant, je sentais leurs regards insistants alors qu'Ivy et moi prenions place à la table spécialement positionnée pour nous. Les exigences de proximité étaient évidentes pour quiconque y prêtait attention, même si les raisons précises restaient floues. Une partie de cette attention relevait de la curiosité académique ; la théorie de la magie de partenariat était notoirement difficile à observer en pratique. Mais Marcus Thornfield, un mage de glace de troisième année et agent de liaison de la Guilde des Gardiens, n'arrêtait pas de nous lancer des regards évaluateurs qui suggéraient qu'il documentait chaque détail pour les archives officielles. Son commentaire murmuré à son voisin nous parvint tout juste : « Un cas d'étude fascinant de dépendance magique en temps réel. »

À travers notre lien, je sentis le malaise d'Ivy face à cet examen clinique, ainsi que son désir désespéré de disparaître à nouveau dans l'invisibilité qui l'avait protégée pendant trois ans. Ses doigts tambourinaient sur son bureau suivant un rythme nerveux que je commençais à reconnaître, et sans réfléchir, je me rapprochai jusqu'à ce que nos coudes se frôlent presque.

Le contact apaisa nos deux runes de lien et les ramena à ce rythme synchronisé, et je sentis l'anxiété d'Ivy diminuer légèrement.

Mieux ? demandai-je par notre connexion mentale.

Un peu, répondit-elle, puis elle se surprit à fixer les autres étudiants. Ils se demandent tous ce qui nous rend si spéciaux pour qu'on ait notre propre installation en classe.

Ils se demandent ce qui nous rend si dangereux qu'on ne peut pas nous faire confiance dans des salles de classe normales, rectifiai-je. À travers le lien, je sentis sa surprise face à cette distinction, suivie de sa prise de conscience que j'avais probablement raison.

La différence était de taille. Un traitement de faveur suggérait un privilège, du favoritisme et des avantages que nous n'avions pas mérités. Le confinement suggérait un problème à gérer. Et bien qu'aucune de ces deux options ne soit tout à fait exacte, le confinement était plus proche de la vérité.

La professeure Meridian arriva avec l'efficacité vive qui laissait entendre qu'elle avait été soigneusement mise au courant sur notre situation inhabituelle. Elle était elle-même une sylphide du vent, bien que sa maîtrise de la magie de l'air dépasse de loin tout ce qu'Ivy avait accompli avec la lumière, et ses yeux vert pâle examinèrent notre disposition avec un intérêt professionnel plutôt que de l'inquiétude.

— Bonjour à tous, dit-elle, sa voix empreinte de l'autorité tranchante de quelqu'un qui enseignait la théorie magique avancée depuis plus longtemps que la plupart d'entre nous n'avions vécu. — Aujourd'hui, nous allons travailler sur les techniques de stabilisation pour les constructions multi-élémentaires. Comme certains d'entre vous le savent, la magie collaborative requiert un équilibre précis entre différentes signatures magiques pour éviter de dangereux effets de résonance.

Son regard s'attarda sur Ivy et moi un instant de plus que sur les autres, mais sans méchanceté. — Mademoiselle Snowfall, Monsieur Blackthorn, étant donné votre situation de lien actuelle, vous travaillerez ensemble tout au long de l'exercice. Les autres, vous formerez des binômes au hasard.

Quelques étudiants échangèrent des regards qui suggéraient qu'ils pensaient que notre « partenariat » nous donnait un avantage injuste. À travers notre lien, je perçus une pointe d'agacement chez Ivy face à cette supposition, suivie de sa détermination à prouver que, quels que soient nos avantages, nous les avions mérités.

— L'exercice est simple, poursuivit la professeure Meridian en faisant apparaître un affichage holographique montrant des constructions magiques théoriques. — Créez une barrière de protection de base en utilisant deux approches élémentaires différentes. Lumière et ombre, feu et eau, air et terre, n'importe quelle combinaison qui démontre votre compréhension de l'équilibre oppositionnel.

Dans la salle, les étudiants commencèrent à former des binômes et à discuter de stratégies. Les conversations étaient exactement ce à quoi je m'attendais : une planification minutieuse, une production de magie mesurée, des approches prudentes conçues pour accomplir le devoir sans attirer l'attention.

Ivy et moi nous sommes regardés, pensant tous les deux la même chose.

On devrait probablement viser la sobriété, dit-elle par notre lien.

Probablement, acquiesçai-je. Une simple construction de lumière avec un renforcement de givre. Une barrière basique, rien d'extravagant.

D'accord. Basique.

Mais au moment où nous avons commencé à canaliser notre magie ensemble, j'ai su que « basique » ne serait pas une option.

La magie de la lumière d'Ivy s'écoulait de ses mains en motifs qui auraient dû être familiers, des techniques d'illumination standard, structurées et contrôlées. Mais avec ma magie du givre qui répondait à la sienne à travers le lien, ses constructions prirent des profondeurs et des complexités que je n'avais jamais vues auparavant dans la magie des sylphides. Au lieu d'un simple rayonnement, elle créait une illumination en couches qui semblait contenir des galaxies entières de lumière dans chaque filament.

Ma magie du givre, habituellement acérée et agressive, s'enroulait autour de ses constructions de lumière comme de l'argent liquide, renforçant et sublimant plutôt que de rivaliser. La barrière de protection qui émergea de nos efforts combinés n'était pas seulement fonctionnelle ; elle était comme la première barrière que nous avions créée, magnifique, un bouclier chatoyant qui ressemblait à une aurore boréale capturée, assez solide pour arrêter un renne en pleine charge et assez splendide pour être accroché dans une galerie d'art.

La salle de classe était devenue complètement silencieuse.

— Fascinant, souffla la professeure Meridian en s'approchant pour examiner notre travail. — Les relevés de densité magique sont extraordinaires, mais plus important encore, l'équilibre est parfait. La plupart des constructions multi-élémentaires présentent des fissures de tension là où les différentes magies interagissent. Celle-ci n'en montre aucune.

À travers notre lien, je sentis le mélange de fierté et de panique d'Ivy. Nous avions réussi l'exercice au-delà de toute attente raisonnable, mais ce faisant, nous avions attiré exactement le genre d'attention que nous espérions éviter.

— Comment parvenez-vous à une intégration aussi parfaite ? demanda la professeure Meridian, sa curiosité professionnelle l'emportant manifestement sur toute préoccupation de nous mettre sur la sellette.

— C'est le lien, dit doucement Ivy. — Nos signatures magiques se synchronisent automatiquement.

— Mais la synchronisation crée généralement une amplification, pas une intégration, fit remarquer l'un de nos camarades. — Votre magie ne fait pas que gagner en puissance, elle devient quelque chose de complètement différent.

Ce qui était exactement ce que je craignais que quelqu'un remarque. À travers notre lien, je sentis la prise de conscience croissante d'Ivy que nous révélions plus de choses sur notre situation qu'il n'était peut-être sage de le faire.

— Différent comment ? insista la professeure Meridian.

J'aurais pu esquiver, faire un commentaire sur le fait que la théorie de la magie de partenariat dépassait le cadre du devoir actuel. J'aurais dû esquiver. Mais en regardant la barrière que nous avions créée, la façon dont notre magie avait transformé de simples techniques en quelque chose qui relevait de la recherche universitaire avancée, je me surpris à répondre honnêtement.

— Nos magies individuelles se complètent d'une manière qui dépasse les effets normaux d'un partenariat, dis-je. — La lumière d'Ivy ne se contente pas de fonctionner avec mon givre, elle lui apprend à être constructif plutôt que destructif.

À l'instant où les mots quittèrent ma bouche, je réalisai que j'avais révélé plus qu'une simple technique de magie. J'avais révélé quelque chose de personnel, quelque chose qui touchait au cœur de ce que la malédiction des Blackthorn avait fait à ma magie au fil des ans. Pendant un bref instant, je me revis : douze ans, à l'entraînement, frappant des cibles qui se brisaient sous une glace devenue vorace durant la nuit, mon tuteur blême en réalisant que quelque chose en moi avait basculé.

Je sentis l'attention vive d'Ivy, ainsi que sa compréhension grandissante que c'était la première fois que j'admettais à voix haute à quel point notre partenariat était en train de changer mon noyau magique.

— Et votre magie du givre fournit une structure à ses constructions de lumière d'une manière qui les sublime plutôt que de les contraindre, observa la professeure Meridian, son excitation académique grandissant. — C'est un travail remarquable. Vraiment exceptionnel.

Exceptionnel. Le mot resta en suspens dans l'air, comme une promesse et une menace. Les étudiants exceptionnels attiraient l'attention. Les phénomènes magiques exceptionnels attiraient l'intérêt des chercheurs. Les partenariats exceptionnels liés à d'anciens liens attiraient l'intérêt d'individus spécialisés dans la manipulation politique.

Comme si elle était invoquée par mon inquiétude grandissante, je sentis une pulsation provenant de la rune de lien sur mes côtes, pas douloureuse, mais insistante. Comme si elle répondait à quelque chose que je n'avais pas encore remarqué.

Rowan ? La voix mentale d'Ivy était chargée d'inquiétude. *Ta magie vient d'avoir un pic. Qu'est-ce qui ne va pas ?*

Je balayai la salle de classe du regard, cherchant ce qui avait pu déclencher ma méfiance instinctive. Les étudiants rangeaient après l'exercice, remballaient leur matériel et s'engageaient dans le genre de bavardages désinvoltes qui suivaient un travail de cours réussi. La professeure Meridian prenait des notes sur sa tablette d'évaluation, documentant probablement la construction de notre barrière pour référence future.

Tout semblait normal. Semblait normal.

Sauf la sacoche en cuir à côté de ma chaise, qui n'était certainement pas là au début du cours.

Quelqu'un a laissé quelque chose pour moi, dis-je à Ivy par notre lien, ne voulant pas l'alarmer inutilement mais incapable de me défaire du sentiment que ce qui se trouvait dans cette sacoche n'était pas un geste amical.

Laissé quoi ?

Je ne sais pas encore.

Alors que les autres étudiants sortaient en bavardant sur les devoirs et les examens à venir, j'attrapai la sacoche avec des doigts prudents. Le cuir était de haute qualité, sans marque à l'exception d'un petit symbole gaufré près du fermoir : trois flocons de neige entrelacés en triangle.

Le sceau de la Cour d'Hiver.

J'entendis la brusque inspiration d'Ivy alors qu'elle reconnaissait la signification du symbole. *Qu'est-ce qu'ils veulent ?*

Un seul moyen de le savoir.

À l'intérieur de la sacoche se trouvait un unique morceau de parchemin, plié avec le genre de bords précis qui suggéraient une correspondance officielle. Le message était bref, écrit dans la calligraphie fluide prisée des scribes de la cour :

Monsieur Blackthorn,

Vos récents arrangements académiques ont été notés avec intérêt. Il semble que le lien progresse exactement comme prévu. Votre coopération pour maintenir les paramètres de proximité actuels sera attendue.

Nous nous réjouissons d'observer la suite de vos progrès. Un ami

Pas de signature, mais le sceau de la Cour d'Hiver était pressé dans le parchemin avec le genre de lien magique qui rendait le document impossible à falsifier.

Ils nous observent, dit Ivy, sa voix mentale tendue par le genre de peur qui vient quand on réalise qu'on est un pion dans un jeu dont on ne comprend pas les règles.

Ils nous observent depuis le début, répondis-je sombrement. C'est juste leur façon de nous faire savoir qu'ils approuvent notre manière de jouer jusqu'à présent.

À travers notre lien, je sentis son mélange de colère et d'impuissance. Nous avions géré notre situation du mieux que nous pouvions, essayant d'équilibrer la nécessité magique avec l'autonomie personnelle, pour découvrir que nos meilleurs efforts servaient apparemment parfaitement les desseins de quelqu'un d'autre.

Qu'est-ce qu'on fait ?

On continue de jouer, dis-je en pliant soigneusement le parchemin et en le glissant dans ma poche. Mais on joue mieux qu'ils ne s'y attendent.

Alors que nous rassemblions nos affaires et nous préparions à quitter l'Annexe de l'Observatoire, je surpris la professeure Meridian en train de chercher dans le tiroir de son bureau avec le genre de nonchalance délibérée qui suggérait qu'elle avait attendu le bon moment. Quand elle leva les yeux et croisa mon regard, il y eut à nouveau cette lueur de reconnaissance, une inquiétude aiguisée en quelque chose qui ressemblait à un calcul protecteur.

La professeure Meridian en sait plus qu'elle ne le dit, observa Ivy par notre lien.

Probablement. La question est de savoir si cela fait d'elle une alliée ou une complication de plus.

La rune de lien pulsa de nouveau alors que nous marchions vers la sortie, et à travers les fenêtres en cristal de l'Observatoire, je pouvais voir des motifs d'aurore se former dans le ciel de l'après-midi qui n'étaient certainement pas naturels.

Quelqu'un envoyait des messages. Plusieurs personnes, si l'on en jugeait par les différentes signatures magiques dans les affichages lumineux.

Nous n'étions plus seulement des étudiants aux prises avec un lien inopportun. Nous étions des joueurs dans un jeu politique qui devenait de plus en plus complexe d'heure en heure.

Et à en juger par la satisfaction que j'avais ressentie à la lecture de cette note anonyme, nous y jouions exactement comme quelqu'un l'avait espéré.

La question était : combien de temps avant que nous trouvions comment commencer à jouer pour nous-mêmes au lieu de jouer pour celui qui tirait les ficelles ?

CHAPITRE SEPT

PLUS JAMAIS INVISIBLE

IVY

Les murmures ont commencé avant même que j'entre dans le Grand Réfectoire de Cristal.

— ... elle n'est forte que grâce à lui...

— ... il paraît qu'elle arrivait à peine à allumer une bougie avant le lien...

— ... typique des sprites, à profiter de la vraie magie de l'hiver...

Je me suis arrêtée juste devant l'entrée, mon appétit s'évanouissant à mesure que des bribes de conversation me parvenaient à travers l'architecture aux propriétés acoustiques améliorées du hall. Trois ans de discrétion absolue, trois ans à passer inaperçue et à éviter précisément ce genre d'attention, anéantis en une seule démonstration spectaculaire en classe.

J'ai senti que Rowan était conscient de ma détresse, ainsi que de sa propre colère, fermement contenue, face à ce que disaient les autres étudiants. Il se trouvait quelque part derrière moi, assez près pour que la règle d'un mètre cinquante soit respectée, mais assez loin pour que je puisse prétendre que j'entrais seule.

Tu n'as pas besoin de faire semblant. Sa voix mentale était plus douce que d'habitude. On est partenaires, tu te souviens ?

Partenaires pour faire de moi le sujet de tous les potins du campus, ai-je répondu, regrettant aussitôt mon ton amer. Désolée. Ce n'est pas de ta faute.

Ce n'est pas de la tienne non plus.

Mais j'avais l'impression que c'était de ma faute. Chaque commentaire murmuré, chaque regard en coin, chaque conversation qui s'arrêtait à mon approche, tout cela me semblait confirmer que j'avais eu raison de rester invisible si longtemps. Dès l'instant où j'étais entrée dans la lumière, les gens avaient commencé à regarder d'assez près pour voir à quel point j'étais petite et insignifiante.

Je me suis forcée à entrer dans le réfectoire la tête haute et les épaules droites, comme je l'avais vu faire aux étudiants sûrs d'eux. Mon effort n'était sapé que par Rowan qui me suivait comme mon ombre à un mètre cinquante, la tentative d'invisibilité la plus flagrante qui soit.

Le Grand Réfectoire de Cristal scintillait d'enchantements hivernaux, des lustres qui projetaient des motifs arc-en-ciel à travers des cristaux de glace en suspension au doux tintement des couverts enchantés qui ajustaient leur température pour garder les plats chauds fumants et les plats froids croquants. L'air était chargé d'effluves de chocolat à la menthe poivrée et de cidre épicé à la cannelle, créant une chaleur douillette qui contrastait avec l'énergie nerveuse que je sentais émaner des tables voisines.

Le réfectoire bourdonnait de l'énergie caractéristique de trois cents étudiants essayant de ne pas parler du ragot le plus intéressant qui ait circulé sur le campus depuis des mois. Des tables de sprites s'étaient regroupées près des fenêtres, leur habituel bavardage musical remplacé par des chuchotements lourds de sous-entendus. Les étudiants en magie de la glace occupaient leur coin traditionnel, et je sentais leurs regards analytiques suivre notre progression à travers la pièce.

— Ivy ! lança une voix familière, et je me suis retournée pour voir Petal Brightwood me faire signe d'une table près du buffet des desserts. C'était une autre sprite, bien que sa magie des fleurs ait toujours été plus avancée que mes constructions de lumière. Nous avions parfois été partenaires d'étude, plus par commodité que par amitié, mais à cet instant, son sourire semblait sincèrement accueillant.

Je me suis dirigée vers sa table, consciente que Rowan me suivait et que chacun de nos pas était catalogué par des observateurs intéressés.

— Comment gères-tu tout ça ? me demanda Petal alors que je me glissais sur la chaise en face d'elle. — Le lien, les cours modifiés, le fait de devoir rester près de... Elle jeta un coup d'œil à Rowan, qui s'était installé à la table adjacente, nous donnant l'illusion d'une certaine intimité. Il y avait quelque chose dans son expression que je n'avais pas remarqué auparavant, une lueur d'envie, peut-être, face au genre d'attention qui poussait les professeurs à restructurer des programmes académiques entiers.

— On fait avec, dis-je prudemment.

— J'ai entendu dire que ta démonstration de gardes dans le cours de la professeure Meridian était incroyable, ajouta Willow Fernspike un peu plus loin à la même table, bien que son sourire semblât un peu forcé. — Une densité magique de niveau aurore ?

Les doigts de Willow tambourinaient contre sa tasse dans un rythme que je reconnaissais, la même énergie nerveuse qui m'envahissait quand d'autres étudiants accomplissaient des choses que je pensais hors de leur portée. Elle travaillait sur des constructions avancées depuis sa première année, et voilà que je créais accidentellement une magie de niveau supérieur avec quelqu'un que j'avais rencontré il y a trois jours.

— La professeure a dit que c'était bien exécuté, ai-je répondu, essayant de dévier la conversation sans mentir ouvertement.

— Bien exécuté ? rit Petal. — D'après Marcus Thornfield, c'était la plus belle construction défensive qu'il ait jamais vue. Et il étudie la théorie des gardes avancées depuis sa première année.

Marcus avait été l'un des étudiants à nous lancer des regards pleins de ressentiment pendant le cours, mais apparemment, ses plaintes concernant notre traitement de faveur ne l'empêchaient pas de reconnaître la qualité de notre travail.

— C'est le lien, dis-je à voix basse. — Notre magie se synchronise automatiquement. Ce n'est pas vraiment... reproductible ? Et de préférence plus jamais devant une centaine de témoins ?

— Pas vraiment quoi ? m'interrompit Willow. — Pas vraiment ta contribution ? Ivy, tu te rends compte qu'une synchronisation magique ne se produit que si les deux partenaires contribuent de manière égale, n'est-ce pas ? Si ta magie était faible ou incompatible, le lien échouerait complètement ou amplifierait sa magie du gel en laissant la tienne inchangée.

Ça, je ne le savais pas. Je sentais que Rowan était d'accord avec l'analyse de Willow, ainsi que sa frustration de me voir encore douter de ma propre contribution à notre partenariat.

Elle a raison, dit-il à travers notre connexion mentale. Les effets d'amélioration vont dans les deux sens. Ta magie ne fait pas que profiter de la mienne, elle fournit la fondation qui permet à la mienne de devenir quelque chose de meilleur.

Avant que je puisse répondre, une autre voix perça le bruit ambiant du réfectoire avec assez de clarté pour atteindre la moitié de la salle.

— Je suppose qu'on ne saura jamais de quoi elle était capable toute seule, n'est-ce pas ?

Le commentaire venait de Frost Silverleaf, une sprite de glace de dernière année dont les relations familiales et le talent naturel avaient fait d'elle une sorte de célébrité parmi les étudiants en magie de l'hiver. Elle ne me regardait pas directement, mais sa voix portait cette autorité désinvolte qui suspendait les conversations voisines. Je remarquai l'épinglette sur sa robe, trois flocons de neige entrelacés en triangle, qui captait la lumière des lustres.

— Après tout, poursuivit Frost, s'adressant ostensiblement à ses compagnons de table mais jouant clairement pour un public plus large, quand les capacités magiques de quelqu'un subissent une amélioration aussi spectaculaire après un lien, cela soulève des questions sur ses compétences de base.

Les mots me frappèrent comme des coups. Non pas parce qu'ils étaient particulièrement cruels, mais parce qu'ils articulaient la peur que je portais en moi depuis la démonstration de la veille : que tout le monde supposerait que mes capacités améliorées signifiaient que mes capacités naturelles étaient négligeables.

— Des compétences de base comparées à quelle métrique ? ai-je demandé, ma voix plus assurée que je ne me sentais.

Frost haussa les sourcils avec le genre de surprise qui suggérait qu'elle ne s'attendait pas à ce que je réponde directement. — Comparées aux modèles de réussite établis pour votre année et votre spécialisation, évidemment.

— Je suis la même jeteuse de sorts qu'hier, dis-je. — Le lien ne m'a pas donné un nouveau langage, il m'a donné un meilleur micro.

Je sentis l'approbation de Rowan pour ma réponse, ainsi que sa colère aiguë face à la provocation de Frost. Mais avant que quiconque puisse répondre à ma défense, une autre voix s'éleva.

— En réalité, dit la professeure Meridian, interrompant la conversation, la signature magique de base de Mlle Snowfall est documentée depuis sa première année. Ses constructions de lumière montraient une complexité structurelle inhabituelle même lorsqu'elle travaillait de manière indépendante.

Je n'avais pas remarqué l'entrée de la professeure dans le réfectoire, mais elle se tenait juste derrière la table de Frost avec une tasse de thé et une expression qui suggérait qu'elle avait entendu tout l'échange. Un subtil courant d'air accompagnait son mouvement, faisant voleter les serviettes voisines malgré l'absence de toute brise réelle, un signe révélateur de la magie de sprite du vent répondant à un état émotionnel.

— Ses schémas d'amélioration par le lien indiquent qu'elle fournissait un soutien architectural à la magie du gel de M. Blackthorn dès l'instant où leurs signatures se sont synchronisées, poursuivit la professeure Meridian. — Ce niveau d'intégration magique instinctive ne se produit que si les deux partenaires possèdent des forces complémentaires.

Pendant qu'elle parlait, ses yeux vert pâle trouvèrent les miens à travers la pièce, retenant mon regard juste un instant de plus que ce que justifierait un intérêt passager. Dans ce bref contact, je perçus quelque chose qui ressemblait à de la reconnaissance, non pas de moi personnellement, mais de quelque chose dans notre situation qu'elle comprenait mieux qu'elle ne le laissait paraître.

Le réfectoire était devenu étrangement silencieux. Même les étudiants aux tables les plus éloignées tendaient l'oreille pour entendre la conférence improvisée d'une professeure sur la théorie de la magie en partenariat.

— De plus, ajouta la professeure Meridian, ses yeux vert pâle se fixant sur Frost avec le genre de regard qui avait probablement flétri des décennies d'étudiants trop sûrs d'eux, suggérer que les contributions d'un partenaire lié sont en quelque sorte moins valides démontre une incompréhension fondamentale du fonctionnement de la magie collaborative.

Les joues de Frost rosirent, mais elle releva le menton avec le genre de défi qui vient de n'avoir jamais été sérieusement remise en question par l'autorité. — J'observe simplement qu'une amélioration spectaculaire soulève des questions sur la capacité originelle. C'est une enquête académique raisonnable.

— Vraiment ? La voix de Rowan trancha la tension comme une lame dans de la soie. Il s'était levé de sa place à la table adjacente et s'était déplacé pour se tenir derrière ma chaise, assez près pour que je sente sa chaleur même sans la rune. — Parce que de là où je suis, les seules questions soulevées sont de savoir pourquoi quelqu'un ressentirait le besoin de diminuer les contributions d'une autre étudiante alors que ces contributions peuvent être objectivement mesurées et vérifiées.

Il ne criait pas. Il n'élevait même pas la voix. Mais il y avait quelque chose dans son ton, une autorité froide et contrôlée qui rappelait à tout le monde dans la salle qu'il était un Blackthorn, de la noblesse de la Cour d'Hiver, quelqu'un qui avait été formé depuis l'enfance à gérer les confrontations politiques.

La réponse de la professeure Meridian fut rapide et précise. — Alors enquêtez raisonnablement. Dans un laboratoire. Elle fit un geste désinvolte vers Frost. — Mlle Silverleaf, j'attends une étude de réplication de garde à éléments mixtes pour vendredi, notes de source jointes. Puisque les comparaisons de base vous intéressent tant.

L'expression de Frost passa du défi à l'alarme alors qu'elle réalisait qu'elle venait de se voir attribuer ce qui équivalait à un projet d'étude indépendant de niveau supérieur en conséquence de son commentaire public.

La professeure Meridian hocha la tête d'un air approbateur et poursuivit son chemin vers la zone réservée au corps enseignant, mais pas avant d'avoir fait une autre observation pointue : — J'ose espérer que ce genre de perturbation pendant les repas ne deviendra pas une habitude. Le réfectoire est destiné à se nourrir, pas au théâtre académique.

L'avertissement était doux mais clair : les futures confrontations seraient accueillies par une intervention administrative. Le réfectoire fut laissé à un bourdonnement de conversations renouvelées sur ce dont ils venaient d'être témoins, bien que le volume soit resté plus modéré qu'auparavant.

J'étais assise sur ma chaise, fixant mes mains, essayant de digérer le fait que je venais d'être défendue publiquement à la fois par une professeure et par un héritier de la Cour d'Hiver. Trois jours plus tôt, la plupart de ces étudiants n'auraient pas connu mon nom. Maintenant, des gens se disputaient au sujet de ma compétence magique devant la moitié du campus.

Ça va ? demanda Rowan par notre lien alors qu'il se rasseyait à sa place à la table adjacente.

Je ne sais pas, ai-je admis. Tout ça est si étrange. Les gens qui parlent de moi, les professeurs qui me défendent, toi qui viens à mon aide...

Tu t'es défendue la première, fit-il remarquer. Je n'ai fait que fournir un soutien.

Je ne me suis pas défendue. Je suis juste restée assise là.

Tu es restée calme alors que quelqu'un essayait de te provoquer. Tu ne t'es pas recroquevillée ni excusée d'être visible. C'est une forme de défense en soi.

À travers notre connexion, je perçus un écho de ses souvenirs : des réceptions à la cour où des opposants politiques avaient essayé de le pousser à des réactions qui pourraient être utilisées contre lui plus tard, des leçons sur le maintien du sang-froid sous pression, et la compréhension que parfois la réponse la plus forte est de refuser de donner à quelqu'un la réaction qu'il désire.

C'est ce qu'elle faisait ? Elle essayait de me provoquer ?

La famille de Frost a des liens avec plusieurs factions de la

Cour d'Hiver, répondit Rowan d'un ton sombre. Il est possible qu'elle testait tes réactions pour le compte de quelqu'un d'autre.

Cette pensée me donna un frisson qui n'avait rien à voir avec la température du réfectoire. La manipulation politique était censée être quelque chose qui arrivait à d'autres personnes, des personnes importantes, des personnes avec des noms de famille et des héritages magiques valant la peine d'être ciblés.

Tu penses que quelqu'un lui a dit de dire ça ?

Je pense que quelqu'un surveille notre situation d'assez près pour identifier les points de pression potentiels, dit-il. Ta confiance en tes propres capacités serait une cible évidente.

Comme si elle était invoquée par notre conversation, ma rune de lien se mit à pulser avec l'avertissement familier qui signifiait que nous étions restés séparés trop longtemps. Mais Rowan était assis à moins d'un mètre cinquante, bien dans nos limites de proximité établies.

Rowan, dis-je à travers notre lien, ne voulant pas alarmer le réfectoire plein d'étudiants qui nous prêtaient déjà trop d'attention. Quelque chose ne va pas avec le lien.

Je sentis son alerte instantanée, suivie de sa propre prise de conscience que sa rune pulsait au même rythme urgent. Autour de nous, les conversations commencèrent à se taire alors que les étudiants remarquaient la douce lumière blanc argenté émanant de nos deux bras, accompagnée d'un son de lointains carillons éoliens qui semblait provenir des runes elles-mêmes.

— Elles sont censées faire ça ? chuchota quelqu'un.

La pulsation s'intensifia, passant du blanc argenté à un vert aurore pressant, et soudain je ressentis un besoin désespéré d'être plus près de Rowan. Pas seulement à moins d'un mètre cinquante, mais à portée de main. La sensation était comme être tirée par un aimant invisible, accompagnée de picotements qui se propageaient de la rune dans tout mon bras.

Les exigences de proximité se resserrent, dit-il. Dylan nous avait prévenus que ça pourrait arriver.

À quel point plus près ?

Assez près pour que des tables séparées ne suffisent plus.

Les runes du lien s'embrasèrent plus vivement, et cette fois, l'attraction fut impossible à ignorer. Je me levai de ma chaise juste au moment où Rowan se levait de la sienne, et nous nous dirigeâmes l'un vers l'autre avec le genre de mouvement synchronisé qui suggérait que nos signatures magiques prenaient le pas sur nos décisions conscientes.

Au moment où nos mains se touchèrent, la pulsation urgente s'apaisa pour retrouver son rythme synchronisé familier, et la sensation désespérée d'étirement disparut. Mais autre chose se produisit également : une chaleur subtile là où sa paume fraîche rencontrait la mienne, accompagnée du plus léger crépitement d'électricité statique là où nos magies différentes interagissaient. Nos respirations se synchronisèrent automatiquement, et l'espace d'un battement de cœur, le bruit du réfectoire s'estompa en un murmure de fond.

Nos assiettes glissèrent l'une vers l'autre sur la table enchantée comme si elles aussi avaient des exigences de proximité.

Mais nous nous tenions maintenant au milieu du Grand Réfectoire de Cristal, main dans la main, entourés de trois cents étudiants qui assistaient à notre dernier développement magique avec des expressions allant de la fascination à l'inquiétude, en passant par une jubilation à peine déguisée d'avoir de nouveaux ragots à se mettre sous la dent.

Eh bien, dit Rowan par notre lien, sa voix mentale empreinte d'un humour résigné. Je ne pense pas que nous pourrons prétendre encore longtemps que c'est temporaire.

Jusqu'à quel point penses-tu que nous devrons être proches, à terme ? demandai-je, redoutant la réponse.

J'essaie de ne pas y penser pour l'instant.

À travers nos mains jointes, je pouvais sentir sa présence stable, la façon dont sa magie s'ajustait instinctivement pour soutenir la mienne, la familiarité croissante de partager un espace mental avec quelqu'un dont les pensées devenaient aussi naturelles que les miennes.

La rune du lien pulsa une fois de plus, doucement cette fois, comme si elle reconnaissait que nous avions accepté ce nouveau développement.

Autour de nous, le réfectoire continuait de bourdonner de chuchotements excités à propos de ce dont ils venaient d'être témoins, mais pour la première fois depuis le début de toute cette situation, je découvris que l'attention des autres m'importait moins.

Qu'ils chuchotent. Qu'ils spéculent. Qu'ils se demandent ce que cela signifiait qu'Ivy Snowfall, la plus petite sprite du campus, étudiante passant à peine ses examens, ancienne maîtresse de l'invisibilité, soit liée à quelqu'un qui la défendait publiquement et lui tenait la main comme si c'était la chose la plus naturelle au monde.

Peut-être que j'étais enfin prête à découvrir ce que ça faisait d'être vue.

Un léger carillon attira mon attention sur un cristal de message qui était apparu sur nos mains jointes, brillant avec le formatage officiel de l'université. Le texte se matérialisa en lettres flottantes :

Avis administratif : Révision du paramètre de proximité en cours d'examen. Présentez-vous à l'Observatoire pour une évaluation contrôlée à 18 h 00. Bureau des Affaires Universitaires

Je sentis la tension de Rowan à travers notre lien alors qu'il lisait le message. Quoi que ce soit qui nous attendait, ce serait officiel, documenté, et probablement plus intensif que tout ce que nous avions connu jusqu'à présent.

Évaluation contrôlée, pensai-je en sa direction. Ça a l'air de mauvais augure.

Tout dans cette situation a été de mauvais augure, répondit-il. Au moins, maintenant, nous savons qu'ils prennent ça au sérieux.

Le cristal de message se dissout, ne laissant que la plus faible trace de magie administrative et la certitude que notre période d'ajustement relativement calme était sur le point de se terminer.

CHAPITRE HUIT
CHAÎNES ET CHOIX

ROWAN

La convocation est arrivée une heure avant notre évaluation contrôlée, livrée par un corbeau de givre qui s'est matérialisé dans notre salle commune avec le genre de signature magique qui annonçait une affaire sérieuse.

M. Blackthorn. Mon bureau. Immédiatement. Venez seul. — Professeur Blitzen

En lisant le message par-dessus mon épaule, j'ai pu sentir la pointe d'angoisse d'Ivy. La Règle du Mètre signifiait que nous n'avions pas été séparés depuis l'incident du réfectoire, et l'idée d'une séparation, même pour une réunion avec un professeur, faisait bourdonner nos deux runes de lien en un avertissement de bas niveau.

Combien de temps peux-tu rester seul avant que ça ne devienne un problème ? ai-je demandé via notre connexion mentale, bien que je redoute déjà la réponse.

Je ne sais pas, a-t-elle admis. Hier, on a tenu quinze minutes. Mais les contraintes se resserrent sans cesse.

Je ferai vite.

Le bureau du professeur Blitzen occupait un coin de la Tour Administrative. Ses murs étaient tapissés de cristaux d'orage qui crépitaient d'éclairs contenus et de certificats de réussite qui témoignaient de décennies d'excellence académique. Elle se tenait derrière son bureau quand je suis entré, ses cheveux argentés étincelant de ce genre d'énergie électrique qui suggérait que la conversation que nous nous apprêtions à avoir n'avait rien de social.

La porte s'est scellée derrière moi, et la rune m'a de nouveau rappelé depuis combien de temps j'étais loin d'Ivy. J'avais pris des notes mentales pendant ma marche. Huitième minute : une démangeaison statique sous les côtes. Onzième minute : des fourmillements. Treizième minute : un mince fil froid se resserrant à travers mon sternum. J'ai gardé un visage poli. Ivy n'avait pas besoin que ma panique se répercute à travers notre lien.

— Asseyez-vous, a-t-elle ordonné en désignant la chaise en face de son bureau. Nous devons discuter de votre situation franchement, et je préfère le faire sans public.

Je suis resté debout. — Si c'est à propos des exigences de proximité...

— C'est à propos de l'intérêt de la Cour d'Hiver pour vos exigences de proximité, m'a-t-elle coupé. Et ce que cet intérêt est susceptible de vous coûter si les tendances actuelles se maintiennent.

Ses mots m'ont fait l'effet d'un coup de poing. Je savais que la Cour observait, surveillait, et peut-être même manipulait notre situation. Mais l'entendre reconnaître par un membre du corps professoral rendait soudain les implications politiques terriblement réelles.

— Vous avez reçu des communications de leur part, a poursuivi le professeur Blitzen. Ce n'était pas une question.

— Une correspondance anonyme, ai-je admis. Rien qui ne constitue une menace directe.

— Pour l'instant. Ses yeux pâles m'ont étudié avec le genre d'intensité qui me donnait l'impression d'être un paratonnerre dans un orage. Monsieur Blackthorn, je vais vous dire quelque chose qui devrait probablement rester confidentiel, mais étant donné les circonstances, je crois que vous devez comprendre ce à quoi vous faites face.

D'un geste, elle a activé un sceau de confidentialité, l'air autour de nous frémissant de boucliers magiques qui empêche-raient les oreilles indiscrètes ou la surveillance magique. J'ai remarqué que le matériel était gravé de flocons de neige entrela-cés, preuve d'une provenance de la Cour d'Hiver. Même ici, leur influence était plus profonde que je ne l'avais imaginé.

— L'Université du Pôle Nord existe sur les terres de la Cour d'Hiver en vertu d'un accord, non d'un droit acquis, a-t-elle dit sans détour. Notre charte nous accorde l'indépendance acadé-mique, mais pas la souveraineté. Si la Cour décide que votre lien représente une menace pour ses intérêts, elle peut révoquer notre protection.

Mon estomac s'est noué. — Ce qui signifie ?

— Ce qui signifie qu'elle peut exiger votre extradition pour que vous répondiez devant la justice de la Cour d'Hiver, pour les chefs d'accusation qu'elle choisira de retenir. Malversation magique. Manquement aux obligations de lignée. Utilisation non autorisée de la magie de domination. Sa voix portait le poids de quelqu'un qui avait déjà vu des manœuvres politiques détruire des étudiants prometteurs. Les accusations spécifiques importent moins que le précédent.

À la quatorzième minute, le fil froid dans mon sternum était devenu un couteau. À travers notre lien, je sentais la détresse croissante d'Ivy alors que notre temps de séparation s'allongeait, et je pouvais la sentir lutter pour ne pas partir à ma recherche malgré les instructions explicites de la lettre de venir seul.

— Que recommandez-vous ? ai-je demandé, même si je craignais déjà connaître la réponse.

— Partez, a simplement dit le professeur Blitzen. Tous les deux. Prenez un semestre à l'étranger, quelque part hors de la juridiction de la Cour d'Hiver. Laissez l'intérêt politique que ce lien a généré se dissiper pour devenir de l'histoire ancienne.

— Et si nous refusons ?

— Alors vous acceptez que chaque choix que vous ferez, chaque développement magique, chaque précédent que vous établirez sera scruté par des gens qui tirent les ficelles de la politique depuis avant la naissance de vos arrière-grands-parents. Elle s'est penchée en avant, son expression sérieuse. Ils ne se contentent pas de vous observer, Monsieur Blackthorn. Ils vous étudient. Ils apprennent comment le lien répond à la pression, jusqu'où ils peuvent pousser avant que vous ne craquiez.

Alors que je rangeais son avertissement, j'en ai senti le poids s'installer à côté de la note anonyme d'hier. Même menace, nouvel emballage. La patience de la Cour d'Hiver était peut-être vaste, mais elle n'était pas infinie.

La rune de lien a flambé contre mes côtes, brûlante et insistante, et j'ai senti le pic de panique d'Ivy à travers notre connexion. Quelle que soit notre limite de séparation actuelle, nous l'avions atteinte.

— Je dois y aller, ai-je dit, me dirigeant déjà vers la porte.

— Monsieur Blackthorn. La voix du professeur Blitzen m'a arrêté sur le seuil. Si la Cour d'Hiver vient vous chercher, l'UPN ne pourra pas vous protéger éternellement. Souvenez-vous de ça.

Je suis retourné à notre suite en moins de cinq minutes, mais il était déjà trop tard. J'ai trouvé Ivy recroquevillée dans un coin de notre salle commune, les bras enroulés autour d'elle-même, tandis que des vagues de détresse magique irradiaient de sa rune de lien. Au moment où j'ai franchi le seuil, elle a levé les yeux, des yeux écarquillés de ce genre de peur qui vient du sentiment d'être fondamentalement déconnecté de son propre noyau magique.

— Tout va bien, ai-je dit en la rejoignant immédiatement et en posant un genou à terre à côté de son fauteuil. Je suis là.

Au moment où nos mains se sont touchées, l'énergie chaotique s'est calmée, mais je pouvais sentir à travers notre lien à quel point la séparation lui avait coûté cher. Pas seulement un inconfort, mais une douleur réelle, comme si quelqu'un avait lentement déchiré sa signature magique.

C'était horrible, a-t-elle dit via notre connexion mentale, ses pensées tremblantes de détresse résiduelle. J'avais l'impression de me dissoudre.

Je suis désolé. Blitzen voulait discuter des implications politiques en privé.

Mauvaise nouvelle ?

Le genre qui fait paraître nos problèmes actuels bien simples.

Mais avant que je puisse lui expliquer ce que le professeur Blitzen m'avait dit, notre système de communication partagé a sonné pour nous rappeler que notre évaluation contrôlée devait commencer dans vingt minutes.

L'Observatoire avait été reconfiguré pour ce qui ressemblait à une évaluation magique complète. Les postes de recherche habituels de Lyra avaient été complétés par des équipements de surveillance que je n'avais jamais vus auparavant : des réseaux cristallins qui bourdonnaient de magie d'analyse, des champs de confinement qui pourraient probablement arrêter un dragon en pleine charge, et suffisamment d'observateurs du corps professoral pour suggérer que ce qu'ils prévoyaient de tester était considéré à la fois comme important et potentiellement dangereux.

Le professeur Blitzen est arrivée alors que nous examinions

l'installation, son expression soigneusement neutre d'une manière qui suggérait que notre conversation privée était désormais compartimentée derrière la responsabilité professionnelle.

— L'objectif, a-t-elle annoncé aux professeurs et observateurs assemblés, est de cartographier les paramètres actuels du lien et d'établir des protocoles de sécurité pour les futures exigences de proximité.

Dylan et Lyra ont échangé un regard chargé d'une inquiétude partagée, mais aucun des deux n'a remis en question la méthodologie.

— Nous commencerons par des tests de séparation standards, a poursuivi le professeur Blitzen. Des augmentations progressives de la distance tout en surveillant la stabilité magique. Si une détresse survient, le test sera immédiatement interrompu.

Ce qui a suivi fut l'invasion la plus systématique de notre intimité magique que j'aie jamais connue. Ils nous ont séparés de quelques centimètres, puis de plusieurs mètres, mesurant les réponses des runes de lien avec des instruments qui semblaient disséquer nos noyaux magiques. Chaque pulsation, chaque flambée, chaque moment d'inconfort était documenté avec une précision clinique.

— Fascinant, a murmuré le professeur Ember, le directeur du département d'Études Magiques Avancées. Le lien n'est pas seulement dépendant de la proximité, il crée une codépendance magique. Leurs signatures individuelles commencent à fusionner.

À travers notre lien, j'ai senti l'alarme croissante d'Ivy face aux implications de cette observation. Nous n'étions pas seulement liés l'un à l'autre, nous devenions apparemment magiquement incomplets l'un sans l'autre.

— Testons les limites supérieures, a suggéré le professeur Ember. Voyons jusqu'où nous pouvons pousser la séparation avant que des effets permanents ne se produisent.

Cela aurait dû être mon premier avertissement que l'évalua-tion dépassait les paramètres de sécurité. Mais j'étais trop concentré sur la surveillance des niveaux de détresse d'Ivy à travers notre lien pour reconnaître le danger avant qu'il ne soit trop tard.

Ils nous ont séparés au-delà du point d'inconfort, au-delà du point de douleur, dans un territoire qui ressemblait à une ampu-tation magique. La rune de lien d'Ivy a flambé d'un blanc ardent sur son poignet, et à travers notre connexion, j'ai senti son noyau magique commencer à se fragmenter sous la tension.

— Arrêtez, a dit Ivy, la voix rauque, les yeux vitreux de douleur. Elle a posé une paume sur la console pour rester debout. C'est un retrait de consentement. Arrêtez maintenant.

— Stop, ai-je dit, ma voix aiguisée par l'alarme. Vous lui faites du mal.

— Les lectures sont toujours dans les paramètres acceptables, a répondu le professeur Ember, son attention fixée sur ses instru-ments de surveillance plutôt que sur l'étudiante qui était claire-ment en détresse.

— Ça suffit, professeur Ember, a dit Blitzen, des éclairs s'accu-mulant dans ses cheveux comme un avertissement. Il n'a pas levé les yeux. Il aurait dû.

— Stop, ai-je répété, et cette fois, il y avait une froideur hiver-nale dans ma voix, le genre d'autorité glaciale qui venait de géné-rations de pouvoir politique des Blackthorn.

Mais ils n'ont pas arrêté. Au contraire, le professeur Ember semblait excité par les lectures spectaculaires que ses instruments fournissaient, et il a fait signe aux techniciens d'augmenter encore la distance de séparation.

C'est à ce moment-là que mon contrôle a volé en éclats.

La magie de la tempête qui s'était accumulée dans ma poitrine depuis le début de la séparation a éclaté vers l'extérieur en une

vague de givre et de fureur qui n'avait rien à voir avec une évaluation académique et tout à voir avec quelqu'un qui menaçait la
personne à qui j'étais lié. Celle que j'avais juré de protéger. La
tempête en moi n'a pas transpercé ; elle a voilé. Le givre a jailli de
ma main tendue en une nappe qui a recouvert les consoles et les
câbles comme une toile d'araignée, étouffant le courant, pas les
gorges. Le verre a hurlé ; personne n'a saigné.

— STOP ! ai-je rugi, et cette fois, le mot portait assez de
force magique pour fissurer les fenêtres renforcées de l'Observatoire.

Le professeur Ember a reculé en trébuchant, ses instruments
de surveillance étincelant et tombant en panne alors que ma
magie de tempête interférait violemment avec leur électronique
délicate. Autour de la pièce, les membres du corps professoral ont
activé des boucliers défensifs, mais je ne les attaquais pas, je me
dirigeais vers Ivy, dont la signature magique semblait se
dissoudre complètement sous la tension de la séparation forcée.

Je l'ai rejointe juste au moment où elle s'effondrait, sa rune de
lien vacillant comme une bougie mourante. À l'instant où nos
mains se sont touchées, l'énergie chaotique s'est stabilisée, mais
je pouvais sentir à travers notre lien l'étendue des dégâts causés
par le test. Son noyau magique semblait fracturé, incomplet,
comme si quelqu'un en avait arraché des parties essentielles à son
identité magique fondamentale.

— Ça suffit, a dit Dylan, sa voix tranchant le chaos avec l'autorité d'un renard-garou. Le test est terminé.

Le professeur Meridian est arrivée avec deux surveillants et un
presse-papiers à la main. — Les essais de séparation en direct
sont suspendus en attente d'un examen éthique, a-t-elle annoncé,
sa voix aussi froide que du verglas. Toute collecte de données
supplémentaire se fera selon mon protocole ou ne se fera pas du
tout.

— Les lectures atteignaient tout juste le seuil critique... a commencé à protester le professeur Ember.

— Les lectures étaient sur le point de causer des dommages magiques permanents, l'a interrompu Lyra, sa magie de lumière flamboyante alors qu'elle s'approchait pour vérifier l'état d'Ivy. Regardez sa signature magique. Trente secondes de plus et vous auriez pu sectionner complètement le lien.

— Les données confirment un changement de phase, a poursuivi Lyra en analysant les relevés cristallins. Vous avez quitté la synchronisation pour entrer dans l'interdépendance. Séparation sûre sans contact physique : quatre-vingt-dix secondes. Distance sûre avec contact : soixante centimètres. Au-delà, la dégradation s'accélère de manière exponentielle.

À travers notre connexion, j'ai senti l'épuisement d'Ivy et sa prise de conscience croissante que les professeurs ne comprenaient pas entièrement à quoi ils avaient affaire. Ils voyaient le lien comme une curiosité académique à étudier, pas comme quelque chose qui était devenu fondamental à notre existence magique.

Pendant le débriefing, Lyra a noté un détail intriguant : — Je vois des pics de résonance anormaux lorsque vous partagez votre souffle, en grande proximité faciale, par rapport au simple fait de vous tenir la main. Les données suggèrent que vos signatures magiques s'harmonisent plus complètement avec une intimité accrue.

Est-ce que ça va ? ai-je demandé via notre lien, même si je sentais que la réponse était compliquée.

Ça ira, a-t-elle répondu, mais sa voix mentale était tremblante à cause des séquelles du traumatisme magique. Mais Rowan, je ne pense pas qu'ils réalisent à quel point c'est profond. Le lien ne change pas seulement notre magie, il nous change nous.

Je l'ai aidée à se relever, en gardant nos mains liées tandis que les runes de lien retrouvaient leur rythme synchronisé. Autour de nous, les membres du corps professoral examinaient leur équipement endommagé et échangeaient des regards inquiets sur ce dont ils venaient d'être témoins.

— Monsieur Blackthorn, a dit doucement le professeur Blitzen, sa voix dépourvue de la chaleur qu'elle avait eue lors de notre conversation privée. Peut-être pourriez-vous nous expliquer ce qui vient d'arriver à votre contrôle magique.

— Quelqu'un menaçait ma partenaire, ai-je dit simplement. Ma magie a réagi en conséquence.

Les mots sont restés en suspens dans l'air comme un défi. Pas ma partenaire académique, pas ma partenaire de lien, ni même ma partenaire magique. Juste ma partenaire, avec toutes les implications personnelles et protectrices qui l'accompagnaient.

À travers notre lien, j'ai senti la surprise d'Ivy à mon choix de mots, suivie de quelque chose de plus chaleureux qui ressemblait à de la gratitude. Le mot s'est logé dans sa poitrine comme une étincelle trouvant de l'amadou. Partenaire.

— Je vois, a dit le professeur Blitzen, et son ton suggérait qu'elle comprenait plus de la situation qu'elle ne le laissait paraître. Bien. Je crois que nous avons suffisamment de données pour l'instant.

Alors que les professeurs commençaient à remballer leur équipement de surveillance endommagé, Dylan s'est approché de nous avec le genre d'inquiétude désinvolte qui suggérait qu'il s'attendait à ce que quelque chose comme ça se produise.

— Comment te sens-tu ? a-t-il demandé directement à Ivy.

— Comme si quelqu'un avait essayé de déchirer mon noyau magique en deux, a-t-elle admis. Mais je suis stable maintenant.

— Le lien est plus profond que ce que nous pensions initialement, a ajouté Lyra, sa voix académique portant une nuance d'inquiétude. L'intégration magique approche des niveaux permanents. À ce stade, tenter de briser la connexion pourrait causer des dommages irréversibles à vos deux noyaux magiques.

Permanent, ai-je pensé via notre lien. Pas de retour en arrière.

Tu voulais revenir en arrière ? a demandé Ivy, et il y avait quelque chose de vulnérable dans sa voix mentale qui m'a serré la poitrine d'émotions que je n'étais pas prêt à nommer.

Non, ai-je réalisé avec surprise. Je ne crois pas.

À travers nos mains jointes, j'ai senti son soulagement, suivi de son propre aveu timide que le mot permanent ne semblait pas aussi terrifiant qu'il aurait dû.

Nous étions désormais liés d'une manière qui allait bien au-delà de la nécessité magique. La question était de savoir si nous étions prêts à choisir ce que cela signifiait pour nos deux avenirs.

En regardant l'expression soucieuse du professeur Blitzen, la posture protectrice de Dylan et les calculs inquiets de Lyra, j'ai eu le sentiment que la question allait trouver sa réponse plus tôt que nous n'y étions préparés.

Mais alors que les doigts d'Ivy se resserraient autour des miens et que nos runes de lien pulsaient en parfaite harmonie, j'ai réalisé que certains choix se faisaient d'eux-mêmes.

Nous étions partenaires. Tout le reste n'était que détails.

De retour dans la suite, une fine enveloppe a glissé sous la porte, le sceau de cire refroidissant en un argent miroitant. Trois flocons de neige entrelacés et, incrusté sur le bord, un sceau plus petit que je reconnaissais maintenant : Silverleaf. Un avis formel d'observation. Les doigts d'Ivy ont trouvé les miens sans que la rune ait besoin de leur dire de le faire.

CHAPITRE NEUF

LES SECRETS DE L'AURORE

IVY

La convalescence a duré trois heures.

Trois heures durant lesquelles la présence constante de Rowan m'a ancrée pendant que mon noyau magique se reconstituait douloureusement à partir des fragments laissés par le test de résistance du corps enseignant. Lorsque le plus gros du traumatisme magique s'est estompé, le soir était tombé sur l'Université du Pôle Nord tel un doux drap, et l'aurore boréale commençait sa danse nocturne dans le ciel du campus.

—J'ai besoin d'air, ai-je fini par dire, en fléchissant les doigts pour vérifier si ma magie de la lumière répondait à nouveau normalement. D'air frais, pas de l'atmosphère recyclée de l'intérieur.

À travers notre lien, j'ai senti l'approbation de Rowan, ainsi que sa propre énergie agitée qui provenait des heures passées assis et retenu alors que chaque instinct lui hurlait de faire quelque chose de plus actif pour aider à ma guérison.

—La terrasse de l'Observatoire ? a-t-il suggéré.

La plateforme supérieure de l'Observatoire était devenue notre refuge officieux ces derniers jours, assez proche de l'équipement de surveillance de Lyra pour satisfaire les préoccupations de l'administration, assez privée pour avoir des conversations sans public, et assez haute pour offrir le genre de perspective qui faisait paraître les problèmes du campus gérables.

Nous avons gravi l'escalier cristallin, en maintenant la distance de soixante centimètres qui était devenue notre nouvelle norme. La notice de Silverleaf était rangée en sécurité dans la poche de Rowan, mais je pouvais sentir à travers notre lien qu'il en était conscient, une autre couche de complication politique dont nous nous occuperions demain.

Ce soir, je voulais juste respirer.

La terrasse était vide à notre arrivée, enveloppée dans le genre de quiétude paisible qui vient avec le fait d'être au-dessus de la majeure partie de l'activité du campus. À travers les barrières de cristal transparentes, nous pouvions voir des étudiants se déplacer entre les bâtiments, la lumière chaude se déversant des fenêtres des dortoirs, la douce lueur des sentiers enchantés qui maintenaient les lieux praticables même dans le crépuscule perpétuel de l'hiver.

Mais c'est l'aurore qui a attiré mon attention. Le spectacle de ce soir était particulièrement magnifique, avec des rubans de lumière verte et dorée qui dansaient dans le ciel selon des motifs qui semblaient presque réagir à notre présence. Tandis que nous regardions, les couleurs se sont approfondies et ont changé, créant des formations qui ressemblaient moins à des phénomènes naturels qu'à une œuvre d'art intentionnelle.

— C'est magnifique, ai-je dit en m'asseyant sur l'une des banquettes rembourrées qui bordaient le périmètre de la terrasse.

— Elle réagit à nous, a répondu Rowan, en prenant place à côté de moi, si près que nos épaules se touchaient. Regarde la façon dont les motifs changent lorsque nos signatures magiques s'alignent.

Il avait raison. Chaque fois que nos runes de lien pulsaient en synchronisation, l'aurore répondait par des variations de couleur et d'intensité qui suggéraient que notre partenariat interagissait d'une manière ou d'une autre avec la magie ambiante de l'université, d'une façon que nous ne comprenions pas entièrement.

— Lyra va vouloir étudier ça, ai-je dit avec un mélange de fascination et de résignation.

— Probablement. Mais pas ce soir. À travers notre lien, j'ai senti sa détermination à ce que nous ayons au moins quelques heures de paix avant de replonger dans l'analyse académique de notre situation. — Ce soir, on ne fait qu'exister.

Ne faire qu'exister. À quand remontait la dernière fois que j'avais fait ça ? Trois ans à essayer de me rendre invisible, trois ans à gérer méticuleusement ma production magique pour éviter d'attirer l'attention, trois ans à exister dans les interstices, loin du regard des autres.

— Est-ce que je peux te poser une question personnelle ? ai-je demandé, les mots sortant avant même que j'aie consciemment décidé de les prononcer.

— On est liés par la magie et on partage un logement, a répondu Rowan avec un humour pince-sans-rire. Je crois qu'on n'en est plus à se soucier des limites de l'intimité.

— Ça faisait quoi de grandir en sachant que tu hériterais d'une malédiction ?

La question a flotté dans l'air entre nous, et à travers notre lien, j'ai senti sa surprise face à ma franchise. Mais il y avait quelque chose dans la douce lumière de l'aurore et l'intimité de la terrasse qui rendait possibles les conversations difficiles.

— C'était solitaire, a-t-il fini par dire. Dès que j'ai été assez grand pour comprendre ce que signifiait l'héritage des Blackthorn, j'ai su que je devrais faire attention avant de me rapprocher des gens. La malédiction n'affecte pas seulement la personne qui la porte, elle affecte tout son entourage.

À travers notre connexion, j'ai perçu des éclairs de ses souvenirs d'enfance. Un petit garçon de sept ans s'exerçant seul à la magie parce que ses sorts de givre avaient commencé à devenir destructeurs sans avertissement. Des tuteurs qui lui enseignaient des techniques de contrôle mais maintenaient une distance professionnelle. Des réunions de famille où ses proches le regardaient avec le genre de méfiance habituellement réservé aux animaux dangereux.

— J'ai appris très tôt que le plus sûr pour tout le monde était que je garde mes distances, a-t-il poursuivi. Garder le contrôle, ne pas m'attacher, ne laisser personne s'approcher assez pour être blessé quand la malédiction décidait de se manifester.

— Ça a l'air horrible, ai-je dit doucement.

— C'était pragmatique, a-t-il répondu, mais je sentais à travers notre lien que « pragmatique » ne voulait pas dire que ça n'avait pas été douloureux. Et toi ? Ça faisait quoi de grandir en sachant que ta magie était différente de celle des autres farfadets ?

J'ai hésité, surprise de voir à quel point j'avais envie de répondre honnêtement. — Déroutant. Les autres enfants farfadets pouvaient créer des constructions de lumière qui dansaient, jouaient et interagissaient les unes avec les autres. Les miennes étaient toujours... sérieuses. Structurées. Comme si elles essayaient de construire quelque chose au lieu d'être simplement belles.

Le souvenir m'est revenu avec une clarté inattendue : avoir huit ans lors d'une réunion de famille, regarder mes cousins créer un jardin de fleurs lumineuses qui chantaient en harmonie, alors que ma contribution avait été un motif géométrique complexe qui avait impressionné les adultes, mais laissé les autres enfants perplexes.

— Mes parents disaient que c'était juste une phase, que je développerais une magie de farfadet plus typique en grandissant. Mais ce n'est jamais arrivé. Au contraire, ma lumière est devenue plus architecturale, plus axée sur la création de structures que d'œuvres d'art. — J'ai marqué une pause, me rappelant notre construction de protection dans le cours du professeur Meridian. — Je pense que c'est pour ça que notre sort de protection a si bien fonctionné. Je n'essayais pas de créer de l'art, je construisais une fondation que ton givre pouvait transformer en quelque chose de magnifique.

— Comme si elle était conçue pour soutenir une autre magie au lieu d'exister seule, a observé Rowan.

— Exactement. — Je me suis tournée pour le regarder, remarquant comment la lueur de l'aurore se posait sur les angles vifs de son visage et donnait l'impression que ses yeux clairs portaient leur propre lumière intérieure. — Ne t'es-tu jamais demandé si la malédiction était toute l'histoire ? Si ta magie n'était peut-être pas destinée à fonctionner avec celle de quelqu'un d'autre depuis le début ?

À travers notre lien, j'ai senti son attention vive, ainsi que sa prise de conscience qu'il se posait la même question depuis le début de notre partenariat.

— La phase destructrice m'a toujours semblé anormale, a-t-il admis. Comme si ma magie du givre essayait d'atteindre quelque chose qui n'était pas là, et que, ne trouvant pas ce dont elle avait besoin, elle devenait cruelle.

— Et maintenant ?

— Maintenant, j'ai l'impression qu'elle a trouvé ce qu'elle cherchait.

Ce simple aveu a envoyé, à travers notre connexion, une

chaleur qui n'avait rien à voir avec la magie, mais tout à voir avec la compréhension croissante que ce qui nous avait réunis allait plus loin que la manipulation politique ou la curiosité académique.

Nous sommes restés assis dans un silence confortable pendant un moment, à regarder les motifs de l'aurore changer et danser au-dessus de nous. Mais peu à peu, j'ai pris conscience que les couleurs formaient des formes qui semblaient presque familières ; non pas des jeux de lumière aléatoires, mais des configurations délibérées qui semblaient porteuses de sens.

— Rowan, ai-je dit doucement, est-ce que c'est censé ressembler à des symboles ?

Il a suivi mon regard vers le ciel, et j'ai senti sa tension monter en flèche à travers notre lien alors qu'il reconnaissait ce que je voyais.

L'aurore s'était organisée en trois formations distinctes, chacune suspendue dans le ciel comme un sceau. Elles pulsaient d'une lumière rythmique qui semblait correspondre aux battements de nos cœurs, et tandis que nous observions, les symboles ont commencé à tourner lentement, comme s'ils s'exposaient à notre examen.

— Des runes d'activation, a dit Rowan d'un ton sinistre. Les mêmes motifs que sur le charme de lien.

— Qu'est-ce qu'elles signifient ?

— Si je les lis correctement : surveillance, contrôle et invocation. — Sa voix portait le poids de quelqu'un qui avait été forcé d'étudier la théorie magique de la Cour d'Hiver depuis l'enfance. — Quelqu'un ne se contente pas de nous observer ; il se prépare à passer à l'action directe.

— Tu penses que quelqu'un est sur le point de déclencher la deuxième étape.

— Je pense que quelqu'un attendait qu'on atteigne précisément ce niveau d'intégration magique avant de passer à la phase suivante de son plan, quel qu'il soit.

Les motifs de l'aurore ont pulsé plus vivement, et j'ai senti nos runes de lien répondre par des éclats de lumière synchronisés qui semblaient accuser réception d'une sorte de signal magique.

— Devrions-nous le dire à Dylan et Lyra ? ai-je demandé.

— Nous devrions, a convenu Rowan. Mais pas ce soir. Ce soir, ils semblent envoyer un message qu'ils veulent que nous voyions, pas répondre à une menace immédiate.

Comme pour confirmer son analyse, les sceaux ont commencé à s'estomper, se dissolvant pour redevenir les motifs ordinaires d'une aurore dansant dans le ciel avec une fluidité naturelle.

— En plus, a-t-il continué, je pense qu'on doit comprendre ce que nous représentons l'un pour l'autre avant de commencer à nous occuper de ce que nous représentons pour les stratégies politiques des autres.

Les mots ont pesé entre nous avec le poids d'un aveu sincère. Nous étions partenaires maintenant, d'une manière qui dépassait de loin le lien magique ou l'arrangement académique. La question était de savoir si nous étions prêts à reconnaître ce que ce partenariat était en train de devenir.

Je me suis tournée vers lui plus directement, assez près pour que nos souffles se mêlent dans l'air froid. À travers notre lien, j'ai senti sa conscience de la proximité, ainsi que l'observation de Lyra sur les pics de résonance magique lorsque nous partagions le même souffle.

— Qu'est-ce que nous représentons l'un pour l'autre ? ai-je demandé doucement.

— Je ne sais pas encore, a-t-il répondu, sa voix tout aussi basse. Mais je sais que je ne veux pas le découvrir à distance.

L'aurore a pulsé doucement au-dessus de nos têtes, et nos runes de lien ont répondu par une synchronisation chaleureuse qui ressemblait à une approbation. Quoi qu'il arrive ensuite, complications politiques, développements magiques, ou le simple défi de comprendre comment être deux personnes qui avaient trouvé quelque chose d'inattendu l'une en l'autre, nous y ferions face comme nous avions fait face à tout le reste.

Ensemble, assez proches pour partager notre souffle, nos rêves et quels que soient les secrets que le ciel d'hiver écrivait au-dessus de nous.

Pour la première fois depuis que le charme de lien s'était fondu à mon poignet, cela m'a semblé être un choix plutôt qu'une contrainte. Mais alors même qu'une chaleur se propageait en moi à cette pensée, un murmure de peur l'a suivie. Choisir de tenir à quelqu'un signifiait choisir d'être vulnérable à sa perte. Et avec les manigances de la Cour d'Hiver qui se resserraient autour de nous, cette vulnérabilité semblait dangereuse d'une manière que je n'étais pas prête à reconnaître.

Et ça, ai-je réalisé, ça changeait tout, aussi bien le choix que le risque qui l'accompagnait.

CHAPITRE DIX
UN PUBLIC IMPORTUN

ROWAN

Les émissaires de la Cour d'Hiver sont arrivés pendant le service du petit-déjeuner, car rien n'évoquait mieux une « observation diplomatique » que de déranger trois cents étudiants qui tentaient de prendre leur repas.

Je les ai sentis avant même de les voir, une présence magique collective qui a fait pulser ma rune de lien en signe de reconnaissance et a contracté ma magie de tempête en une spirale défensive dans ma poitrine. À travers notre lien, j'ai senti la tension immédiate d'Ivy lorsqu'elle a perçu ma réaction, sa magie de lumière répondant automatiquement pour stabiliser la menace que mes instincts venaient d'identifier.

— La Cour d'Hiver, ai-je dit à voix basse, ne voulant pas alarmer les autres étudiants aux tables voisines, mais je devais lui faire comprendre pourquoi chacun de mes instincts protecteurs venait de s'activer simultanément.

L'entrée principale du réfectoire a chatoyé sous l'effet d'une magie de portail, et trois silhouettes en ont émergé avec le genre d'élégance calculée qui annonçait leur importance à quiconque y prêtait attention. Ils portaient les robes officielles bleu glacier qui les désignaient comme représentants officiels de la cour, et chacun se mouvait avec cette assurance particulière qui découlait de siècles d'expérience politique.

J'ai immédiatement reconnu le chef du groupe, et mon estomac s'est noué.

Lord Darian Frostborn. Le frère cadet de mon père. L'homme qui avait joué un rôle déterminant dans l'orchestration de mon exil de la politique de la cour après la mort de mes parents. Il a traversé le réfectoire du pas assuré de quelqu'un qui s'approprie n'importe quel espace où il entre, ses yeux pâles balayant la pièce jusqu'à ce qu'ils trouvent les miens.

Le sourire qu'il m'a adressé lorsque nos regards se sont croisés était poli, politiquement correct et absolument fatal.

— Neveu, a-t-il dit alors que les émissaires atteignaient notre table, sa voix contenant juste assez de chaleur pour paraître familière à quiconque écoutait. Quelle joie de vous voir si... installé.

À travers notre lien, j'ai senti le pic d'alarme d'Ivy lorsqu'elle a compris qu'il ne s'agissait pas seulement d'une visite diplomatique officielle. C'était une affaire de famille, ce qui, dans le jargon de la Cour d'Hiver, signifiait que c'était personnel, politique et probablement dangereux.

— Mon oncle, ai-je répondu avec une politesse égale, en me levant pour exécuter la révérence de courtoisie qu'exigeait le protocole de la cour. Je ne savais pas que la Cour d'Hiver avait des affaires à l'Université du Pôle Nord.

— Mission d'observation, a dit la deuxième émissaire, une femme dont la beauté arctique et le sourire acéré la désignaient comme quelqu'un habitué à utiliser son apparence comme une arme. Nous avons entendu des rapports très intéressants sur de récents... développements dans la magie de partenariat.

Son regard a glissé vers Ivy avec le genre d'évaluation clinique qui a ravivé mes instincts protecteurs. À travers notre lien, j'ai senti Ivy redresser le dos en réponse à cet examen minutieux, et cela m'a rappelé une fois de plus que quoi qu'elle soit d'autre, elle n'était pas du genre à reculer devant les défis.

— En effet, a poursuivi Lord Darian en s'installant sur la chaise en face de nous avec l'autorité désinvolte de quelqu'un qui s'attend à ce qu'on s'adapte à lui où qu'il aille. La Cour d'Hiver s'est toujours intéressée aux innovations magiques qui touchent à nos préoccupations territoriales.

Le troisième émissaire est resté debout, et quelque chose dans sa posture et sa vigilance suggérait qu'il était là pour la protection plutôt que pour la diplomatie. Ce qui signifiait qu'ils s'attendaient à des ennuis, ou qu'ils comptaient en provoquer.

— La magie de partenariat n'est pas vraiment une innovation, a dit calmement Ivy, sa voix portant juste assez de mordant pour suggérer qu'elle n'était intimidée ni par les parents royaux ni par la politique de la cour. Elle est documentée depuis des siècles.

J'ai senti mon admiration pour elle monter en flèche à travers notre lien, ainsi que mon inquiétude croissante qu'elle était sur le point de devenir la cible du jeu politique auquel mon oncle était en train de jouer.

— Ah, mais la documentation et l'application pratique sont deux choses très différentes, a observé l'émissaire avec le genre de sourire qui laissait entendre qu'elle trouvait la réponse d'Ivy d'une charmante naïveté. Particulièrement lorsque cette application implique des signatures magiques aux... implications héréditaires uniques.

— Lady Silverleaf, a dit Lord Darian en guise de présentation, puis-je vous présenter mon neveu, Rowan Blackthorn, et sa... partenaire, Mademoiselle Ivy Snowfall.

La façon dont il a marqué une pause avant de dire « partenaire » montrait clairement qu'il testait l'étiquette, pour voir comment nous réagirions au fait que notre relation soit définie par le cadre politique de quelqu'un d'autre.

Mais c'est le nom de Silverleaf qui m'a glacé le sang. Lady Silverleaf. Comme la famille de Frost Silverleaf, la même famille dont le sceau figurait sur l'avis officiel qui était apparu sous notre porte. La confrontation dans le réfectoire n'avait pas été une simple embrouille d'étudiants, c'était une mission de reconnaissance.

À travers notre lien, j'ai senti la prise de conscience soudaine d'Ivy alors qu'elle faisait le même rapprochement.

— Lady Silverleaf, a-t-elle dit avec une politesse parfaite. Je crois avoir rencontré votre fille. Une jeune femme charmante.

La réponse était si diplomatiquement cinglante que j'ai dû réprimer un sourire. Quoi qu'Ivy ait appris d'autre pendant ses années à rester invisible, elle avait apparemment assimilé quelques leçons de politique universitaire en chemin.

— Oui, Frost a mentionné qu'elle avait eu l'occasion d'observer vos... techniques de collaboration, a répondu Lady Silverleaf avec aisance. Très impressionnant, d'après ce que je comprends.

— Une construction de protection standard, a dit Ivy d'un ton dédaigneux. Rien qui ne serait pas abordé dans n'importe quel cursus avancé de magie de partenariat.

— Si un tel cursus existait, a interjeté Lord Darian avec une autorité désinvolte. Ce qui, bien sûr, n'est pas le cas. La magie de partenariat est considérée comme trop instable pour un enseignement académique formel depuis près de deux siècles.

Le piège dans ses mots était magnifiquement tendu. Soit nous pratiquions une magie dangereuse et non autorisée qui devait être arrêtée, soit nous étions les pionniers d'une recherche magique légitime qui devait être contrôlée. Dans un cas comme dans l'autre, la Cour d'Hiver avait des motifs d'intervention.

— Peut-être, a dit une nouvelle voix derrière les émissaires, est-ce une négligence que l'université devrait corriger.

Je me suis tourné pour voir la professeure Meridian s'approcher avec le genre de détermination calme qui suggérait qu'elle avait suivi cette conversation et avait décidé qu'il était temps d'intervenir. Sa magie de lutin du vent a créé un subtil changement atmosphérique qui a fait reculer inconsciemment les émissaires, donnant plus d'espace à notre table.

— Lord Darian, Lady Silverleaf, a-t-elle continué avec une courtoisie professionnelle. Je ne savais pas que la Cour d'Hiver avait programmé une visite d'évaluation académique.

— Une mission d'observation, a corrigé Lord Darian, son ton suggérant que la distinction était importante. Nous sommes simplement ici pour être témoins des... développements qui nous ont été rapportés.

— Quelle chance, a répondu la professeure Meridian. Je suis sûre que vous trouverez nos protocoles de recherche sur la magie de partenariat tout à fait rigoureux. Tout est mené sous une supervision académique appropriée, avec une documentation complète et des mesures de sécurité.

La joute verbale polie aurait pu se poursuivre indéfiniment, mais elle a été interrompue par Ivy qui a fait quelque chose de complètement inattendu.

Elle s'est levée.

Pas de façon dramatique, ni provocante, elle s'est simplement levée de sa chaise avec le genre de dignité tranquille qui a attiré l'attention de toutes les tables voisines. À travers notre lien, j'ai senti sa détermination se cristalliser en quelque chose qui ressemblait étrangement à une décision stratégique.

— Lord Darian, a-t-elle dit en s'adressant directement à mon oncle, vous avez mentionné des préoccupations territoriales. Peut-être pourriez-vous clarifier quels intérêts spécifiques de la Cour d'Hiver sont affectés par un lien académique entre deux étudiants ?

La question était magnifiquement simple et absolument dangereuse. Elle lui demandait d'exposer ouvertement ses objectifs politiques, devant des témoins, d'une manière qui l'obligerait soit à admettre que la Cour outrepassait ses droits, soit à fournir une justification légitime à son ingérence.

J'ai senti mon admiration pour elle monter encore plus haut, ainsi que ma terreur qu'elle défie directement quelqu'un qui pouvait détruire nos deux vies d'une seule décision politique.

— Une question pertinente, a répondu Lord Darian, ses yeux pâles étudiant Ivy avec ce qui aurait pu être de l'approbation. L'intérêt de la Cour d'Hiver réside dans le fait de s'assurer que les développements magiques au sein de notre sphère d'influence ne créent pas de conséquences imprévues pour la stabilité régionale.

— Et vous croyez que notre lien crée de l'instabilité ? a insisté Ivy.

— Je crois, a dit doucement Lady Silverleaf, que les liens magiques ayant des implications territoriales nécessitent une surveillance attentive pour s'assurer qu'ils servent des objectifs appropriés.

Les mots flottaient dans l'air comme une menace à peine voilée. Ils n'étaient pas seulement là pour observer, ils étaient là pour évaluer si notre partenariat servait les intérêts de la Cour d'Hiver, et si ce n'était pas le cas, pour prendre des mesures afin de s'assurer qu'il le fasse.

À travers notre lien, j'ai senti qu'Ivy comprenait à quoi nous étions confrontés, ainsi que sa colère grandissante d'être traitée comme un atout politique plutôt qu'une personne avec sa propre volonté.

— Implications territoriales, a-t-elle répété pensivement. Vous voulez dire l'interface du lien avec l'infrastructure magique de l'Université du Pôle Nord.

— Entre autres choses, a confirmé Lord Darian.

— Et si notre lien devait se développer d'une manière qui ne s'alignerait pas avec les intérêts de la Cour d'Hiver ? a demandé Ivy avec le genre de nonchalance trompeuse qui suggérait qu'elle connaissait déjà la réponse.

J'ai senti une pointe de nervosité sous son extérieur confiant, la prise de conscience qu'elle était sur le point de défier des gens qui pouvaient détruire sa vie sur un simple mot. J'ai stabilisé ma propre signature magique, laissant le calme s'écouler à travers notre connexion pour l'ancrer.

— Alors des ajustements devraient être faits, a dit Lady Silverleaf avec un sourire qui m'a glacé le sang.

La menace était maintenant explicite. Se conformer aux objectifs de la Cour d'Hiver, ou faire face à des conséquences qui pourraient aller de la pression politique à l'intervention magique, en passant par l'expulsion de l'université.

Mais au lieu de reculer, Ivy a fait quelque chose qui a obligé chaque émissaire à la table à la réévaluer comme une joueuse potentielle plutôt qu'un pion.

Elle a souri en retour.

— Comme c'est intéressant, a-t-elle dit sur un ton plaisant. Je ne savais pas que la Cour d'Hiver avait compétence sur le développement magique individuel au sein des institutions académiques. Peut-être que la professeure Meridian pourrait clarifier les cadres juridiques pertinents ?

L'expression de la professeure Meridian suggérait qu'elle appréciait cette joute diplomatique plus qu'elle n'aurait probablement dû. — Le développement magique académique relève des protections de la charte de l'université, à moins que la souveraineté de la

Cour d'Hiver ne soit directement menacée. Ce qui, bien sûr, exigerait la démonstration d'un préjudice spécifique aux intérêts de la Cour.

— Un préjudice spécifique, a songé Ivy. Pas un préjudice potentiel. Pas un préjudice théorique. Un préjudice spécifique et documentable aux intérêts de la Cour d'Hiver.

— C'est exact, a confirmé la professeure Meridian.

J'ai senti la satisfaction d'Ivy en réalisant qu'elle venait de manœuvrer les émissaires dans une position où ils devraient prouver leurs dires plutôt que de simplement affirmer leur autorité.

L'expression de Lord Darian est passée d'une menace polie à une impression sincère. — Vous argumentez comme quelqu'un ayant une formation juridique, Mademoiselle Snowfall.

— J'argumente comme quelqu'un qui n'apprécie pas d'être menacé au petit-déjeuner, a répondu calmement Ivy.

Le réfectoire autour de nous était devenu étrangement silencieux, les étudiants aux tables voisines réalisant qu'ils assistaient à ce qui s'apparentait à une confrontation diplomatique formelle. À travers notre lien, j'ai senti la conscience qu'avait Ivy du public, ainsi que sa décision stratégique d'utiliser leur présence comme protection.

— Aucune menace n'a été proférée, a dit doucement Lady Silverleaf. Simplement des observations sur l'importance d'une... orientation appropriée pour les partenariats magiques en développement.

— Une orientation, a répété Ivy. De la part de la Cour d'Hiver. Pour un lien qui s'est produit sans l'implication de la Cour d'Hiver, entre des étudiants qui ne sont pas des citoyens de la Cour d'Hiver, dans une institution qui opère sous sa propre charte.

Elle démantelait systématiquement leur justification d'ingérence, et je pouvais voir à l'expression de Lord Darian qu'il commençait à réaliser qu'il avait sous-estimé le genre de personne qu'il essayait de manipuler.

— Mademoiselle Snowfall, a-t-il dit avec le genre d'amabilité dangereuse qui précède les conséquences politiques, vous semblez croire que l'intérêt de la Cour d'Hiver requiert une juridiction formelle.

— N'est-ce pas le cas ? a demandé innocemment Ivy.

— La Cour d'Hiver protège ses intérêts par tous les moyens qui s'avèrent... efficaces, a ajouté Lady Silverleaf avec un sourire qui suggérait que ces moyens n'étaient pas toujours limités aux cadres légaux.

Et voilà. La menace implicite qui se cachait sous le langage diplomatique. La Cour d'Hiver prendrait toute mesure qu'elle jugerait nécessaire, avec ou sans autorité légale.

À travers notre lien, j'ai senti le pic de peur d'Ivy, rapidement suivi de sa détermination à ne pas le montrer. Mais j'ai aussi ressenti autre chose, une sorte de fureur protectrice qui montait en réponse au spectacle de quelqu'un à qui je tenais se faire menacer par les machinations politiques de ma famille.

— Mon oncle, ai-je dit doucement, ma voix portant le genre de froid hivernal qui rappelait à toutes les personnes présentes que j'étais un Blackthorn, un noble de la Cour d'Hiver, et quelqu'un dont l'héritage magique était tout aussi profond que le sien, je pense que vous surestimez peut-être l'influence de la Cour d'Hiver à l'Université du Pôle Nord.

Ses yeux pâles se sont fixés sur moi avec une attention vive. — Vraiment ?

— Les institutions académiques ont leurs propres méthodes pour protéger leurs intérêts, ai-je répondu, en faisant un léger geste vers la professeure Meridian et le nombre croissant de membres du corps professoral qui avaient commencé à se rassembler aux tables voisines. Des méthodes qui ne s'alignent pas toujours sur la politique des cours.

— Comme ce serait regrettable, a dit agréablement Lord Darian. Pour toutes les personnes impliquées.

La menace était désormais totalement explicite. La Cour d'Hiver était prête à faire dégénérer la situation au-delà de l'observation diplomatique si ses intérêts n'étaient pas satisfaits.

Mais avant que quiconque puisse répondre, Lady Silverleaf a sorti de ses robes quelque chose qui a glacé mon sang dans mes veines.

Une clé d'activation cristalline, gravée de runes complexes qui correspondaient aux motifs que nous avions vus dans l'aurore de la nuit dernière.

Dès que je l'ai vue, ma magie de tempête a réagi instinctivement, non pas à une menace extérieure, mais à la promesse d'un contrôle forcé. La malédiction qui vivait au cœur de ma magie était née précisément de ce genre de manipulation politique, et chaque parcelle de mon pouvoir hérité tremblait au bord d'une fureur défensive.

Je pouvais sentir la terreur d'Ivy alors qu'elle réalisait ce que nous regardions, et j'ai dû lutter pour empêcher ma propre signature magique de sombrer dans le genre de chaos destructeur qui leur donnerait une excuse pour utiliser le pouvoir que cette clé contenait.

— Heureusement, a dit Lady Silverleaf avec un sourire de prédatrice, dénué de toute chaleur, nous sommes venus préparés pour nous assurer que les intérêts de chacun sont correctement... alignés.

La Cour d'Hiver n'était pas venue pour observer le développement de notre lien.

Ils étaient venus pour le contrôler.

La température du réfectoire a chuté de plusieurs degrés

lorsque la professeure Blitzen s'est matérialisée près de notre table, ses cheveux argentés crépitant d'éclairs contenus et sa présence irradiant le genre d'autorité tempétueuse qui faisait même hésiter les émissaires de la Cour d'Hiver. Ses yeux pâles ont évalué la clé d'activation, l'impasse politique et la foule grandissante de professeurs témoins avec le calcul de quelqu'un qui avait surveillé la situation et avait décidé qu'il était temps d'intervenir directement.

— Lord Darian, a-t-elle dit d'un ton plaisant, l'électricité dansant entre ses doigts, j'espère que vous avez les documents appropriés pour introduire des artefacts de la Cour d'Hiver sur le campus de l'université ?

La question a flotté dans l'air comme une promesse de foudre, et j'ai réalisé que quoi qu'il se passe ensuite, ce serait bien plus qu'une simple conversation diplomatique au petit-déjeuner.

CHAPITRE ONZE
LIGNES DE FAILLE

IVY

Les envoyés ne sont pas partis. Ils se sont multipliés, du moins, c'est l'impression que j'en avais. Partout où Rowan et moi allions, l'attention blafarde de la Cour de l'Hiver nous suivait comme le givre sur une vitre. La bibliothèque, l'Observatoire, et même les espaces étudiants plus décontractés qui auraient dû être un territoire neutre... Lord Darian apparaissait avec la persistance de l'hiver, prenant des notes avec un détachement clinique qui me donnait la chair de poule.

La règle de proximité avait de nouveau changé pendant la nuit. « À portée de main » était devenu un contact constant, peau contre peau, signature magique contre signature magique, nos cœurs battant en une synchronisation inconsciente. Nous avons vite appris la chorégraphie : franchir les portes de côté, ensemble, changer de main pour prendre des notes, accepter le stylet de rechange de Petal quand le mien n'arrêtait pas de vaciller, car je ne voulais pas risquer de briser le circuit entre nous.

La rune ronronnait quand nos doigts s'entrelaçaient ; elle crissait dès que nous essayions de prétendre que nous étions normaux.

— Ils documentent tout, me dit Rowan par notre connexion mentale. Sa voix portait cette maîtrise tendue qui était devenue familière, une colère compressée en glace, une frustration trans-formée en stratégie. — Chaque sort que nous lançons ensemble, chaque fois que les runes de liaison pulsent, chaque moment de puissance magique accrue.

Dans quel but ? demandai-je, même si je craignais de déjà connaître la réponse.

Des preuves. Soit que nous sommes assez dangereux pour nécessiter une intervention, soit que nous sommes assez utiles pour mériter d'être contrôlés.

Le regard de la professeure Meridian se posa sur nos mains jointes à l'instant même où nous sommes entrés dans sa salle de classe, ses yeux vert pâle notant le contact permanent avec un professionnalisme d'observatrice. Lady Silverleaf s'était posi-tionnée dans le coin du fond, une tablette cristalline inclinée juste comme il fallait, une posture de chasseuse déguisée en curiosité académique.

— Aujourd'hui, nous allons travailler sur des constructions défensives en conditions de stress, annonça la professeure Meri-dian en faisant un geste pour créer un affichage holographique de structures de protection théoriques. — L'équilibre et l'adaptation sous pression externe.

Quelle mise en abyme appropriée, observa Rowan par notre lien, sa voix aussi sèche que l'air polaire.

— Les binômes sont ceux déjà établis, continua la professeure Meridian, ce qui signifiait que Rowan et moi allions continuer à travailler ensemble tandis que les autres étudiants se mettraient par deux selon les combinaisons aléatoires traditionnelles.

Mais alors que nous prenions place à la table de démonstration, je sentis que quelque chose était différent dans la façon dont nos signatures magiques interagissaient. Pas seulement le contact physique constant ou la conscience d'être observés. Quelque chose de fondamental avait changé au cours de la nuit.

— Essaie une construction d'illumination élémentaire, suggéra Rowan à voix basse. — Un truc simple, le temps qu'on comprenne ce qui a changé.

J'ai fait appel à ma magie de lumière, m'attendant à la luminosité accrue qui était devenue normale lorsque nos pouvoirs se synchronisaient. Au lieu de cela, j'ai obtenu quelque chose qui nous a tous les deux figés de surprise.

La lumière qui jaillit de mes paumes n'était pas seulement plus vive, elle était structurée avec une précision géométrique qui appartenait à la magie du givre plutôt qu'à l'illumination des sprites. Des motifs cristallins qui ressemblaient à de la lumière d'étoile gelée, créant des formations à la fois magnifiques et complètement étrangères à tout ce que j'avais compris de ma propre signature magique.

— Incline le treillis de six degrés, dis-je sans réfléchir, ma voix empreinte de l'assurance de quelqu'un qui comprenait la magie structurelle à un niveau fondamental. — Le cisaillement de la lumière se stabilise le long de l'arête de givre.

J'ai surpris le regard vif et respectueux de la professeure Meridian. Pas de la surprise, mais la reconnaissance professionnelle d'une maîtrise technique qui n'aurait pas dû être possible pour quelqu'un avec mon parcours académique.

— Ce n'est pas de la magie des sprites, lança Marcus Thornfield depuis la table voisine, sa voix portant un mélange d'admiration et d'inquiétude. — C'est de la lumière architecturale.

Sa magie du givre répondait à la mienne, mais pas par le soutien familier qui avait caractérisé notre partenariat jusqu'à présent. J'avais plutôt l'impression que nos noyaux magiques commençaient à se chevaucher, partageant des techniques et des capacités qui auraient dû être impossibles à transférer entre différents types de magie.

— La liaison facilite un transfert de connaissances, expliqua la professeure Meridian à voix basse, bien que sa voix portât assez pour atteindre les autres étudiants qui avaient interrompu leurs propres exercices pour nous observer. — L'amplification a rendu votre magie plus forte. L'intégration vous a accordés sur la même tonalité. Ceci est différent. C'est une fusion. C'est votre compréhension même de la magie qui se transfère.

Transfert de connaissances. À travers nos mains jointes, je pouvais sentir des aspects de la formation magique de Rowan dont la compréhension aurait dû me demander des années d'études. La magie de la glace n'était pas seulement froide, elle était architecturale. Et à travers notre lien, je sentis sa conscience grandissante de la magie des sprites comme quelque chose de bien plus complexe que la simple création de lumière. Ma magie n'était pas seulement vive, elle était un plan directeur.

— Poursuivez l'exercice, ordonna la professeure Meridian, même si je pouvais voir à son expression que nous avions déjà fourni plus de données qu'elle n'en attendait d'un seul lancement collaboratif.

Le bouclier qui émergea de nos efforts combinés ne ressemblait à rien de ce que j'avais vu en trois ans d'études magiques. Une barrière de lumière cristalline qui semblait être une aurore boréale capturée, assez belle pour servir d'œuvre d'art, mais assez solide pour arrêter une équipe de traîneaux au grand galop. Les mesures de densité magique sur les instruments de la professeure Meridian grimpèrent dans des plages qui auraient dû être impossibles pour un lancement de niveau étudiant.

— Extraordinaire, souffla-t-elle. — L'intégration magique approche des niveaux permanents.

Permanents. Le mot résonna dans notre connexion mentale avec des implications qu'aucun de nous n'était prêt à envisager pleinement.

— Tout à fait remarquable, déclara Lady Silverleaf en se levant de son poste d'observation avec une grâce fluide. — Lord Darian sera très intéressé par les développements d'aujourd'hui.

La mention désinvolte de l'oncle de Rowan le fit se tendre à côté de moi, sa signature magique s'embrasant d'une fureur protectrice qui interagit immédiatement avec la mienne, projetant des motifs d'aurore visibles qui dansèrent autour de nos mains jointes.

— Lady Silverleaf, dit la professeure Meridian avec une autorité polie, j'ose espérer que vos observations sont de nature purement académique ?

— Bien entendu, répondit Lady Silverleaf avec un sourire qui n'était que dents, sans aucune chaleur. — Bien que je croie que l'intérêt de la Cour de l'Hiver pour le développement de M. Blackthorn soit antérieur à son... arrangement éducatif actuel. Le sang prime sur la charte.

La possessivité dans sa voix indiquait clairement qu'aux yeux de la Cour de l'Hiver, Rowan leur appartenait, quels que soient les choix académiques qu'il avait faits ou les liens personnels qu'il avait formés.

— Toute discussion de ce type devrait être organisée par les voies académiques appropriées, déclara fermement la professeure Meridian. — L'Université du Pôle Nord maintient des protocoles stricts concernant l'ingérence extérieure dans le parcours éducatif de ses étudiants.

— Mademoiselle Snowfall, dit Lady Silverleaf alors que nous nous préparions à partir, sa voix portant une autorité désinvolte qui signifiait clairement que ce n'était pas vraiment une requête. — Monsieur Blackthorn. Je me demandais si vous auriez quelques instants pour une conversation informelle ?

À travers notre lien, je sentis la tension instantanée de Rowan, ainsi que sa conscience que refuser serait perçu comme un manque de coopération, tandis qu'accepter leur accorderait exactement le genre d'accès privé qu'ils voulaient.

— En fait, intervint la professeure Meridian avec aisance, j'ai besoin que les deux étudiants restent après le cours pour un débriefing sur l'exercice d'aujourd'hui. Protocole académique, vous comprenez.

Le sourire de Lady Silverleaf ne vacilla pas, mais quelque chose de froid scintilla derrière ses yeux pâles. — Bien sûr. Peut-être une autre fois, quand les obligations universitaires le permettront.

Alors qu'elle glissait hors de la salle de classe avec une grâce prédatrice, la professeure Meridian activa des protections de confidentialité qui firent miroiter l'air de magie protectrice.

— Vous ne pourrez pas les éviter éternellement, dit-elle à voix basse une fois les protections en place. — La Cour de l'Hiver a le droit légal de demander des entretiens avec M. Blackthorn, indépendamment des préférences de l'université.

— Et pour Ivy ? demanda Rowan, la voix tendue d'une inquiétude protectrice.

— La participation de mademoiselle Snowfall serait volontaire, répondit la professeure Meridian. — Mais refuser de coopérer pendant que son partenaire est interrogé pourrait être... stratégiquement peu judicieux.

— Combien de temps avons-nous ? demandai-je.

— Lord Darian a demandé des entretiens formels pour demain après-midi, admit la professeure Meridian. — J'ai réussi à faire en sorte qu'ils aient lieu sur le campus de l'université, sous la supervision du corps enseignant. Sous notre supervision, nous pourrons interrompre la séance si vos runes atteignent une poussée de niveau 3. Sans elle, les seuils de la Cour sont... plus élevés.

Les implications me tombèrent dessus comme un poids glacial sur la poitrine. Demain, nous serions interrogés séparément sur notre lien, notre développement magique et notre utilité pour leurs objectifs politiques.

— Que devons-nous savoir ? demandai-je, car quoi qu'il advienne, nous y ferions face de la même manière que nous avions affronté tout le reste depuis le début de la liaison.

Ensemble, même s'ils essayaient de nous séparer.

Surtout dans ce cas.

LE SYSTÈME de communication de notre suite sonna, annonçant un message entrant.

M. Blackthorn, Mlle Snowfall : Entretiens formels prévus pour demain, 14 h 00, salle de conférence 7, Tour administrative. Présence requise. Séances séparées pour la précision de la collecte d'informations. Durée approximative de 90 minutes chacune. Bureau des Affaires Académiques.

Quatre-vingt-dix minutes. Alors que je tendais la main vers le cristal de messagerie pour l'ignorer, nos mains s'effleurèrent et se séparèrent juste un instant, et nos deux runes de liaison s'embrasèrent d'une lumière argentée urgente. Au même moment, un faible motif d'aurore vacilla sur les fenêtres de la salle de classe, ne durant que juste assez longtemps pour que nous en reconnaissions la forme : trois flocons de neige entrelacés, pulsant comme un métronome.

Quatre-vingt-dix minutes de séparation.

Ma gorge se serra, puis se stabilisa. La rune s'apaisa sous la paume de Rowan. Les envoyés pouvaient programmer ce qu'ils voulaient ; nous allions fixer les conditions qui comptaient.

Ensemble, envoyai-je par notre lien.

Sa réponse arriva, chaude comme une bouffée d'air dans le froid. Toujours.

CHAPITRE DOUZE

DIVISER ET FAIRE PRESSION

ROWAN

La suite semblait différente lorsque nous sommes revenus du cours de la professeure Meridian.

Pas physiquement : les mêmes fauteuils confortables, le même éclairage chaleureux, les mêmes commodités magiques qui avaient rendu la cohabitation gérable plutôt qu'envahissante. Mais quelque chose dans l'atmosphère avait changé, comme si l'intérêt grandissant de la Cour d'Hiver nous avait suivis jusqu'à chez nous, telle une ombre tenace.

— Ils vont essayer de nous séparer pendant les entretiens, ai-je dit alors que nous nous installions à nos places de travail habituelles. C'est une technique d'interrogatoire standard : diviser les sujets, comparer leurs histoires, chercher des incohérences à exploiter.

À travers notre lien, j'ai senti la pointe d'anxiété d'Ivy à l'idée d'affronter les manigances de la Cour d'Hiver sans la stabilité magique que lui procurait le contact physique. Les exigences de proximité s'étaient resserrées au point que même de brèves séparations devenaient douloureuses, et je soupçonnais que c'était intentionnel plutôt que fortuit.

Tu crois qu'ils manipulent le lien d'une façon ou d'une autre ? a-t-elle demandé par notre connexion mentale.

Je crois qu'ils en testent les limites pour voir quel contrôle ils peuvent exercer sur nos choix, ai-je répondu d'un ton sinistre. Nous forcer à choisir entre la coopération et le confort, puis utiliser nos réponses pour façonner leur stratégie.

J'ai quitté ma chaise pour rejoindre le canapé où elle révisait ses notes, m'asseyant assez près d'elle pour que nos cuisses se touchent et que nos runes de lien se synchronisent dans leur rythme familier. Le soulagement a été immédiat et profond, non seulement à cause de l'harmonie magique, mais aussi de la stabilité émotionnelle que m'apportait sa présence, ancrant ma magie des tempêtes avant qu'elle ne puisse devenir destructrice.

— Il nous faut des protocoles, a dit Ivy, sa voix empreinte de la détermination pratique qui s'était manifestée ces derniers jours. Quinze minutes m'ont anéantie hier ; quatre-vingt-dix, ça s'annonce comme une opération sans anesthésie.

Elle avait raison. Nous avons passé l'heure suivante à élaborer des stratégies qui semblaient à la fois nécessaires et légèrement ridicules : des mots de sécurité pour signaler quand l'un de nous atteindrait un seuil magique (« barrière de pin » pour elle, « solstice d'hiver » pour moi), des micro-pauses prévues toutes les dix-huit minutes si la Cour les autorisait, des techniques de respiration pour aider à stabiliser mutuellement notre magie à distance.

— Compte trois respirations, a dit Ivy, s'entraînant à la séquence d'ancrage que nous avions mise au point. Pense à l'odeur de la barrière de pin de notre premier lancement collaboratif. Laisse ma magie de lumière maintenir la structure pendant que ta tempête se calme.

— S'ils bloquent le son avec des protections, fredonne sur la même note, ai-je ajouté en testant une autre technique. S'ils nous imposent le silence, visualise la même image. La protection aurorale que nous avons créée aujourd'hui. Utilise les motifs cristallins comme points d'ancrage.

Je l'ai regardée enregistrer chaque instruction avec le genre de précision méthodique qui me surprenait. Quelques jours auparavant, elle était le farfadet qui tentait de rester invisible. Maintenant, elle planifiait un interrogatoire magique avec une pensée stratégique qui aurait impressionné les tacticiens de la cour. Quand Ivy avait peur, elle devenait clinique, transformant la crainte en renseignements exploitables, la vulnérabilité en préparation systématique.

Cela aurait dû ressembler à un exercice théorique, se préparer à ce qui équivalait à une séparation magique sous observation hostile. Au lieu de ça, cela ressemblait à un partenariat au sens le plus vrai du terme, deux personnes qui s'étaient trouvées et qui planifiaient comment survivre à une séparation forcée.

— Que vont-ils probablement nous demander ?

— L'histoire de nos familles, notre développement magique, nos loyautés politiques, ai-je répondu, cataloguant automatiquement le protocole d'entretien standard de la Cour d'Hiver auquel j'avais été entraîné depuis l'enfance. Mais aussi des questions personnelles conçues pour identifier des points de pression qu'ils pourront utiliser plus tard.

— Des points de pression ?

— Des choses qui nous tiennent assez à cœur pour faire des compromis. Des personnes que nous protégerions quel qu'en soit le coût. Des peurs qui pourraient être exploitées pour garantir notre docilité. J'ai marqué une pause, me rendant compte que le point de pression le plus dangereux était assis juste à côté de moi. Ils voudront comprendre exactement ce que tu représentes pour moi, et ce que je suis prêt à sacrifier pour te garder en sécurité.

À travers notre lien, j'ai senti son attention affûtée, ainsi que sa prise de conscience croissante que les entretiens ne visaient pas seulement à recueillir des informations. Ils visaient à cartographier nos vulnérabilités émotionnelles pour que celles-ci puissent être utilisées comme des armes plus tard.

— Et ce que je suis prête à sacrifier pour te garder en sécurité, a-t-elle ajouté à voix basse.

— Exactement.

Entrer dans la Tour Administrative à deux heures de l'après-midi donnait l'impression de tomber dans un piège déguisé en bureaucratie.

La professeure Blitzen nous a accueillis à l'entrée, ses cheveux argentés crépitant d'une énergie électrique à peine contenue et son expression empreinte d'une tension professionnelle qui suggérait qu'elle avait passé la matinée à se disputer avec des gens plus haut placés qu'elle.

— M. Blackthorn, a-t-elle dit avec une courtoisie formelle qui semblait plus protectrice qu'accueillante. Mlle Snowfall. Les entretiens se dérouleront dans les salles de conférence 7 et 9, sous la supervision du corps professoral, comme convenu précédemment. La professeure Meridian observera la séance de Mlle Snowfall, et je superviserai celle de M. Blackthorn.

Dylan est apparu à ses côtés, son énergie de métamorphe renard plus discrète que d'habitude.

—J'ai installé du matériel de surveillance dans les deux salles, a-t-il dit doucement. Si vos runes de lien atteignent une détresse de niveau 3, nous pourrons interrompre les séances immédiatement.

Détresse de niveau 3. Je n'avais jamais connu de séparation

magique assez sévère pour déclencher les protocoles d'urgence, mais si l'on se fiait à l'essai de quinze minutes de la veille, quatre-vingt-dix minutes relevaient de la cruauté délibérée.

— Lord Darian et Lady Silverleaf vous attendent, a poursuivi la professeure Blitzen. Je veux que vous vous souveniez tous les deux que nous sommes toujours en territoire universitaire, soumis à la juridiction académique plutôt qu'à celle de la cour. Vous avez ici des droits que vous n'auriez pas à la Cour d'Hiver proprement dite.

À travers notre lien, j'ai senti le mélange de détermination et de peur d'Ivy, alors qu'elle réalisait que c'était la dernière conversation que nous aurions avant d'être délibérément séparés pour la plus longue durée jamais tentée.

— N'oublie pas les protocoles, ai-je dit doucement, lui prenant la main une dernière fois avant le début des entretiens. N'oublie pas que quoi qu'ils disent, quoi qu'ils offrent, quoi qu'ils menacent, nous y faisons face ensemble, même séparés.

— Ensemble, a-t-elle convenu, et ce mot avait le poids d'une promesse plutôt que d'un simple accord.

La professeure Blitzen a fait un geste vers la salle de conférence 7.

— Mlle Snowfall, la professeure Meridian vous attend. M. Blackthorn, salle de conférence 9.

Au moment où nos mains se sont séparées, ma rune de lien a commencé sa pulsation d'avertissement familière. Ce n'était pas encore douloureux, mais assez insistant pour me rappeler que chaque seconde de séparation était comptée par une magie qui se moquait bien de la politique de la Cour d'Hiver ou des protocoles universitaires.

La salle de conférence 9 était plus petite que je ne l'avais imaginée, avec des murs cristallins qui facilitaient probablement la surveillance magique, et une table positionnée pour créer une intimité plutôt qu'une distance formelle. Lord Darian était déjà assis, ses yeux pâles m'étudiant avec le genre d'intensité analytique qui avait caractérisé nos interactions familiales depuis la mort de mes parents.

Lady Silverleaf occupait la chaise à côté de lui, sa présence dégageant cette patience de prédatrice qui caractérisait la noblesse de la Cour d'Hiver au sommet de sa dangerosité. La professeure Blitzen a pris position près de la porte, clairement prête à intervenir si la séance dépassait les limites acceptables.

— Neveu, a dit Lord Darian avec le genre de fausse chaleur qui suggérait que cette conversation serait tout sauf familiale. Merci d'avoir trouvé du temps dans votre emploi du temps académique.

— Mon oncle, ai-je répondu avec la même courtoisie, m'installant sur la chaise en face d'eux et essayant d'ignorer la façon dont ma rune de lien commençait déjà à me faire mal en l'absence d'Ivy. Je crois comprendre que la Cour d'Hiver a des questions concernant mes... dispositions éducatives actuelles.

— Des dispositions éducatives, a répété Lady Silverleaf avec un amusement qui n'atteignait pas ses yeux. Quelle façon pittoresque de décrire un lien magique aux implications territoriales.

Les mots ont frappé exactement comme prévu, un rappel que quels que soient les choix personnels que je pensais avoir faits, la Cour d'Hiver les voyait à travers le prisme des conséquences politiques plutôt que de l'agentivité individuelle.

— Mlle Snowfall semble être une jeune femme charmante, a poursuivi Lord Darian avec une observation désinvolte qui sentait le calcul. Brillante, déterminée, étonnamment éloquente pour quelqu'un issu d'un héritage magique si... modeste.

Un héritage magique modeste. L'expression méprisante était conçue pour me rappeler le fossé social entre la noblesse de la Cour d'Hiver et le milieu familial que représentait Ivy.

— Son héritage magique est complémentaire au mien, ai-je

répondu prudemment. Le lien n'aurait pas été possible autrement.

— En effet, a murmuré Lady Silverleaf en consultant ce qui semblait être un document officiel frappé du blason de ma famille. Ce qui soulève des questions intéressantes sur la compatibilité, le choix et la différence entre une coïncidence magique et un dessein délibéré.

À travers notre lien, j'ai senti la première pointe de détresse réelle venant d'Ivy, non pas seulement l'anxiété de la séparation, mais quelque chose de plus vif qui suggérait que son entretien ne se déroulait pas aussi diplomatiquement que le mien.

— Vous semblez distrait, neveu, a observé Lord Darian. Peut-être que le lien se révèle plus... intrusif que vous ne l'aviez initialement anticipé ?

La question désinvolte ressemblait à une sonde cherchant une faiblesse, testant si la séparation forcée affectait ma capacité à me concentrer sur les implications politiques de leur visite.

— Je me demande simplement pourquoi la Cour d'Hiver s'intéresse autant à un lien académique entre deux étudiants, ai-je répondu, éludant la question plutôt que de reconnaître la douleur croissante causée par une séparation magique plus longue que ce que notre lien pouvait confortablement tolérer.

— Le sang prime sur la charte, a dit Lady Silverleaf, réitérant sa précédente affirmation avec une autorité tranquille. Vous êtes de la noblesse de la Cour d'Hiver, héritier de l'une de nos plus anciennes lignées. Votre développement magique affecte les intérêts de la cour, peu importe où ce développement a lieu.

— Et le développement magique de Mlle Snowfall ?

— Mlle Snowfall, a dit Lord Darian avec une nonchalance délibérée, semble posséder des capacités qui n'étaient pas entièrement documentées dans son dossier académique. Des capacités

qui deviennent tout à fait remarquables lorsqu'elles sont ampli-
fiées par la magie de partenariat.

L'observation avait tout d'un piège. Ils savaient quelque chose
sur les origines d'Ivy qu'elle ignorait, et ils testaient si je le savais
aussi.

— La magie de partenariat amplifie les signatures compatibles, ai-je répondu d'un ton neutre. C'est une théorie magique
bien établie.

— Jusqu'à un certain point, a concédé Lady Silverleaf. Mais
lorsque l'amplification approche le niveau d'une transformation
magique fondamentale, la théorie devient une réalité politique.

Par notre lien, j'ai senti une autre pointe de détresse de la part
d'Ivy, accompagnée de ce qui ressemblait à une résonance
magique provenant de sources inattendues. Pas seulement notre
lien, mais autre chose, comme si sa magie réagissait à des informations qui remodelaient sa compréhension de ses propres
capacités.

Ma rune de lien m'a brûlé les côtes, et j'ai dû lutter pour
garder une expression neutre alors que l'anxiété de la séparation
commençait à virer à la douleur physique.

— Vous êtes en détresse, a observé la professeure Blitzen
depuis sa position près de la porte. Nous pouvons faire une pause
si nécessaire.

— Je vais bien, ai-je dit, bien que le mensonge devienne de
plus en plus difficile à maintenir alors que ce qui se passait dans
l'entretien d'Ivy envoyait des vagues de confusion et d'alarme à
travers notre connexion.

— Le lien se renforce chaque jour, a noté Lord Darian avec un
intérêt clinique. Plus dépendant, plus intrusif, plus... permanent.
Cela doit être préoccupant pour quelqu'un qui chérit son indépendance.

— Je chéris le partenariat, ai-je répliqué, laissant transparaître

une partie de ma conviction sincère à travers le langage diplomatique. Je préfère la collaboration à l'isolement.

— Même lorsque cette collaboration entraîne des conséquences politiques que vous n'avez pas choisies ? a insisté Lady
Silverleaf. Même lorsqu'elle affecte votre capacité à remplir des
obligations familiales qui précèdent vos... intérêts éducatifs
actuels ?

Ces mots avaient le poids d'un ultimatum déguisé en question. Ils m'offraient un choix : abandonner le lien et me plier aux
attentes de la Cour d'Hiver, ou faire face à des conséquences qui
pourraient aller bien au-delà de désagréments académiques.

Mais avant que je puisse formuler une réponse qui ne m'enga-
gerait pas de manière irréversible, ma rune de lien a pulsé avec
une telle intensité que j'en ai eu le souffle coupé. La douleur qui
s'était accumulée tout au long de l'entretien s'est propagée de mes
côtes à ma poitrine, rendant chaque respiration laborieuse. Mes
doigts se sont mis à trembler contre la table de conférence, et je
pouvais voir du givre se former sur mes expirations, de subtils
signes de détresse magique que je luttais pour contrôler.

L'effort de maintenir un sang-froid diplomatique alors que la
séparation magique rongeait ma concentration devenait impossible. L'expression satisfaite de Lord Darian me disait qu'il voyait
exactement ce que cette distance forcée me coûtait, et pire encore,
il y prenait plaisir.

— M. Blackthorn, a dit sèchement la professeure Blitzen,
s'avançant vers la table alors que la détresse magique émanait de
ma rune de lien en motifs d'aurore visibles. On approche du
niveau 3. Nous devons interrompre cette séance.

— Juste quelques minutes de plus, a dit Lord Darian avec le
genre d'autorité qui suggérait qu'il avait l'habitude d'outrepasser
les protocoles académiques lorsqu'ils interféraient avec ses
objectifs.

Mais l'expression de la professeure Blitzen était passée de protectrice à ouvertement menaçante, des éclairs dansant entre ses doigts avec la promesse de conséquences que même la noblesse de la Cour d'Hiver ne pourrait ignorer.

— La séance est terminée, a-t-elle déclaré avec une finalité qui a fait chuter la température de la pièce de plusieurs degrés. M. Blackthorn nécessite des soins médicaux immédiats.

Alors qu'elle s'apprêtait à m'escorter hors de la salle de conférence, j'ai surpris l'expression satisfaite de Lord Darian, non pas déçu que l'entretien ait été écourté, mais ravi qu'il ait révélé exactement ce qu'il voulait apprendre.

Ils n'avaient pas essayé de recueillir des informations sur notre lien.

Ils avaient testé la quantité de douleur que nous pouvions endurer en étant séparés, et comment cette douleur pouvait être utilisée pour contrôler nos choix.

Le couloir à l'extérieur de la salle de conférence 9 était à la fois un sanctuaire et une torture, plus proche d'Ivy, mais toujours pas assez pour mettre fin à cette sensation de manque désespéré qui poussait ma magie des tempêtes vers un chaos destructeur.

— Où est-elle ? ai-je demandé urgemment à la professeure Blitzen.

— Salle de conférence 7. La professeure Meridian a terminé sa séance en même temps. La voix de la professeure Blitzen portait une satisfaction sombre. Quoi qu'ils aient cru accomplir en vous poussant tous les deux au point de rupture magique, ils ont appris que le corps professoral de l'université ne se rendra pas complice de la mise en danger de ses étudiants.

Mais alors que nous approchions de la salle de conférence 7, je pouvais sentir à travers notre lien que ce qui s'était passé pendant l'entretien d'Ivy l'avait bien plus secouée qu'une simple anxiété de séparation. Elle avait appris quelque chose sur elle-même, quelque chose qui changeait sa compréhension de qui elle était et pourquoi notre lien était si parfaitement calibré à nos signatures magiques spécifiques.

La porte de la salle de conférence s'est ouverte, et Ivy est pratiquement tombée dans mes bras, sa rune de lien brillant si fort qu'elle était visible à travers sa manche. Au moment où nos peaux se sont touchées, l'appel magique désespéré s'est apaisé en harmonie, mais je pouvais sentir à travers notre connexion que le soulagement n'était que temporaire.

Elle a agrippé ma manche trop fort, les jointures de ses doigts blanches d'une tension que je ne lui avais jamais vue. Sa rune vacillait comme une lanterne de tempête prise dans le vent, le motif lumineux instable d'une manière qui témoignait d'un choc fondamental plutôt que d'une simple anxiété de séparation.

— Qu'est-ce qu'ils t'ont dit ? ai-je demandé doucement, me positionnant pour la protéger de l'observation inquiète de la professeure Meridian. Quoi qu'elle ait appris, elle avait besoin de temps pour l'assimiler sans surveillance académique.

— Des choses sur ma famille, a-t-elle murmuré, sa voix parcourue de tremblements qui n'avaient rien à voir avec la détresse magique. Des choses qui n'ont pas de sens. Des choses qui font que notre lien ressemble moins à une coïncidence et plus à...

— Plus à quoi ?

— Plus comme si quelqu'un avait planifié ça depuis des années.

À travers le lien, j'ai capté des flashs soigneusement contrôlés de ce qu'elle avait appris, des fragments sur sa lignée magique qui contredisaient les explications de ses parents, des indices sur des capacités qui avaient été cachées plutôt que sous-développées, des suggestions qu'elle avait été identifiée et surveillée bien avant que notre lien n'ait lieu. Mais sous les révélations spécifiques, j'ai senti quelque chose de plus profond : la désorientation qui vient de la découverte que toute sa compréhension de soi-même avait été bâtie sur une tromperie délibérée.

La professeure Meridian est apparue à nos côtés, sa magie de farfadet du vent créant une barrière d'intimité qui empêcherait les oreilles indiscrètes.

— Nous devons vous faire sortir d'ici tous les deux, a-t-elle dit doucement. Les entretiens ont révélé plus qu'ils n'auraient dû, et il y a des gens qui ne seront pas contents de tout ce que vous savez maintenant.

— Savoir sur quoi ? ai-je demandé.

— Sur la raison pour laquelle votre lien était si parfaitement calibré, a-t-elle répondu d'un ton sinistre. Et sur qui vous observe tous les deux depuis bien avant votre rencontre.

Alors que nous nous dirigions vers la sortie de la Tour Administrative, j'ai senti la main d'Ivy se resserrer sur la mienne et sa détermination se cristalliser en quelque chose qui ressemblait étrangement à de la résolution.

Quels que soient les secrets révélés pendant les entretiens, quels que soient les jeux politiques auxquels nous avions participé sans le savoir, quelles que soient les forces qui avaient façonné nos vies depuis l'ombre, nous y ferions face de la même manière que nous avions affronté tout le reste depuis le début de notre lien.

CHAPITRE TREIZE
MURMURES ET TÉMOINS

IVY

Je poussais mes œufs brouillés dans mon assiette, sans vraiment sentir leur goût, tandis que les mots de Lady Silverleaf, prononcés trois jours plus tôt, se rejouaient dans ma tête pour la centième fois.

— Votre mère descend de la lignée Lux... des mages de cour qui ont servi d'architectes pour l'infrastructure magique originelle de la Cour d'Hiver. Votre père est porteur de l'héritage Niveus... des lutins des glaces dont la famille a aidé à concevoir la magie territoriale qui a fondé l'UPN elle-même. —

Lux et Niveus. Pas la modeste lignée de lutins de l'Arctique que mes parents avaient prétendue. Des familles assez puissantes pour que la Cour d'Hiver ait passé dix-huit ans à me traquer, attendant le bon moment pour activer un lien qu'ils avaient conçu spécifiquement pour ma lignée.

La lettre que j'avais envoyée à mes parents la veille pesait lourd dans mes pensées. Des questions courtes et directes qui exigeaient de vraies réponses : — Qui sommes-nous vraiment ?

Qu'est-ce que vous ne m'avez pas dit d'autre ? Saviez-vous que ce lien allait se produire ? —

— ... on dit qu'ils ne peuvent plus s'éloigner l'un de l'autre maintenant...

Le murmure provenant d'une table voisine perça à peine le tourbillon de mes pensées.

— ... ma colocataire a dit qu'ils partagent leurs rêves...

Je coupai distraitement mon toast en morceaux de plus en plus petits, reconstruisant dans mon esprit l'évaluation clinique de Lady Silverleaf. — Le lien que vous avez subi n'était pas aléatoire. Vos signatures magiques ont été documentées dans l'Index de la Concordance lorsque vous étiez tous les deux enfants, identifiées comme compatibles pour des applications de contrôle territorial. —

— Ivy.

La voix mentale de Rowan traversa mon examen obsessionnel, douce mais insistante.

— Tu diffuses de l'anxiété à travers le lien. Et tout le monde nous dévisage.

Je levai les yeux, prenant soudain conscience que le Grand Réfectoire de Cristal était devenu remarquablement plus silencieux autour de nous. Les étudiants aux tables voisines observaient avec cette sorte de fascination spéculative qui transforme les gens en divertissement plutôt qu'en camarades de classe. Certains chuchotaient derrière leurs mains, d'autres nous documentaient ouvertement avec des cristaux d'évaluation qui alimentaient probablement des projets de recherche sur le développement de la magie de partenariat.

— ... la Cour d'Hiver a envoyé des gens pour les évaluer personnellement...

— ... dangereux, ce genre de lien...

— C'est comme être une exposition itinérante, marmonnai-je

en posant ma fourchette, mon appétit ayant complètement disparu.

À travers notre lien, je sentis que Rowan comprenait ce qui consumait mes pensées, ainsi que ses propres sentiments complexes sur les secrets de famille qui redéfinissaient nos deux identités.

— La lettre leur parviendra bientôt, offrit-il calmement via notre connexion mentale. Et alors nous aurons de vraies réponses au lieu de la simple propagande de la Cour d'Hiver.

— Et si les vraies réponses sont pires ? lui répondis-je par la pensée.

Trois jours après les entretiens, l'Université du Pôle Nord était devenue un labyrinthe de conversations feutrées qui cessaient dès que nous apparaissions ensemble. Pas malveillantes, exactement, mais intenses... le genre d'attention qui donnait l'impression que chaque espace public était une performance pour laquelle nous n'avions pas auditionné.

— Prête ? demanda Rowan à voix haute, tendant la main alors que nous nous préparions à affronter l'avalanche de regards jusqu'au cours d'Applications Théoriques Avancées.

Je la pris, reconnaissante pour la chaleur constante qui m'ancrait lorsque mes propres pensées menaçaient de sombrer dans la paranoïa au sujet de lignées et de programmes de reproduction déguisés en éducation magique.

À travers notre lien, je sentis l'amusement sombre de Rowan. Au moins, on est intéressants. C'est mieux qu'être invisibles.

Vraiment ? demandai-je, remarquant comment le groupe d'étude de Marcus Thornfield se tut alors que nous passions devant leur table habituelle près de l'entrée de la bibliothèque. À quand remonte la dernière fois que quelqu'un nous a regardés et a vu des étudiants au lieu d'une curiosité ?

La question frappa plus juste que je ne l'avais prévu. J'avais été invisible par choix pendant si longtemps. Maintenant, la visibilité me donnait l'impression d'être épinglée sous une loupe, chaque geste analysé pour une signification qui n'existait peut-être pas.

— Mademoiselle Snowfall ! Monsieur Blackthorn !

La voix qui nous appela était celle de Frost Silverleaf, et le ton joyeux me tordit l'estomac en guise d'avertissement. Elle s'approcha avec deux autres étudiants seniors en magie de l'hiver, Gareth Coldmere, dont les yeux pâles recelaient une intelligence calculatrice, et une fille que je reconnaissais mais à qui je n'avais jamais parlé, affichant tous deux des expressions d'intérêt amical qui semblaient aussi authentiques que de la glace décorative.

— Comment vous adaptez-vous à toute cette attention ? demanda Frost avec le genre d'intérêt désinvolte qui suggérait une sympathie sincère. Ce doit être accablant de voir votre développement magique privé devenir une telle fascination publique.

— On s'en sort, répondit prudemment Rowan, sa voix empreinte d'une distance polie qui ne masquait pas tout à fait sa méfiance.

— Bien sûr que vous vous en sortez, dit Gareth, son ton ayant un poids subtil. Bien que certains étudiants se demandent si cette attention est entièrement juste. Des aménagements spéciaux, des emplois du temps modifiés et une supervision du corps professoral que les autres étudiants ne reçoivent pas. Si un lien magique devrait accorder un traitement préférentiel.

Les mots étaient soigneusement choisis, pas accusateurs, mais nous invitant à reconnaître que notre situation créait des inégalités qui affectaient les expériences éducatives des autres étudiants.

— Nous n'avons pas demandé de traitement spécial, dis-je, sentant la chaleur me monter au cou. Les aménagements étaient nécessaires pour empêcher un chaos magique qui aurait pu mettre tout le monde en danger.

— Naturellement, acquiesça Frost avec une délicate hésitation. Mais vous devez admettre que votre développement magique a été assez remarquable depuis le début du lien. Certains étudiants se demandent si la magie de partenariat pourrait offrir des améliorations que l'étude individuelle ne peut égaler.

À travers notre lien, je sentis l'attention vive de Rowan tandis qu'il reconnaissait le piège qui se tendait. Ce n'était pas une inquiétude, c'était un test de notre réaction à une pression déguisée en sympathie de la part de nos pairs.

— La magie de partenariat requiert des signatures compatibles et un consentement mutuel, dit fermement Rowan. Elle ne peut être induite artificiellement pour un bénéfice académique.

— Le consentement mutuel, répéta Gareth pensivement. Une expression intéressante, étant donné que votre lien a commencé avec un charme maudit plutôt qu'un choix délibéré. Il y a une différence, n'est-ce pas, entre un choix authentique et un aménagement pratique ?

La question frappa exactement là où il le voulait. Quelle part de notre partenariat relevait du choix, et quelle part de la contrainte magique ?

Avant que l'un de nous puisse répondre, une nouvelle voix trancha la tension avec une autorité familière.

— Mademoiselle Silverleaf, dit le professeur Meridian, apparaissant à côté de notre groupe avec une intervention parfaitement synchronisée. Je crois que vous avez un exercice de construction de protections prévu pour cette heure, n'est-ce pas ?

— Oui, professeur, répondit Frost avec une obéissance immédiate. Nous discutions juste de la théorie de la magie de partenariat.

— Peut-être pourriez-vous en discuter pendant vos propres exercices collaboratifs plutôt que d'interroger d'autres étudiants, dit le professeur Meridian avec une observation sèche. Le renvoi était poli, professionnel et absolument clair. Frost et ses compagnons comprirent l'allusion et se retirèrent avec une grâce qui ne masquait pas tout à fait leur satisfaction d'avoir semé des graines de doute sur notre situation.

— Une perspective intéressante sur le choix et la nécessité, dit Frost alors qu'ils se préparaient à partir. De quoi réfléchir, certainement.

Tandis qu'ils s'éloignaient, je sentis le poids de leur conversation s'installer dans ma poitrine comme une pierre froide. Non pas parce que leurs questions étaient fausses, mais parce qu'elles touchaient des peurs que j'avais essayé de ne pas reconnaître.

— Quelle part de tout ça est réelle ? demandai-je doucement à Rowan alors que nous continuions vers notre salle de classe. Quelle part de ce que nous ressentons l'un pour l'autre est authentique, et quelle part est une contrainte magique ?

À travers notre lien, je sentis sa compréhension de la question, ainsi que sa propre relation compliquée avec les mêmes doutes.

— Je ne sais pas, admit-il honnêtement. Mais je sais que se poser la question ne change rien à ce que je ressens.

Ce que je ressens. L'expression portait un poids qui allait au-delà de la compatibilité magique ou de l'aménagement pratique. Quelles que soient les forces qui nous avaient réunis, quelles que soient les contraintes qui façonnaient nos choix quotidiens, la réalité émotionnelle de notre partenariat semblait authentique d'une manière qui n'avait rien à voir avec des runes de lien ou des exigences de proximité.

— Professeur Meridian, dis-je en arrivant à l'entrée de la classe, puis-je vous poser une question sur la théorie de la magie de partenariat ?

— Certainement, répondit-elle, bien que ses yeux vert pâle dénotaient la méfiance de quelqu'un qui soupçonnait que la question serait plus personnelle qu'académique.

— Est-il possible de distinguer l'attraction magique d'un lien émotionnel authentique lorsque les deux sont entremêlés dès le départ ?

Le professeur Meridian nous étudia tous les deux un instant, ses instincts de lutin du vent lisant clairement des courants émotionnels dont nous n'étions peut-être pas pleinement conscients nous-mêmes.

— Mademoiselle Snowfall, dit-elle enfin, d'après mon expérience, un lien émotionnel authentique n'a pas besoin d'amélioration magique pour être profond. Mais la compatibilité magique peut révéler des vérités émotionnelles qui autrement resteraient cachées.

— C'est-à-dire ?

— C'est-à-dire, poursuivit-elle avec une douce autorité, que si vos sentiments l'un pour l'autre étaient purement une contrainte magique, le lien ne se stabiliserait pas comme il l'a fait. Les connexions forcées créent de la résistance, pas de l'harmonie.

Cette observation aurait dû être rassurante. Au lieu de ça, elle me rappela à quel point nos vies étaient devenues sujettes à l'analyse de personnes qui étudiaient notre relation comme un exercice académique plutôt qu'une expérience vécue.

Mais alors que nous entrions dans la salle de classe et prenions nos places habituelles à la table de démonstration, je sentis quelque chose s'apaiser dans ma poitrine qui n'avait rien à voir avec la théorie magique et tout à voir avec la simple réalité d'avoir Rowan à mes côtés.

Quelles que soient les questions que les autres soulevaient sur le choix et la nécessité, quels que soient les doutes qu'ils semaient sur l'authenticité de notre connexion, la vérité émotionnelle restait constante : être avec lui, c'était comme être à la maison, d'une manière qui n'avait rien à voir avec des runes de lien ou des aménagements académiques.

Et si c'était de la contrainte magique, c'était le genre de contrainte que je pouvais choisir d'accepter.

LE RÊVE VINT cette nuit-là avec la clarté d'une expérience partagée plutôt que d'un sommeil individuel.

Je me tenais dans un endroit que je n'avais jamais vu mais que je reconnaissais d'une certaine façon, une chambre cristalline sous l'Université du Pôle Nord, taillée dans une glace qui contenait des motifs d'aurores boréales dans ses profondeurs. Des runes anciennes couvraient les murs, pulsant d'une douce lumière qui répondait à la présence magique.

Mais je n'étais pas seule.

Rowan se tenait à mes côtés, ses cheveux sombres captant la lueur des aurores et ses yeux pâles reflétant des profondeurs qui semblaient contenir des siècles de magie de l'hiver. À travers le lien onirique, je pouvais sentir ses pensées fusionner avec les miennes d'une manière qui allait bien au-delà de notre connexion à l'état de veille.

Cet endroit, sa voix de rêve portait une certitude qui ressemblait à une reconnaissance. Il est réel. Quelque part sous le campus.

Comment le sais-tu ? demandai-je, bien que la chambre me parût familière à moi aussi, comme un lieu que j'aurais vu dans des histoires à moitié oubliées.

Parce que c'est ici que tout a commencé, répondit-il en désignant les runes qui décoraient les murs cristallins. Le premier lien de la Cour d'Hiver. La magie de partenariat originelle qui a créé la fondation territoriale de tout ce qui a suivi.

Pendant qu'il parlait, les runes se mirent à briller plus fort, et je réalisai qu'elles n'étaient pas seulement décoratives, elles étaient instructives. Elles nous montraient des techniques, des principes, des applications de la magie de partenariat qui dépassaient tout ce qui se trouvait dans la littérature académique actuelle.

Quelqu'un voulait que nous trouvions cet endroit, réalisai-je avec une certitude croissante. Le rêve partagé, l'emplacement spécifique, les runes d'enseignement, ce n'est pas accidentel.

Non, convint sombrement Rowan. Mais la question est de savoir si nous sommes guidés par quelqu'un qui veut nous aider, ou par quelqu'un qui veut nous contrôler.

À travers la connexion onirique, j'attrapai des bribes de ses peurs les plus profondes, la crainte que notre lien ait été conçu non seulement pour créer un partenariat, mais pour donner à d'autres un moyen de pression sur nos choix. Que le rêve partagé soit une autre forme de manipulation déguisée en révélation.

Mais alors que nous nous enfoncions plus profondément dans la chambre cristalline, étudiant des runes qui semblaient répondre à nos signatures magiques combinées, je sentis autre chose. Pas de la manipulation, mais une invitation. La chambre nous voulait ici, voulait que nous comprenions ce que nous étions en train de devenir.

Regarde, dis-je en montrant une section du mur où les runes formaient des motifs qui ressemblaient presque à... Des galeries de portraits.

Les sections sculptées montraient des partenariats à travers l'histoire, deux figures dont la magie s'entremêlait dans des démonstrations de pouvoir collaboratif qui dépassaient les capacités individuelles. Pas seulement une amélioration magique, mais une transformation. Des gens qui étaient devenus quelque chose de nouveau en se choisissant l'un l'autre.

Ils sont tous différents, observa Rowan, étudiant les portraits avec une fascination académique. Différents types de magie, différentes époques, différentes applications. Cependant, le principe sous-jacent reste constant : le partenariat comme processus évolutif plutôt qu'une simple coopération.

Et ils ont tous choisi, ajoutai-je, remarquant la façon dont chaque portrait montrait un geste délibéré, des mains tendues dans des offres qui avaient été acceptées plutôt que contraintes. Quoi que ce soit qui les ait réunis au départ, ils ont choisi de devenir ce qu'ils sont devenus.

Cette observation apaisa quelque chose dans ma poitrine qui me faisait mal depuis la conversation avec Frost Silverleaf. Ces partenariats n'avaient pas été diminués par des questions de choix contre nécessité, ils avaient été définis par le choix d'embrasser ce qu'ils pouvaient devenir ensemble.

Alors que le rêve commençait à s'estomper à l'approche de l'aube, je sentis une dernière révélation se cristalliser avec la certitude de la vérité plutôt que de l'espoir :

Quoi que ce soit qui ait initié notre lien, quelles que soient les forces qui continuaient à façonner notre développement, le choix de ce que nous en ferions nous appartenait toujours.

Et je savais, avec une clarté qui dépassait tout ce que j'avais pu ressentir à l'état de veille, que je choisirais Rowan à nouveau. Non pas parce que la magie m'y contraignait, mais parce que la personne que je devenais quand j'étais avec lui était quelqu'un que je voulais continuer à être.

Même si cela signifiait faire face à toutes les conséquences que ce choix entraînerait.

Ensemble, murmurai-je alors que la chambre cristalline se dissolvait dans un sommeil ordinaire.

Toujours, vint sa réponse, chaude comme une respiration dans l'air de l'hiver.

À mon réveil, la rune de lien sur mon poignet brillait doucement de la magie résiduelle du rêve, et à travers notre connexion, je pouvais sentir Rowan s'agiter dans son propre lit avec le même sentiment de révélation et de résolution.

La chambre était réelle. Le choix était nôtre.

Et quelles que soient les forces qui voulaient utiliser ces faits contre nous, elles découvriraient que certains partenariats étaient plus forts que les personnes qui essayaient de les contrôler.

CHAPITRE QUATORZE
L'ÉPREUVE DE LOYAUTÉ

ROWAN

La convocation est arrivée à l'aube, remise avec le genre de courtoisie formelle qui rendait tout refus impossible tout en maintenant l'illusion du choix.

M. Blackthorn, Mlle Snowfall : Votre présence est requise pour une démonstration collaborative à 13 h, dans l'amphithéâtre principal de l'Observatoire. Cette présentation montrera le développement de la magie de partenariat à des observateurs académiques en visite. Présence obligatoire pour les observateurs ; encouragée pour les sujets. — Service des Affaires universitaires

À travers notre lien, j'ai senti la pointe d'anxiété d'Ivy alors qu'elle lisait le message, ainsi que sa prise de conscience grandissante que l'on nous manœuvrait pour nous faire participer à une autre performance destinée à des gens dont les intérêts ne s'alignaient pas sur les nôtres.

— Ce n'est pas une demande, ai-je dit à voix basse. C'est un ordre, formulé poliment.

— Les envoyés de la Cour d'Hiver ? a demandé Ivy par notre connexion mentale.

— Très certainement. On dirait la prochaine phase de la stratégie qu'ils ont élaborée depuis les entretiens.

Nous nous attendions à quelque chose de ce genre depuis deux jours, depuis que la professeure Meridian avait mentionné un « intérêt » accru de la part d'autorités magiques externes pour le développement de notre partenariat. Le genre d'intérêt qui s'accompagnait d'observations officielles, d'évaluations formelles et de conséquences politiques pouvant aller de l'ennuyeux au catastrophique.

— Qu'est-ce que tu crois qu'ils veulent voir ? a demandé Ivy à voix haute alors que nous nous dirigions vers le petit-déjeuner, nos mains jointes attirant le mélange habituel de regards curieux et de murmures spéculatifs de la part des autres étudiants.

— Des preuves, ai-je répondu d'un air sombre. Soit que nous sommes trop dangereux pour continuer sans intervention, soit que nous sommes assez utiles pour mériter d'être contrôlés.

À travers notre lien, j'ai senti qu'elle comprenait le piège dans lequel nous tombions. Une démonstration publique signifiait des témoins, des documents et des relevés magiques qui pourraient être analysés pour y déceler des vulnérabilités ou exploités à des fins politiques. Quoi que nous choisissions de montrer, et quoi que nous essayions de cacher, serait consigné dans un rapport officiel qui pourrait être utilisé contre nous plus tard.

L'amphithéâtre principal de l'Observatoire avait été transformé en quelque chose qui ressemblait plus à une audience de tribunal qu'à une présentation académique. Des gradins faisaient face à une estrade centrale, et du matériel de surveillance était positionné pour capter chaque aspect de la production magique. Mais c'est la section arrière qui m'a noué l'estomac, car j'y ai reconnu une manœuvre politique.

Lord Darian était assis avec Lady Silverleaf et deux autres représentants de la Cour d'Hiver, leurs yeux pâles étudiant l'installation avec une intensité analytique. Ils n'étaient pas là pour observer des progrès académiques ; ils étaient là pour fixer des paramètres sous pression.

— M. Blackthorn, Mlle Snowfall, a annoncé la professeure Blitzen alors que nous entrions, sa voix empreinte d'une neutralité officielle qui ne parvenait pas tout à fait à masquer son inquiétude protectrice. Merci de participer à la démonstration d'aujourd'hui sur le développement de la magie de partenariat.

Cette introduction formelle sonnait comme un avertissement déguisé en courtoisie. On nous présentait comme des participants volontaires à ce qui s'apparentait à du théâtre politique, où notre coopération servirait les intérêts de quelqu'un d'autre, quelles que soient nos préférences personnelles.

Dylan et Lyra étaient placés près du matériel de surveillance, leurs expressions soigneusement professionnelles. Alors que nous nous mettions en position, Lyra a croisé mon regard et a murmuré tout bas :

— Si le blason apparaît, ce n'est pas toi qui perds le contrôle, c'est le lien qui impose sa conception.

Les cibles de la démonstration étaient plus complexes que tout ce que nous avions utilisé dans les cours normaux : des constructions cristallines qui changeaient de position, modifiaient leurs signatures magiques et généraient des schémas d'interférence conçus pour tester la collaboration adaptative sous pression.

— Commencez quand vous serez prêts, a annoncé la professeure Blitzen.

J'ai regardé Ivy, notant ses épaules tendues de détermination et la façon dont sa magie de lumière réagissait déjà à la proximité de mon pouvoir de givre. À travers notre lien, j'ai senti sa résolution de leur offrir une performance digne d'être regardée, quelles qu'en soient les conséquences politiques.

— Ensemble ? ai-je demandé par notre connexion mentale.

— Ensemble, a-t-elle confirmé.

Nous avons puisé dans notre magie simultanément, laissant la synchronisation accrue du lien guider notre incantation collaborative. La barrière qui a commencé à se former entre nous était immédiatement plus complexe que tout ce que nous avions créé dans le cadre contrôlé des salles de classe, des couches de lumière cristalline renforcées par des motifs de givre.

Puis notre barrière s'est resserrée pour former des angles que nous n'avions pas choisis. Trois flocons de neige se sont imbriqués en un triangle, net, héraldique, inévitable. La Cour d'Hiver nous fixait depuis nos propres mains.

La rune du lien a flambé contre mes côtes, chaude et insistante, envoyant des aiguilles de brûlure glaciale à travers ma poitrine. À côté de moi, Ivy a légèrement vacillé, ses genoux ployant alors que le détournement magique envoyait des vagues de nausée à travers notre connexion. Je l'ai stabilisée de ma main libre, notre contact physique nous aidant à nous ancrer tous les deux contre la coercition.

— Fascinant, a murmuré Lady Silverleaf depuis son poste d'observation, sa voix chargée d'une satisfaction qui m'a glacé le sang. La reconnaissance héréditaire est... rassurante.

La reconnaissance héréditaire. L'expression signifiait que notre magie réagissait à des influences de lignée qui prédataient nos choix conscients, des signatures magiques de la Cour d'Hiver qui avaient été intégrées dans le lien lui-même, conçues pour faire surface lors de démonstrations exactement comme celle-ci.

J'ai essayé de modifier la formation de la barrière, de rediriger notre magie combinée loin du motif de blason qui émergeait.

Mais la résistance nourrissait le motif. C'était là toute la cruauté de la chose.

— S'ils veulent une démonstration, a envoyé Ivy, de l'acier sous une lumière d'étoile, nous leur donnerons la nôtre.

Elle a nourri le blason, puis l'a réécrit. Les lignes de givre se sont courbées en un filigrane d'aurore boréale ; la lumière s'est tressée à travers la géométrie hivernale jusqu'à ce que leur emblème devienne le nôtre. À travers notre lien, j'ai senti son invitation à me joindre à son choix.

J'ai laissé ma magie de givre s'écouler dans son dessin modifié, ajoutant des éléments structurels qui ont transformé le blason de la Cour d'Hiver en quelque chose qui nous appartenait, à nous plutôt qu'à eux. Le résultat était à couper le souffle, une barrière qui ressemblait à de la lumière d'étoile capturée, assez solide pour arrêter une équipe de traîneaux au galop, mais assez belle pour être exposée dans un musée.

L'amphithéâtre était devenu complètement silencieux.

La professeure Blitzen a expiré, un arc visible de foudre parcourant les moniteurs alors qu'elle disait :

— Ça suffit. Son excitation académique a pris le pas sur toutes les préoccupations politiques qu'elle aurait pu avoir. La densité magique et l'intégration artistique sont sans précédent dans la littérature actuelle sur la magie de partenariat.

À travers notre lien, j'ai senti le mélange de satisfaction et d'épuisement d'Ivy alors que notre incantation collaborative s'installait dans l'harmonie. On nous avait manœuvrés pour révéler des capacités que nous aurions préféré garder privées, mais nous l'avions fait selon nos propres termes, plutôt qu'en tant que sujets involontaires de la manipulation de la Cour d'Hiver.

— Tout à fait remarquable, a dit Lord Darian, se levant de son poste d'observation avec le genre d'autorité satisfaite qui suggérait que la démonstration avait parfaitement servi ses objectifs. Les schémas de reconnaissance héréditaire sont encore plus forts que ce que les premiers rapports indiquaient.

— Des schémas héréditaires que nous avons modifiés selon notre propre vision artistique, a dit Ivy d'une fermeté tranquille qui a porté dans tout l'amphithéâtre. Quelles que soient les influences qui ont façonné les fondations, le résultat final représente nos choix conscients.

— En effet, a convenu Lady Silverleaf avec un sourire qui n'était que dents, sans aucune chaleur. Bien qu'on puisse se demander si le choix conscient reste pertinent quand la magie héréditaire est si... insistante sur la bonne manière de s'exprimer.

Les mots ont flotté dans l'air comme une menace déguisée en observation. À travers notre lien, j'ai senti qu'Ivy comprenait qu'on venait de nous avertir des limites de notre libre arbitre, que quels que soient les choix que nous pensions faire, l'héritage de la Cour d'Hiver déterminerait finalement les résultats.

— La démonstration est terminée, a annoncé la professeure Blitzen avec le genre d'autorité protectrice qui suggérait qu'elle était prête à mettre fin à ce théâtre politique avant qu'il ne puisse dégénérer. Merci à tous pour votre présence.

Alors que les observateurs commençaient à sortir, beaucoup jetant des regards furtifs aux motifs d'aurore qui dansaient encore sur le plafond de l'amphithéâtre, j'ai surpris l'expression de calcul inquiet de Dylan. Quoi qu'il se soit passé pendant notre démonstration, cela en avait révélé plus sur la nature de notre lien que ce à quoi nous nous attendions.

— Monsieur Blackthorn, a dit Lord Darian alors qu'il s'apprêtait à partir, sa voix empreinte d'une autorité désinvolte qui suggérait une conversation privée plutôt qu'une adresse publique. Peut-être pourrions-nous poursuivre notre discussion de l'autre jour ? Je crois que les récents développements ont créé de nouvelles opportunités de compréhension mutuelle.

— Que ce soit modifiable est plus rassurant, ai-je répliqué diplomatiquement.

À travers notre lien, j'ai senti la pointe d'alarme d'Ivy face aux implications de ses paroles. Pas seulement une autre tentative de nous séparer, mais quelque chose de plus direct, une pression politique conçue pour forcer des choix qui serviraient les intérêts de la Cour d'Hiver, indépendamment de nos préférences personnelles.

Alors que les représentants de la Cour d'Hiver partaient avec des expressions de satisfaction polie, Dylan et Lyra ont échangé un regard qui portait le poids de nouvelles découvertes. Quoi qu'ils aient vu dans les données de surveillance, c'était assez important pour justifier une discussion privée.

— Il y aura un vote du corps professoral ce soir, a dit tranquillement la professeure Blitzen alors que l'amphithéâtre se vidait autour de nous. Pour décider si une supervision extérieure sera imposée pour le développement de la magie de partenariat. Son expression était sombre. La démonstration leur a donné exactement les preuves dont ils avaient besoin.

À travers les fenêtres cristallines de l'Observatoire, je pouvais voir les barrières protectrices de la NPU scintiller selon des motifs qui correspondaient à la géométrie du blason que nous venions de créer, des traces d'aurore se synchronisant avec le réseau du campus d'une manière qui suggérait que notre signature héréditaire venait de s'intégrer plus profondément à l'infrastructure magique de l'université.

— Qu'est-ce qu'on fait maintenant ? a demandé Ivy à voix basse.

— On se prépare pour ce qu'ils prévoient ensuite, ai-je

répondu, même si je sentais à travers notre lien que nous comprenions tous les deux que la situation nous échappait rapidement.

La démonstration avait été une épreuve de loyauté déguisée en présentation académique. Et à en juger par les expressions satisfaites sur les visages de la Cour d'Hiver, nous avions révélé exactement ce qu'ils avaient espéré voir.

CHAPITRE QUINZE

POINT DE RUPTURE

IVY

Le vote du corps professoral était prévu pour vingt heures ce soir-là, dans la salle du conseil de la Tour administrative. Une séance formelle qui déterminerait si une « supervision externe » deviendrait obligatoire pour tout développement de la magie de partenariat à l'Université du Pôle Nord.

Ce qui signifiait, en pratique, que Rowan et moi serions livrés au contrôle de la Cour d'Hiver sous couvert d'une supervision académique.

— Ils appellent ça une mesure de sécurité, dit Dylan d'un air sombre alors qu'il nous briefait dans le laboratoire principal de l'Observatoire. La professeure Ember fait pression pour ça depuis la démonstration d'hier, affirmant que la magie de partenariat non supervisée présente des risques inacceptables pour la stabilité du campus.

Il désigna les écrans de contrôle, où les relevés de la veille affichaient toujours des niveaux de base élevés. — Votre intégration spectrale est toujours élevée depuis la démonstration. La charge magique n'est pas encore totalement revenue à la normale.

À travers notre lien, je sentis le pic de colère acéré de Rowan à la mention du nom de la professeure Ember. Nous l'avions tous les deux remarquée pendant la démonstration, prenant des notes avec une intensité clinique, nous observant avec quelque chose qui relevait plus du calcul que de la curiosité.

— La professeure Ember n'a même pas assisté à la plupart de nos sessions d'entraînement, dis-je, en essayant de garder une voix posée malgré l'anxiété grandissante qui montait en moi depuis que nous avions appris l'existence de ce vote. Comment peut-elle évaluer les risques de notre développement magique ?

— Elle ne peut pas, répondit Lyra avec cette sorte d'autorité frustrée qui vient de trop nombreuses confrontations avec la politique universitaire. Mais elle n'en a pas besoin. L'intérêt formel de la Cour d'Hiver pour votre partenariat donne du poids à toutes les préoccupations de sécurité qu'elle soulève, indépendamment de leur fondement factuel.

Préoccupations de sécurité. Cet euphémisme fit vaciller ma magie de lumière sous le coup d'une indignation que je peinais à contenir. La démonstration de la veille avait été un succès sur tous les plans objectifs : construction de protections complexes, intégration magique collaborative, réponse adaptative aux influences coercitives. Si quoi que ce soit, nous avions prouvé que la magie de partenariat pouvait être à la fois puissante et contrôlée avec précision.

Mais la précision et le contrôle n'étaient pas la question. Le but était d'établir un précédent pour l'intervention de la Cour d'Hiver dans les affaires académiques, en utilisant notre lien comme justification pour une autorité plus large sur l'éducation magique.

— Quel est le résultat le plus probable ? demanda Rowan avec une neutralité prudente.

— Un vote serré, admit Dylan. Meridian, Blitzen et la plupart des professeurs de magie théorique soutiennent l'indépendance académique. Ember et les départements d'applications pratiques sont en faveur d'une supervision externe. Si la motion est adoptée, la supervision sera immédiate et rétroactive.

— Et si nous sommes supervisés, ils pourront légalement exiger des démonstrations, ajouta sombrement Rowan.

À travers notre lien, je sentis qu'il comprenait ce que cela signifiait. Des administrateurs prêts à sacrifier notre autonomie pour éviter un conflit avec l'autorité de la Cour d'Hiver, quelles que soient les implications à long terme.

— Nous pourrions contester le vote, suggéra Lyra sans grande conviction. Demander un délai supplémentaire pour démontrer que notre partenariat ne nécessite pas de supervision externe.

— Sur quelle base ? demanda Rowan. Le fait que nous avons réussi à intégrer des signatures magiques conçues pour être contrôlées par les influences de la Cour d'Hiver ? Que nous avons appris à travailler avec des schémas héréditaires plutôt que de leur résister ?

L'amertume dans sa voix portait le poids de quelqu'un qui avait grandi en comprenant que les préférences individuelles importaient moins que les convenances politiques lorsque les intérêts de la Cour d'Hiver étaient en jeu.

— Sur la base que nous sommes des étudiants qui méritent les mêmes opportunités d'éducation que tout le monde, dis-je, m'étonnant moi-même de la fermeté de ma voix. Que notre développement magique ne devrait pas être soumis à une autorité externe simplement parce que cela dérange des gens qui profitent de la suppression de la magie de partenariat.

À travers notre lien, je sentis l'attention vive de Rowan, ainsi que sa prise de conscience grandissante que je n'allais pas accepter les manœuvres politiques comme une fatalité. Trois semaines plus tôt, je l'aurais peut-être fait. Trois semaines plus tôt, j'aurais trouvé des raisons d'acquiescer plutôt que de lutter contre la pression institutionnelle.

Mais trois semaines plus tôt, je n'avais pas découvert ce que c'était que d'avoir un partenaire qui valait la peine d'être défendu.

— Le vote est dans deux heures, dit Dylan tranquillement. Quoi que nous comptions faire, nous devons décider rapidement.

Avant que quiconque puisse répondre, le système de communication de l'Observatoire carillonna, annonçant un message entrant qui fit pulser ma rune de lien d'un avertissement.

Mlle Snowfall : Votre présence est requise en Salle de Conférence 12 à 19 h 30 pour une discussion préliminaire concernant les protocoles de supervision de la magie de partenariat. Cette réunion précède le vote du corps professoral de ce soir. Direction des Affaires académiques

Discussion préliminaire. Un autre euphémisme pour une pression individuelle destinée à amollir la résistance avant la décision formelle.

— Ils nous séparent encore, dis-je, remarquant que le message m'était adressé à moi seule plutôt qu'à nous deux. Ils essaient d'influencer ma position avant le vote.

— N'y va pas, dit Rowan immédiatement, ses instincts protecteurs s'embrasant à travers notre connexion. Quoi qu'ils veuillent discuter, ça peut nous inclure tous les deux ou aucun de nous deux.

Mais au moment même où il parlait, je sentais le piège politique se refermer sur nous. Refuser de m'y rendre serait perçu comme un manque de coopération, tandis que m'y rendre leur donnerait exactement le type d'accès individuel dont ils avaient besoin pour appliquer une pression à laquelle il serait plus difficile de résister sans l'influence stabilisatrice de notre lien.

— J'irai, décidai-je, sentant son opposition immédiate à travers notre connexion. Mais seulement s'ils acceptent de limiter la séparation à trente minutes. Plus longtemps et le stress du lien sapera de toute façon tout ce qu'ils essaient d'accomplir.

À travers notre lien, je sentis son mélange de fierté et de peur. Fierté que je choisisse d'affronter la pression directement, peur que je sous-estime les forces qui allaient être mobilisées contre notre partenariat.

Sois prudente, dit-il par notre connexion mentale. Ils te proposeront des choses qui sembleront raisonnables, mais qui serviront leurs intérêts plutôt que les nôtres.

Je sais, répondis-je, bien qu'une partie de moi se demandât si le savoir serait suffisant face à l'expertise politique de la Cour d'Hiver.

La Salle de Conférence 12 était plus petite et plus intime que les espaces précédents, avec un éclairage tamisé et des sièges confortables, conçue pour encourager une conversation honnête. Les lustres en cristal fredonnaient sur une cadence à trois temps qui me semblait étrangement familière.

La professeure Ember attendait, son expression empreinte d'une sollicitude maternelle qui semblait professionnellement calculée.

— Mlle Snowfall, dit-elle avec une chaleur accueillante. Je vous remercie de prendre le temps de discuter de ces questions importantes.

— Professeure, répondis-je prudemment, en m'installant en

face d'elle tout en surveillant la réaction de la rune de lien à la séparation d'avec Rowan. Inconfortable mais gérable.

— Personne ne remet en question vos capacités ou l'affection sincère que vous portez à M. Blackthorn, continua la professeure Ember avec une précision diplomatique. Votre développement magique a été remarquable.

Elle se pencha légèrement en avant. — Cependant, un développement remarquable s'accompagne de responsabilités que les étudiants ne sont pas préparés à gérer seuls. L'offre de la Cour d'Hiver n'est pas une punition, c'est une protection contre des forces qui voient la magie de partenariat soit comme une menace à éliminer, soit comme une ressource à exploiter.

— Une protection contre quoi ? demandai-je.

— Contre des politiques magiques qui se développent depuis des siècles, répondit-elle avec une préoccupation apparente. Mlle Snowfall, vous êtes talentueuse mais inexpérimentée, soudainement au centre de forces qui dépassent votre entendement. La Cour d'Hiver peut vous fournir des conseils, et je peux vous offrir quelque chose de concret.

Sa voix se chargea d'une nouvelle autorité. — Une amnistie temporaire pour les incidents antérieurs de M. Blackthorn. Une exemption de proximité sur mesure pour les cours, moins de perturbations. Tout cela à condition que vous acceptiez la supervision.

L'offre était raisonnable, tentante et totalement condescendante. À travers notre lien, je sentis la présence lointaine de Rowan m'ancrer à celle que j'étais quand on ne cherchait pas à me manipuler.

— Et si nous préférons développer notre partenariat sans conseils extérieurs ? demandai-je.

— Alors vous ferez face à des pressions qui pourraient détruire non seulement votre avenir académique, mais aussi votre sécurité personnelle, dit gravement la professeure Ember. Il existe des factions qui considèrent la magie de partenariat non supervisée comme une menace existentielle. Des gens qui préféreraient l'élimination au contrôle.

À travers notre lien, je sentis le premier pic d'une véritable angoisse de séparation alors que notre conversation se prolongeait au-delà de vingt minutes. Un carillon de glace aigu résonna dans mes oreilles, le même son que lors de la démonstration de la veille, quand le blason s'était formé sans notre consentement. — Mais votre avis pourrait influencer le résultat de ce soir. Une déclaration soutenant les protocoles de supervision aurait un poids considérable.

— Et si je ne le fais pas ?

— Alors vous ferez face à des conséquences bien moins agréables qu'une supervision coopérative.

La menace était subtile mais claire. Mais alors que la rune de lien s'embrasait sous le stress de la séparation et que je sentais l'inquiétude croissante de Rowan, quelque chose se cristallisa en moi : le choix personnel primait sur la convenance politique.

— Professeure Ember, dis-je tranquillement, en me levant avec une détermination calme, une supervision qui me coûte mon choix n'est pas une protection.

Son expression passa de la sollicitude maternelle à quelque chose de plus acéré. — Vous avez dix-huit ans et aucune expérience en politique magique. Vous ne comprenez pas ce que vous refusez.

— Je comprends qu'on me demande d'échanger mon autonomie contre la définition de la sécurité de quelqu'un d'autre, répondis-je, en me dirigeant vers la porte alors que l'insistance de la rune de lien devenait impossible à ignorer. Et ce n'est pas un échange que je suis prête à faire.

— La Cour d'Hiver n'apprécie guère les refus, lança-t-elle

derrière moi. Si vous n'acceptez pas la supervision de votre plein gré, ils trouveront d'autres moyens.

Je m'arrêtai sur le seuil. — Alors ils découvriront que certains partenariats sont plus difficiles à contrôler qu'ils ne l'avaient prévu.

Le couloir à l'extérieur de la Salle de Conférence 12 était comme une bouffée d'air frais après l'asphyxie politique. Mais alors que je retournais vers l'Observatoire, l'angoisse de séparation de la rune de lien s'intensifia au point que chaque pas me donnait l'impression de nager à contre-courant, un courant de plus en plus fort.

Quand j'atteignis le laboratoire principal, j'étais prise de vertiges à cause d'une détresse magique qui n'avait rien à voir avec la pression politique, mais tout à voir avec le fait d'avoir été séparée de Rowan plus longtemps que notre lien ne pouvait le tolérer confortablement.

Il m'attendait à l'entrée de l'Observatoire, son visage pâle, en proie à la même angoisse de séparation que moi. Au moment où nos mains se touchèrent, la sensation de manque désespéré se mua en harmonie, mais je sentis à travers notre connexion que trente minutes nous avaient tous les deux poussés au bord de ce qui était magiquement viable.

— Comment ça s'est passé ? demanda Dylan, notant notre détresse évidente avec une inquiétude professionnelle.

— La professeure Ember voulait que je soutienne publiquement la supervision de la Cour d'Hiver, dis-je, en m'asseyant à côté de Rowan, assez près pour que nos runes de lien se synchronisent dans leur rythme familier. J'ai refusé.

À travers notre lien, je sentis son mélange de fierté et d'alarme. Fierté que j'aie refusé de me laisser manipuler, alarme face à ce que mon refus signifierait pour le vote du soir.

— Elle a aussi mentionné qu'il y a des factions qui considèrent la magie de partenariat non supervisée comme une menace existentielle, ajoutai-je, voulant que tout le monde comprenne les enjeux auxquels nous étions confrontés. Des gens qui préféreraient l'élimination au contrôle.

— L'élimination, répéta Lyra avec cette sorte de précision académique qui transformait les menaces en problèmes de recherche. C'est une escalade qui dépasse les manœuvres politiques.

— Ce qui signifie que le vote de ce soir ne porte pas seulement sur la supervision, dit sombrement Rowan. Il s'agit de savoir si l'UPN peut protéger ses étudiants de l'autorité de la Cour d'Hiver, ou si nous deviendrons les premières victimes d'un conflit politique qui dépasse notre partenariat individuel.

Avant que quiconque puisse répondre, les écrans principaux de l'Observatoire se mirent à afficher des annonces d'urgence qui me nouèrent l'estomac d'effroi.

Réunion d'urgence du corps professoral déplacée dans le Grand Amphithéâtre en raison d'une affluence inattendue. Vote sur les Protocoles de Supervision de la Magie de Partenariat prévu pour 20 h. Observation publique autorisée.

Observation publique autorisée.

Le vote du corps professoral était devenu un spectacle à l'échelle du campus, ce qui signifiait que tout ce qui se passerait ce soir serait observé par des centaines d'étudiants dont les opinions façonneraient l'avenir de la magie de partenariat à l'UPN.

Avant que nous puissions partir pour le Grand Amphithéâtre, la porte principale de l'Observatoire carillonna. Petal Brightwood entra avec Marcus Thornfield et, à ma grande surprise, Frost Silverleaf. Le trio constituait un échantillon représentatif de l'opinion du campus qui me serra l'estomac d'une conscience politique aiguë.

— On a entendu parler du vote, dit Petal sans préambule, sa

magie florale créant une chaleur subtile dans l'air autour de nous. Nous serons à vos côtés. S'ils vous punissent, ils nous punissent tous.

Marcus hocha la tête avec un respect réticent. — Une précision comme la vôtre n'a pas besoin d'être tenue en laisse.

Mais le sourire de Frost était aussi tranchant que du verre de givre. — Ou peut-être que si, dit-elle doucement. Certains partenariats nécessitent... des conseils.

À travers notre lien, je sentis le mélange de gratitude et de méfiance de Rowan. Un soutien de sources inattendues, une opposition de sources prévisibles, et la conscience croissante que notre partenariat était devenu un symbole pour des questions plus vastes sur l'autonomie des étudiants et le contrôle institutionnel.

— Tu es prête pour ça ? demanda-t-il à voix basse.

Je regardai autour de moi dans le laboratoire principal de l'Observatoire, l'inquiétude protectrice de Dylan et Lyra, l'équipement de surveillance qui avait documenté notre développement magique, l'espace où nous avions découvert ce que le partenariat pouvait devenir quand il était choisi plutôt qu'imposé.

— Je suis prête à me battre pour ce que nous avons construit, dis-je, et je le pensais de tout mon cœur.

La rune de lien pulsa d'une lumière chaude qui n'avait rien à voir avec l'influence de la Cour d'Hiver, mais tout à voir avec le choix de défendre quelque chose qui valait la peine d'être préservé.

Quoi qu'il arrive ensuite, nous y ferions face comme nous avions fait face à tout le reste depuis le début de notre lien.

Ensemble, même quand ils essayaient de nous séparer.

Surtout à ce moment-là.

Mais alors que nous nous préparions à partir pour le Grand Amphithéâtre, une vague d'épuisement me frappa avec une telle force que je trébuchai contre l'épaule de Rowan. Pas l'angoisse de la séparation cette fois, quelque chose de plus profond, comme si la tension magique finissait par me rattraper.

— Ivy ? La voix de Rowan était empreinte d'une vive inquiétude alors qu'il me stabilisait. Qu'est-ce qui ne va pas ?

— Je ne sais pas, admis-je, luttant contre un vertige qui semblait provenir du lien lui-même. J'essayai le protocole de respiration que nous avions développé : trois inspirations, le parfum protecteur du pin, laisser sa magie d'hiver ancrer la mienne. Ça ne fonctionna absolument pas.

La rune de lien s'enflamma d'une chaleur soudaine et écrasante. À travers notre connexion, je sentis l'alarme de Rowan monter en flèche alors que le contrecoup magique de la démonstration forcée de la veille nous frappait enfin tous les deux.

Mes genoux se dérobèrent. La dernière chose que je vis fut la cadence à trois temps de la Salle de Conférence 12 qui scintillait sur les murs de cristal de l'Observatoire, trois flocons de neige entrelacés pulsant comme une invitation acceptée.

— Niveau 4, brèche d'intégrité ! cria Dylan.

Les lumières s'éteignirent.

CHAPITRE SEIZE
SECRETS RÉVÉLÉS

ROWAN

L'infirmerie de l'Observatoire avait été conçue pour les accidents magiques mineurs, les excès d'incantation, les accidents de potions, les brûlures d'aurore occasionnelles chez les étudiants qui s'approchaient trop près des affichages actifs. Elle n'était pas équipée pour les défaillances d'intégrité de liaison de niveau 4, mais c'était l'espace privé le plus proche où Dylan et Lyra pouvaient surveiller l'état d'Ivy sans attirer l'attention de tout le campus.

J'étais assis au bord de son lit, maintenant le contact avec sa main inerte, tandis que nos runes de liaison pulsaient à un rythme lent et irrégulier. Trois heures s'étaient écoulées depuis qu'elle s'était effondrée, et sa signature magique semblait toujours fragmentée, comme si quelque chose de fondamental avait été déchiré, et non simplement mis à rude épreuve.

— Un changement ? demanda le professeur Meridian, entrant avec l'autorité tranquille qui avait fait d'elle notre alliée la plus fiable au sein du corps enseignant. Sa magie des esprits du vent créait de doux courants d'air qui transportaient une odeur de pin et de neige hivernale, une odeur réconfortante plutôt que clinique.

— Stable, mais distante, répondis-je sans quitter des yeux le visage pâle d'Ivy. Quelle que soit la cause du contrecoup, ça ne se résorbe pas naturellement.

À travers notre lien, je pouvais sentir sa conscience comme un écho, présente mais inaccessible, comme si elle était coincée quelque part entre le sommeil et l'éveil. Pas tout à fait dans le coma, mais trop loin pour que notre connexion mentale puisse combler le fossé efficacement.

— Le vote du corps enseignant s'est terminé il y a une heure, dit doucement le professeur Meridian. J'ai pensé que vous devriez connaître le résultat avant de l'apprendre par les canaux officiels.

Je levai brusquement les yeux, notant la neutralité prudente de son expression qui suggérait que la nouvelle ne serait pas bonne.

— Une supervision externe ?

— Approuvée, sept voix contre cinq. La faction du professeur Ember l'a emporté, avec le soutien de l'administration qui a invoqué les problèmes de sécurité soulevés par l'évanouissement de Mlle Snowfall. La voix du professeur Meridian trahissait une frustration que la courtoisie professionnelle ne parvenait pas tout à fait à dissimuler. La supervision de toutes les activités de magie en partenariat commence immédiatement.

Ce qui signifiait qu'au moment où Ivy se réveillerait, nous serions soumis à la surveillance de la Cour de l'Hiver, ce qui mettrait de fait un terme à notre autonomie tout en légitimant un contrôle politique par des voies universitaires.

— Ils se sont servis de son malaise comme preuve ? demandai-je, la fureur montant dans ma poitrine telle la magie des orages que j'avais appris à réprimer.

— Le professeur Ember a soutenu que les défaillances de

liaison de niveau 4 démontrent l'instabilité inhérente de la magie en partenariat non supervisée, répondit sinistrement le professeur Meridian. Le vote a été présenté comme une mesure de sécurité d'urgence pour prévenir de futurs incidents.

Parfait. Ivy s'était effondrée à cause d'une tension magique provoquée par les manipulations de la Cour de l'Hiver, et ils se servaient de cet effondrement pour justifier la surveillance même qui avait causé le problème. L'efficacité politique déguisée en sollicitude protectrice.

— Il y a autre chose, poursuivit le professeur Meridian en sortant de sa robe un tube à message cristallin. Contrairement aux correspondances de la Cour de l'Hiver, aux arêtes vives et au froid électrique, celui-ci pulsait d'une douce lumière d'aurore et dégageait une chaleur semblable à celle d'un feu de cheminée. Ceci est arrivé pour Mlle Snowfall pendant le vote. Étant donné son état actuel, j'ai pensé que vous pourriez avoir besoin d'en examiner le contenu.

Le tube à message portait des signatures magiques que je ne reconnaissais pas, plus anciennes et plus complexes que la magie de la Cour. Je brisai le sceau avec précaution, me préparant à des protections qui se déclencheraient si je n'étais pas autorisé. Rien. Juste de la chaleur, de la confiance et une odeur de forêts de pins en hiver.

Le cristal de message en sortit, rougeoyant d'une illumination architecturale qui me rappela la signature magique d'Ivy, mais en plus profonde et plus sophistiquée.

— Chère Ivy, commença l'écriture cristalline, nous espérons que ceci te parviendra saine et sauve, et à temps. L'éveil de ton lien marque la fin de la protection qui t'a gardée cachée pendant dix-huit ans.

Mon estomac se serra. Cachée. Pas ignorée, mais délibérément dissimulée à des gens qui la traquaient.

— Nous ne sommes pas les esprits arctiques que nous prétendions être.

La deuxième impulsion d'information inonda le cristal, apportant des détails généalogiques qui firent que tout prit soudainement son sens. Les protections d'aurore que nous avions vues, la façon dont sa magie interagissait si parfaitement avec la magie architecturale, la raison pour laquelle notre lien avait montré des schémas d'intégration aussi sophistiqués.

— Ta mère descend de la lignée Lux, des mages de cour qui ont servi d'architectes pour l'infrastructure magique originelle de la Cour de l'Hiver. Ton père est un héritier des Niveus, des esprits des glaces dont la famille a aidé à concevoir la magie territoriale qui a fondé NPU elle-même.

Elle n'était pas n'importe quel esprit. Elle descendait des familles qui avaient construit les fondations magiques sur lesquelles reposait l'autorité de la Cour de l'Hiver.

La troisième impulsion apporta la révélation la plus accablante, et avec elle, une fureur qui monta dans ma poitrine comme une magie d'orage. Du givre se condensa sur la rampe de l'infirmerie, puis se fissura lorsque ma magie dépassa les bornes de mon contrôle prudent. Seule l'impulsion d'Ivy à travers notre lien m'empêcha de laisser la tempête se déchaîner complètement.

— Le lien que vous avez expérimenté n'était pas aléatoire. Vos signatures magiques ont été documentées dans L'Index de Concordance lorsque vous étiez tous les deux enfants, identifiées comme compatibles pour des applications de contrôle territorial. Le charme qui a initié votre connexion a été placé délibérément, conçu pour faire surface lorsque votre développement atteindrait une sophistication suffisante.

L'Index de Concordance. Un programme de reproduction déguisé en recherche universitaire, identifiant les enfants dont la magie combinée pourrait servir les ambitions territoriales de la Cour de l'Hiver.

— Le savoir que nous t'avons joint t'aidera à comprendre à la fois ce dont tu es capable et quelles forces essaieront de contrôler cette capacité. Le message se poursuivait avec des informations qui transformaient la compréhension en pouvoir. — Les runes que nous te transmettons correspondent à celles de la Chambre Fondatrice, la chambre à laquelle ton héritage architectural te donne le droit d'accéder.

La chambre des rêves. L'espace cristallin sous NPU qui m'avait semblé si familier parce que sa lignée avait contribué à sa conception.

— Souviens-toi, ta lumière n'a jamais été destinée à être faible. Seulement structurelle.

Le message se dissipa, ne laissant derrière lui que la lueur chaude de la magie familiale et le réceptacle cristallin d'un savoir qui allait changer fondamentalement la compréhension qu'avait Ivy de ses propres capacités.

— Ses parents la cachaient de l'attention de la Cour de l'Hiver depuis dix-huit ans, dis-je doucement, alors que l'ampleur de la tromperie s'imposait enfin à moi. Ce ne sont pas des esprits arctiques, ils descendent des familles qui ont bâti l'infrastructure magique que NPU et la Cour de l'Hiver utilisent encore aujourd'hui.

L'expression du professeur Meridian s'assombrit. — Ce qui explique pourquoi votre lien a montré des schémas d'intégration aussi sophistiqués. Vous n'étiez pas simplement compatibles par hasard, vous avez été spécifiquement sélectionnés parce que vos signatures magiques créeraient une magie territoriale capable de défier l'autorité de la Cour de l'Hiver.

— Ou de la servir, s'ils parvenaient à nous contrôler, ajoutai-je d'un ton sinistre.

— En effet. La question maintenant est de savoir si Mlle Snowfall choisira d'utiliser cet héritage pour combattre le mandat de supervision, ou si ce savoir fera d'elle une cible trop précieuse pour que la Cour de l'Hiver la laisse partir.

À travers notre lien, je sentis la conscience d'Ivy se renforcer, répondant à l'afflux de savoir ancestral comme une plante qui s'étire vers la lumière du soleil. Le message s'était dissous, ne laissant derrière lui qu'une lumière chaude et un dépositaire de savoir cristallin.

Ses yeux s'ouvrirent.

— Les protections du couloir sont désalignées de deux degrés, dit-elle immédiatement, d'une voix rauque mais assurée. Je sens la résistance contre le treillis de fondation du bâtiment.

Je la dévisageai. Trois heures plus tôt, elle était inconsciente à cause d'un contrecoup magique. Maintenant, elle diagnostiquait des problèmes architecturaux dans une infrastructure qu'elle n'avait jamais étudiée.

— Le message de tes parents, dis-je doucement en l'aidant à s'asseoir tout en maintenant le contact. Ils ont tout expliqué sur ton héritage, sur L'Index de Concordance.

— Pas cachée, dit-elle avec une certitude croissante qui portait le poids d'une mémoire héritée. Protégée. Jusqu'à ce que je sois assez forte pour choisir par moi-même.

À travers notre lien, je sentis sa conscience s'étendre à mesure que le savoir en magie architecturale s'intégrait à ses capacités existantes. Ce n'était pas une simple amélioration, mais une transformation. Elle devenait quelqu'un qui pouvait travailler avec des infrastructures magiques à des niveaux qui dépassaient la théorie académique actuelle.

— Le vote du corps enseignant ? demanda-t-elle.

— Supervision approuvée. Nous sommes officiellement sous la surveillance de la Cour de l'Hiver à partir de ce soir.

Son expression se durcit avec une détermination qui appartenait à quelqu'un qui venait de découvrir qu'il portait l'héritage
magique de deux familles qui avaient contribué à façonner le
monde que la Cour de l'Hiver tentait maintenant de contrôler.

— Non, dit-elle calmement. Nous ne le sommes pas.

— Ivy...

— Mes parents ont passé dix-huit ans à me cacher pour que je
puisse choisir quand je serais prête, poursuivit-elle. Je suis prête.
Et je choisis de me battre.

Elle leva sa main libre, ses doigts esquissant des motifs dans
l'air au-dessus de nos paumes jointes. Le réseau de confinement
de l'infirmerie baissa d'un ton alors que sa nouvelle géométrie se
mettait en place, le bourdonnement ambiant se stabilisant, les
moniteurs affichant des lectures plus nettes qu'ils ne l'avaient fait
de toute la soirée.

Les sourcils de Dylan se haussèrent depuis son poste de
surveillance. — Ça ne devrait pas être possible sans codes d'accès.

— Je n'ai pas besoin de codes d'accès, dit simplement Ivy.
C'est ma famille qui a bâti les protocoles de fondation.

À travers notre lien, je sentis la vérité de ses paroles résonner
avec une magie qui puisait dans des siècles de savoir architectural
de la cour. Elle n'était plus seulement Ivy Snowfall, elle était l'hé-
ritière de familles qui avaient construit les fondations magiques
sur lesquelles reposait l'autorité de la Cour de l'Hiver.

Et elle choisissait d'utiliser cet héritage pour s'assurer que
personne d'autre ne serait contraint d'échanger son autonomie
contre la sécurité comme on nous avait poussés à le faire.

— On forme toujours une équipe ? demandai-je, faisant écho
à notre conversation qui semblait dater d'une éternité.

— Toujours, répondit-elle, et cette fois, le mot portait le poids
d'un héritage magique antérieur de plusieurs générations à la
politique de la Cour de l'Hiver.

Les cloches sonnèrent, marquant le début officiel du mandat. Au-delà des vitres de cristal, des glyphes d'aurore brodaient l'ordre de supervision de la Cour à travers le ciel, pour quiconque avait le savoir pour les lire. Mais les doigts d'Ivy se resserrèrent autour des miens, et le bourdonnement du réseau de l'infirmerie s'atténua tandis que sa nouvelle géométrie se mettait en place.

— D'abord, Dylan et Lyra, dit-elle. Ensuite, la chambre.

Notre rune de liaison répondit, chaude, stable, refusant de plier. La Cour de l'Hiver avait passé des années à construire une cage pour deux enfants qu'elle avait marqués pour la magie territoriale.

Les architectes venaient de se saisir de leurs outils.

CHAPITRE DIX-SEPT
L'ACTIVATION

IVY

Les cours du matin sous la supervision de la Cour d'Hiver, c'était comme pratiquer la magie dans un bocal.

Lady Silverleaf avait élu domicile au fond de la salle de classe d'Applications Théoriques Avancées de la professeure Meridian, sa tablette cristalline consignant chaque sort collaboratif que Rowan et moi tentions. Pas seulement notre production magique, mais aussi nos conversations, nos regards, et même la façon dont nous synchronisions notre respiration lors de lancements complexes. Tout était enregistré pour être analysé par des gens dont les intentions n'étaient pas dignes de confiance.

— Aujourd'hui, nous allons travailler sur la construction de protections adaptatives, annonça la professeure Meridian, sa voix empreinte de la neutralité prudente qu'elle avait adoptée depuis le début de la supervision. L'objectif est de créer des barrières défensives capables de modifier leur structure en réponse à des conditions magiques changeantes.

La construction de protections adaptatives. L'ironie ne

m'échappait pas, apprendre à bâtir des défenses qui pouvaient changer en fonction d'une pression extérieure, alors même que nous étions observés par les personnes dont la pression extérieure était la raison pour laquelle nous avions besoin de ces défenses.

À travers notre lien, je sentais le mélange de frustration et de détermination de Rowan. Il était plus silencieux depuis que le mandat de supervision avait pris effet, plus mesuré dans ses réactions, comme s'il essayait de minimiser la part de lui-même que les observateurs de la Cour d'Hiver pouvaient documenter et analyser.

Mais sous cette retenue prudente, je sentais que le savoir architectural dont j'avais hérité établissait des connexions qui n'existaient pas auparavant. Les techniques de construction de protections que la professeure Meridian enseignait n'étaient pas de simples exercices académiques, mais des versions simplifiées de la magie territoriale que ma famille avait utilisée pour bâtir l'infrastructure fondamentale de l'NPU.

— Mademoiselle Snowfall, monsieur Blackthorn, continua la professeure Meridian, veuillez faire une démonstration de construction collaborative de protection pour la classe. Protocoles de partenariat standard, en commençant par le lancement individuel pour progresser vers l'intégration synchronisée.

Protocoles de partenariat standard. Ce qui signifiait pratiquer exactement le type de magie que Lady Silverleaf était là pour observer, documenter, et potentiellement manipuler pour les objectifs de la Cour d'Hiver.

Rowan et moi prîmes nos places sur la plateforme de démonstration, en maintenant le contact physique que notre lien exigeait tout en essayant d'ignorer la façon dont la tablette de Lady Silverleaf vrombissait, son activité d'enregistrement s'intensifiant. Les autres étudiants s'étaient disposés en demi-cercle autour de la plateforme, leurs expressions allant de la curiosité bienveillante à la fascination que l'on éprouve en regardant quelque chose qui pourrait exploser.

— Commencez par la construction de protections individuelles, ordonna la professeure Meridian. Mademoiselle Snowfall, créez une barrière de lumière basique. Monsieur Blackthorn, faites la démonstration du renforcement par le givre. Ensuite, intégrez vos magies selon les techniques de partenariat établies.

J'invoquai ma magie de la lumière, laissant l'illumination jaillir de mes paumes en motifs qui auraient dû être familiers. Mais au moment où ma magie se manifesta, je sentis la différence que le savoir hérité avait apportée. Au lieu des simples constructions de lumière que je créais depuis des semaines, ma magie se structura automatiquement en motifs architecturaux, des cadres géométriques conçus pour supporter des applications magiques bien plus complexes qu'une simple construction de protection.

La barrière de lumière qui émergea était magnifique, mais elle était aussi clairement au-delà de ce que n'importe quel étudiant de premier cycle aurait dû être capable de créer. Des motifs cristallins qui ressemblaient à une aurore boréale capturée, avec une sophistication structurelle qui relevait plus des cours de cycles supérieurs que de la magie de partenariat introductive.

À travers notre lien, je sentis la surprise de Rowan face à la complexité accrue de mon lancement, suivie de sa compréhension que l'intégration des connaissances du message de mes parents avait fondamentalement changé ce que j'étais capable de créer.

— Fascinant, murmura Lady Silverleaf depuis son poste d'observation, sa voix chargée d'une satisfaction qui me noua l'estomac d'un mauvais pressentiment. Les relevés de densité magique sont considérablement plus élevés que lors des démonstrations précédentes.

Considérablement plus élevés. Ce qui signifiait que mes capacités améliorées étaient exactement ce qu'elle avait espéré documenter, la preuve que notre partenariat avait développé des compétences qui dépassaient les paramètres normaux des étudiants.

— Monsieur Blackthorn, dit la professeure Meridian avec une neutralité prudente, veuillez ajouter le renforcement par le givre à la construction de mademoiselle Snowfall.

Rowan tendit les mains vers ma barrière de lumière, sa magie du givre répondant avec le contrôle précis qui était devenu une seconde nature au cours des dernières semaines. Mais au moment où sa magie entra en contact avec la mienne, quelque chose d'inattendu se produisit.

Pas une synchronisation, mais une saisie. Une connexion violente et involontaire qui balaya tout choix et fit s'entrechoquer nos noyaux magiques avec une force écrasante.

La construction de protection explosa vers l'extérieur, passant d'une simple barrière défensive à une démonstration de domination complexe qui remplit toute la salle de classe de motifs d'aurores et de formations cristallines. Pas seulement de la magie collaborative, mais de la magie de contrôle, du genre qui établit l'autorité sur des lieux spécifiques.

À travers notre lien, je sentis la panique de Rowan égaler la mienne alors que nous réalisions ce qui se passait. Notre magie n'était pas simplement en train de s'intégrer, on la forçait à démontrer les applications de domination qui nous rendaient précieux pour les objectifs de la Cour d'Hiver.

— Monsieur Blackthorn ! Mademoiselle Snowfall ! lança vivement la professeure Meridian, sa magie des sprites du vent s'embrasant alors qu'elle tentait de contenir la démonstration magique en expansion. Gardez le contrôle conscient de votre lancement !

Mais nous ne pouvions pas garder le contrôle. Quelle que soit la chose qui forçait notre lien à s'activer, elle dépassait notre capacité à y résister par la seule volonté. La magie territoriale continuait de s'étendre, créant des motifs de domination qui interagissaient avec l'infrastructure fondamentale de l'NPU d'une manière qui aurait dû être impossible d'accès à des étudiants.

— Magnifique, souffla Lady Silverleaf, se levant de son poste d'observation avec un plaisir évident. L'intégration se déroule exactement comme prévu.

Comme prévu. À travers notre lien, je sentis la compréhension aiguë de Rowan quant à ce que ces mots signifiaient. Ce n'était pas une escalade magique accidentelle, c'était une activation délibérée, déclenchée par une intervention extérieure plutôt que par notre choix conscient.

Lady Silverleaf retira de sa robe quelque chose qui me glaça le sang. Le même dispositif cristallin qu'elle avait sorti lors de notre confrontation au petit-déjeuner des semaines auparavant, vibrant maintenant d'une énergie qui résonnait directement avec nos runes de lien.

— Lady Silverleaf, dit la professeure Meridian avec une autorité qui ne parvenait pas tout à fait à masquer sa panique, veuillez expliquer ce que vous faites à mes étudiants.

— La clé révèle ce qu'ils sont vraiment, répliqua Lady Silverleaf avec une satisfaction glaçante. Correctement guidés, bien sûr.

Résistance consciente. Ce qui signifiait qu'ils attendaient une occasion de passer outre nos choix, de forcer notre lien à afficher des capacités que nous n'aurions peut-être pas été disposés à démontrer volontairement.

La magie territoriale continua de s'étendre, et à travers notre connexion, je sentis Rowan se battre pour reprendre le contrôle de sa magie du givre alors qu'elle répondait à des compulsions provenant de la clé d'activation plutôt que de sa direction consciente. Sa magie des tempêtes atteignait des pics se rapprochant des schémas destructeurs qui caractérisaient la malédiction des Blackthorn, mais au lieu de la violence chaotique qui résultait habituellement d'une perte de contrôle, l'activation externe canalisait son pouvoir en applications structurées.

— Les relevés approchent des niveaux dangereux, lança Dylan depuis son poste de surveillance, où Lyra et lui suivaient des fluctuations de densité magique qui dépassaient les paramètres de sécurité pour les démonstrations en classe. Professeure Meridian, nous devons mettre fin à cet exercice immédiatement.

— Je suis d'accord, déclara fermement la professeure Meridian, se dirigeant vers Lady Silverleaf avec une autorité protectrice. Désactivez ce que vous utilisez pour manipuler leur production magique.

— La démonstration se déroule dans des paramètres acceptables, répondit Lady Silverleaf avec flegme, bien que je puisse voir une satisfaction dans ses yeux pâles alors que notre magie territoriale continuait d'interagir avec l'infrastructure de l'NPU. L'université souhaite certainement comprendre toute l'étendue de ce que la magie de partenariat peut accomplir lorsqu'elle est correctement guidée.

Correctement guidée. Cet euphémisme pour « soumission forcée » fit s'embraser d'indignation mon savoir architectural hérité. Ce n'était pas un guidage, c'était une agression magique déguisée en observation académique.

Mais même en luttant contre l'activation externe, une partie de moi apprenait de ce qui était forcé de se produire. La magie territoriale que Lady Silverleaf nous contraignait à démontrer n'était pas seulement une démonstration de puissance aléatoire, c'était une modification systématique de l'infrastructure fondamentale de l'NPU, conçue pour établir le contrôle de la Cour d'Hiver sur des systèmes magiques que ma famille avait construits des siècles auparavant.

À travers notre lien, je sentis que Rowan comprenait la même chose. Ils ne testaient pas seulement nos capacités, ils utilisaient notre connexion à mon héritage architectural pour accéder à des systèmes magiques conçus pour résister au contrôle politique de la Cour d'Hiver.

Le dispositif pulsa plus vivement, et soudain, la connexion forcée s'approfondit au-delà de tout ce que nous avions connu lors d'une intégration de lien normale. Pas seulement une synchronisation magique, mais une fusion des consciences.

Je sentis l'esprit de Rowan s'ouvrir au mien comme une fleur au soleil, ses souvenirs, ses peurs, le contrôle prudent qu'il maintenait sur une magie des tempêtes qui ne désirait que détruire tout ce qui lui était cher. L'espace d'un battement de cœur, je ressentis de l'intérieur dix-huit années de solitude, le poids de porter une magie que tout le monde s'attendait à voir devenir mortelle.

Puis il fut dans mon esprit tout aussi complètement, ressentant trois années d'invisibilité délibérée, l'épuisement de se faire toute petite, la terreur d'être vue et jugée insuffisante. Nos souvenirs s'entrelacèrent, créant une compréhension plus profonde que les mots.

Et à travers cette connexion accrue, je sentis autre chose. Sa magie des tempêtes ne répondait pas seulement à une compulsion externe, elle puisait dans le savoir architectural dont j'avais hérité, utilisant les techniques magiques de ma famille pour donner à son pouvoir de givre des applications structurelles qui dépassaient les capacités traditionnelles des Blackthorn.

Nous sommes tous les deux en train d'être changés, réalisai-je avec une alarme croissante. L'activation ne nous force pas seulement à démontrer ce que nous pouvons déjà faire, elle utilise notre lien pour transférer des capacités entre nous.

À travers notre conscience partagée, je sentis l'accord de Rowan, ainsi que sa reconnaissance que ce qui nous arrivait était irréversible. Le transfert de connaissances qui avait commencé avec le message de mes parents s'étendait maintenant à lui par une intégration magique forcée, lui donnant accès à une compréhension architecturale qui changerait fondamentalement ce que sa magie pouvait accomplir.

Mais si nous pouvons tous les deux accéder au savoir architectural, ses pensées me parvinrent à travers notre connexion améliorée avec une clarté cristalline, alors nous pouvons l'utiliser pour résister à ce qu'ils essaient de faire.

Il avait raison. La même activation forcée qui nous contraignait à démontrer la magie territoriale nous donnait également les connaissances nécessaires pour comprendre comment cette magie fonctionnait. Et comprendre comment elle fonctionnait signifiait comprendre comment la modifier selon nos propres intentions plutôt que par une compulsion externe.

Je puisai plus profondément dans l'héritage architectural qui me reliait aux systèmes fondamentaux de l'NPU, mais au lieu de permettre à la magie territoriale d'établir la domination de la Cour d'Hiver, je commençai à modifier les motifs selon mes propres intentions conceptuelles.

Les aurores qui remplissaient la salle de classe passèrent de l'héraldique de la Cour d'Hiver à quelque chose de complètement nouveau, des motifs géométriques qui représentaient un partenariat choisi plutôt qu'un contrôle imposé, une magie collaborative qui renforçait l'autonomie individuelle au lieu de la subsumer dans des structures d'autorité externes.

À travers notre lien, je sentis Rowan comprendre ce que j'essayais de faire, et sa magie du givre commença à soutenir mes modifications avec un renforcement structurel qui rendit les nouveaux motifs stables et résistants à la manipulation extérieure.

— Qu'est-ce qu'ils font ? demanda Lady Silverleaf, sa voix

tranchante et alarmée alors qu'elle réalisait que notre démonstration ne suivait plus le script que sa clé d'activation était conçue pour imposer.

— Ils vous montrent ce que la magie de partenariat accomplit réellement lorsqu'elle n'est pas manipulée par des gens qui n'y comprennent rien, répliqua la professeure Meridian avec une satisfaction qui suggérait qu'elle avait espéré exactement ce genre de développement.

La magie territoriale qui emplissait la salle de classe n'établissait pas le contrôle de la Cour d'Hiver sur l'infrastructure de l'NPU, elle renforçait l'indépendance de l'université en consolidant des systèmes magiques qui précédaient l'autorité politique de la cour. Au lieu de la domination, nous créions un sanctuaire. Au lieu du contrôle, nous bâtissions une protection.

La clé d'activation de Lady Silverleaf se mit à produire des étincelles d'énergie instable alors que le lien forcé répondait à nos modifications en rejetant entièrement la manipulation externe. Le dispositif cristallin était conçu pour imposer la démonstration d'une magie territoriale servant les objectifs de la Cour d'Hiver, et non des applications architecturales protégeant l'indépendance académique.

— Mettez fin à l'activation, ordonna la professeure Meridian avec une autorité qui ne souffrait aucune contestation. Vous mettez mes étudiants en danger avec une technologie magique qui est clairement défaillante.

— La technologie fonctionne exactement comme prévu, insista Lady Silverleaf, bien que je puisse voir une inquiétude grandissante sur son visage alors que les schémas énergétiques de la clé d'activation devenaient de plus en plus erratiques. Le lien affiche simplement des capacités plus sophistiquées que ce que les premières évaluations prévoyaient.

Des capacités plus sophistiquées. À travers notre connexion

améliorée, je sentis l'amusement sombre de Rowan face à cet euphémisme. Nous n'étions pas seulement en train d'afficher des capacités, nous rejetions activement le cadre politique sur lequel reposait l'autorité de la Cour d'Hiver, utilisant notre démonstration forcée pour prouver que la magie de partenariat pouvait défier la domination territoriale plutôt que de la servir.

La clé d'activation pulsa une dernière fois, puis se fissura lorsque les schémas énergétiques qu'elle était conçue pour contrôler dépassèrent sa capacité à maintenir son influence. L'activation forcée du lien ne prit pas fin, elle se transforma, devenant un partenariat volontaire renforcé par un choix conscient plutôt que par une compulsion externe.

La magie territoriale qui emplissait la salle de classe se stabilisa en motifs qui semblaient à la fois anciens et parfaitement adaptés aux besoins actuels. Non pas la domination de la Cour d'Hiver, mais l'indépendance de l'NPU. Non pas le contrôle politique, mais le sanctuaire académique.

— Extraordinaire, souffla Dylan depuis son poste de surveillance, étudiant des relevés qui montraient une intégration magique à des niveaux qui dépassaient tout ce qui existait dans la littérature sur la magie de partenariat. Votre lien vient de rejeter un contrôle externe tout en maintenant des capacités améliorées. Cela ne devrait pas être théoriquement possible.

— C'est possible parce que la magie de partenariat est fondamentalement une question de choix, dis-je, ma voix empreinte de l'assurance de quelqu'un qui venait de découvrir que le savoir hérité ne comprenait pas seulement des techniques architecturales, mais aussi les principes philosophiques qui régissaient leur application. Quand on essaie de forcer des gens à démontrer des capacités contre leur gré, on ne voit pas de la magie de partenariat, on voit une agression magique.

Lady Silverleaf fixa sa clé d'activation brisée avec une expression qui mêlait frustration et respect à contrecœur. — Le lien s'est développé au-delà des paramètres initiaux, admit-elle dans un langage diplomatique qui ne parvenait pas tout à fait à dissimuler son alarme. Une observation plus approfondie sera nécessaire pour évaluer toutes les implications.

— L'observation plus approfondie sera menée selon des protocoles académiques qui respectent l'autonomie des étudiants, répliqua fermement la professeure Meridian. Plus d'activation non autorisée de dispositifs magiques dans ma salle de classe.

Mais même alors que Lady Silverleaf rangeait son équipement endommagé et prenait des notes sur ce développement inattendu, je sentis à travers notre lien renforcé que cette confrontation avait changé quelque chose de fondamental dans notre situation.

Nous n'étions plus seulement des étudiants dont le développement magique était surveillé par une autorité extérieure. Nous étions des partenaires dont les capacités combinées s'étaient avérées résistantes à la manipulation politique, dont la magie territoriale pouvait défier la domination de la Cour d'Hiver plutôt que de la servir.

Et cela nous rendait considérablement plus dangereux pour les structures de pouvoir en place que quiconque ne l'avait anticipé.

— Vous allez bien, tous les deux ? demanda Lyra avec une inquiétude sincère alors que les démonstrations de magie territoriale s'estompaient et que la salle de classe retrouvait une apparence à peu près normale.

— Mieux que bien, répondit Rowan, sa voix portant la certitude qui venait de la compréhension partagée de ce que nous venions d'accomplir. On vient d'apprendre que notre partenariat est plus fort que les gens qui essaient de le contrôler.

À travers notre lien, je sentis la vérité de ses paroles résonner avec le savoir architectural qui nous appartenait désormais à tous les deux. L'activation forcée avait eu pour but de démontrer le contrôle de la Cour d'Hiver sur nos capacités.

Au lieu de cela, elle avait prouvé que certains partenariats étaient plus puissants que les cadres politiques conçus pour les contenir.

— Que va-t-il se passer maintenant ? demandai-je doucement à la professeure Meridian, en remarquant que les autres étudiants fixaient encore les motifs d'aurores résiduels qui décoraient les murs de la salle.

— Ensuite, nous allons documenter ce qui vient de se produire et nous assurer que cela ne se reproduise plus jamais sans votre consentement explicite, répondit-elle avec une autorité protectrice. Les démonstrations de magie de partenariat continueront, mais sous supervision académique plutôt que sous manipulation externe.

Je sentais que Rowan et moi comprenions tous deux les implications plus larges de ce qui venait d'avoir lieu. La patience de la Cour d'Hiver en matière d'observation et de documentation s'épuisait clairement. La tentative de Lady Silverleaf de forcer la démonstration de nos capacités suggérait qu'une intervention plus directe suivrait s'ils ne trouvaient pas d'autres moyens d'assurer notre conformité à leurs objectifs.

Et maintenant que notre lien s'était avéré capable de rejeter le contrôle externe tout en maintenant des capacités améliorées, les enjeux de cette intervention venaient d'augmenter de façon spectaculaire.

Quoi qu'il advienne, nous y ferions face avec un savoir architectural qui nous appartenait à tous les deux, une magie territoriale qui renforçait l'indépendance académique plutôt que de servir l'autorité politique, et la compréhension que la magie de partenariat était plus puissante lorsqu'elle était choisie plutôt qu'imposée.

La Cour d'Hiver avait passé des années à développer des outils pour contrôler les partenariats magiques.

Ils n'avaient jamais envisagé que certains partenariats puissent être assez forts pour briser ces outils et construire quelque chose de mieux à leur place.

Alors que nous rassemblions nos affaires et nous préparions à quitter la salle de classe, j'attrapai la main de Rowan dans la mienne et sentis nos runes de lien pulser d'une lumière chaude qui n'avait rien à voir avec une activation externe et tout à voir avec un choix conscient.

Ensemble ? demandai-je à travers notre connexion mentale.

Toujours, répondit-il, et le mot portait le poids du savoir architectural, des capacités améliorées, et de la compréhension croissante que nous étions en train de construire quelque chose qui survivrait à toute tentative de contrôle.

Les motifs d'aurores sur les murs de la classe pulsèrent une fois de plus, comme pour reconnaître un partenariat qui venait de se prouver plus fort que les forces qui tentaient de le façonner.

Quelle que soit la prochaine manœuvre de la Cour d'Hiver, ils apprendraient ce que des fondations bâties sur le choix pouvaient supporter, et que certains partenariats étaient trop profonds pour être contrôlés.

CHAPITRE DIX-HUIT
FRACTURES

ROWAN

Le campus ne s'est pas brisé à trois heures du matin. Il s'est souvenu. Et ce souvenir était douloureux.

Des motifs d'aurore fissuraient le dôme supérieur de l'Observatoire avec une fréquence de résonance qui rendait le sommeil impossible. Le son a résonné à travers les ailes résidentielles comme du verre qui se brise, un bruit strident, violent, discordant. À travers notre lien, je sentais le sommeil agité d'Ivy, ses rêves remplis de connaissances architecturales qui s'organisaient encore en une compréhension utilisable.

De ma fenêtre, j'ai regardé les étudiants sortir des dortoirs en pyjama et en robe de chambre, le visage tourné vers le cristal fracturé au-dessus de leur tête. Certains pointaient du doigt la lumière déchiquetée de l'aurore qui filtrait par les fissures. D'autres reculaient avec la méfiance instinctive de ceux qui avaient appris que les accidents magiques de cette ampleur signifiaient généralement que quelqu'un était en grande difficulté.

— C'est censé arriver, ça ? ai-je entendu une sprite de

première année demander à sa camarade de chambre alors qu'elles se tenaient dans la cour enneigée en contrebas.

— Rien n'est censé arriver à trois heures du matin, a été la réponse cinglante. Quelqu'un a perdu le contrôle de quelque chose de gros.

Leurs chuchotements se propageaient dans l'air calme de l'hiver, rejoignant des dizaines de conversations similaires alors que la nouvelle se répandait dans les résidences. Perdu le contrôle. Si seulement ils savaient à quel point cela avait été délibérément déclenché, et par qui.

L'activation forcée nous avait changés tous les deux. Le réseau de fondations de NPU répondait maintenant à notre présence d'une manière qui semblait à la fois naturelle et profondément troublante. Nous n'étions plus seulement liés l'un à l'autre, nous étions liés au lieu lui-même, à une infrastructure qui attendait depuis dix-huit ans que quelqu'un de la bonne lignée la réveille.

Mon cristal de communication a carillonné avec la signature cryptée de Dylan : Réunion d'urgence, Observatoire sous-niveau 3, 04 h 00. Amène Ivy. Situation en cours d'évolution.

Le sous-niveau 3 ne faisait pas partie des infrastructures standard du campus ; il appartenait aux fondations plus anciennes, antérieures à l'autorité de la Cour d'Hiver. Le fait que Dylan le connaisse suggérait que la déferlante magique d'hier avait révélé plus que nos seules capacités accrues.

J'ai trouvé Ivy déjà réveillée dans la salle commune, debout à la fenêtre, sa rune de lien brillait doucement à travers ses vêtements de nuit. Elle ne s'est pas retournée quand je me suis approché, mais à travers notre lien, j'ai senti qu'elle était consciente de ma présence.

— Toute l'aile nord parle de nous, a-t-elle dit tranquillement. Ils pensent qu'on a cassé quelque chose.

— C'est le cas ?

— On a réparé quelque chose. Sa voix portait la certitude d'un savoir hérité, mais en dessous, j'ai perçu le tremblement de quelqu'un qui commençait à comprendre l'ampleur de ce que nous avions accidentellement éveillé. La question est de savoir si les autres le verront de cette façon.

Alors que nous traversions le campus en direction de l'Observatoire, le bâtiment nous a accueillis comme une famille qui rentre à la maison. Les lumières des couloirs s'intensifiaient devant nous avec une douce lueur d'aurore. Des passages scellés datant de siècles antérieurs se sont ouverts à l'approche d'Ivy, révélant des raccourcis à travers des niveaux de fondation dont la plupart des professeurs ignoraient l'existence. L'air s'est réchauffé autour de nous, s'ajustant à notre température corporelle de base avec le genre d'hospitalité prévenante habituellement réservée aux invités d'honneur.

Les autres étudiants que nous croisions dans les couloirs nous laissaient un large passage, leurs conversations s'éteignant à notre approche pour reprendre en chuchotements urgents une fois que nous étions passés. J'ai capté des bribes de spéculations qui allaient de l'admiration à la peur :

— ... entendu dire qu'ils peuvent contrôler toute l'infrastructure du campus maintenant...

— ... dangereux, ce genre de pouvoir entre les mains d'étudiants...

— ... mon cousin à l'Académie de Frostbane dit que leurs liens avec la Cour d'Hiver sont profonds...

— ... probablement même pas de leur faute, mais quand même...

Le treillis n'accueillait pas des étudiants : il accueillait des administrateurs. Et tout le monde pouvait sentir la différence.

Ivy a testé la réactivité de l'infrastructure pendant que nous marchions, faisant glisser ses doigts le long des panneaux de cristal qui s'illuminaient à son contact, laissant les pierres du chemin se réchauffer sous ses pieds jusqu'à ce qu'elles brillent comme de la lumière d'étoile capturée. Chaque réponse envoyait en moi des vagues de malaise qui n'avaient rien à voir avec la magie elle-même, mais tout à voir avec les implications.

— L'infrastructure nous traite comme de la famille, a-t-elle observé alors que des passages scellés depuis des décennies s'ouvraient à son approche.

— Ta famille a construit la majeure partie de tout ça, lui ai-je rappelé, bien qu'à travers notre lien, je sentais sa prise de conscience croissante que les privilèges hérités s'accompagnaient de responsabilités héritées qu'elle n'avait jamais choisies.

— Pas seulement comme de la famille, a-t-elle dit doucement, s'arrêtant alors qu'une porte ornée, gravée des armoiries des Lux et des Niveus, répondait à sa présence par des motifs de lumière qui épelaient Bon retour chez vous dans des écritures plus anciennes que la Cour d'Hiver elle-même. Comme des héritiers.

Le mot flottait entre nous, à la fois promesse et menace. À travers notre connexion, je sentais son mélange d'admiration et de terreur en découvrant qu'elle n'était plus seulement Ivy Snowfall, mais quelqu'un dont la signature magique pouvait réveiller une infrastructure endormie depuis près de deux décennies, dont les connaissances architecturales lui donnaient un accès administratif à des systèmes qui formaient le fondement de l'autorité territoriale du Nord.

Le sous-niveau 3 était un témoignage d'ingénierie magique qui précédait de plusieurs siècles l'architecture académique moderne. Des couloirs cristallins taillés dans de la glace vivante s'étendaient dans des profondeurs que je ne pouvais pas calculer, illuminés par des motifs d'aurore qui fournissaient une lumière constante sans source d'alimentation externe. L'air ici semblait plus ancien, plus fondamental, comme si l'on respirait l'atmosphère magique qui existait avant que la politique de la Cour d'Hiver ne complique la simple collaboration avec l'autorité territoriale.

Les murs eux-mêmes racontaient des histoires dans des fioritures architecturales qui témoignaient de siècles de développement magique. Des runes gravées par la lumière des sprites dans des surfaces cristallines enregistraient des sorts collaboratifs qui avaient façonné les territoires du Nord. Des formations de glace qui capturaient et retenaient la résonance émotionnelle vibraient encore de la satisfaction des bâtisseurs qui avaient créé quelque chose de beau et de fonctionnel. Même les pierres du chemin se souvenaient des pas des architectes qui avaient conçu ce lieu comme un sanctuaire plutôt qu'une forteresse.

Comparé à l'élégance austère des bâtiments administratifs de la Cour d'Hiver que j'avais visités dans mon enfance, le sous-niveau 3 semblait chaleureux bien qu'il soit taillé dans la glace. Là où l'architecture de la Cour mettait l'accent sur la domination et le contrôle, cet endroit avait été conçu pour la collaboration et la découverte. La différence était subtile mais profonde, comme comparer une cage à un jardin.

Dylan et Lyra attendaient dans une salle de réunion circulaire, entourés d'écrans affichant des relevés magiques en temps réel provenant de tout le campus. Le professeur Meridian se tenait près de la console centrale, la magie des sprites du vent créant des courants d'air parfumés au pin qui portaient le réconfort des forêts anciennes. Le professeur Blitzen occupait une chaise cristalline qui crépitait doucement quand elle bougeait, son aura électrique répondant à une tension profonde dans l'atmosphère magique. Près de l'entrée, Marcus Thornfield était assis avec une attention toute particulière, agent de liaison étudiant de la Guilde des Protecteurs, documentant tout pour le journal d'urgence avec la précision méthodique de quelqu'un qui comprenait que les décisions de ce soir auraient des consé-quences durables.

À travers notre lien, j'ai senti Ivy noter comment les surfaces cristallines répondaient à sa présence en s'éclaircissant subtile-ment, reconnaissant son autorité héritée alors même qu'elle luttait pour comprendre ce que cette autorité signifiait.

— Déstabilisation magique à l'échelle du campus, a dit Lyra sans préambule, en désignant des écrans qui montraient des motifs d'aurore s'étendant sur une zone géographique bien plus grande que les environs immédiats de NPU. L'intégration que vous avez réalisée hier a créé des schémas de résonance qui inter-agissent avec les systèmes magiques dans tous les territoires du Nord.

Son excitation académique était tempérée par une inquiétude visible alors qu'elle ajustait les affichages pour révéler toute l'étendue de ce que nous avions accidentellement déclen-ché. — Quarante-sept réveils confirmés, y compris la colonne vertébrale administrative de la Cour.

J'ai senti le choc d'Ivy onduler en moi comme un impact physique. Nous n'avions pas seulement défié la surveillance de la Cour d'Hiver, nous avions accidentellement déclenché un réveil à travers l'infrastructure qui formait la base de leur contrôle territo-rial. La rune de lien sur mes côtes a pulsé d'une alarme partagée alors que les implications s'installaient entre nous.

Nous ne voulions pas que cela se produise. Sa voix mentale portait la détresse déconcertée de quelqu'un découvrant que ses choix personnels avaient des conséquences politiques massives.

Je sais, ai-je répondu, essayant d'ancrer sa panique croissante avec une assurance que je n'étais pas sûr de ressentir. Mais inten-tionnel ou non, nous devons faire face à ce qui est plutôt qu'à ce que nous avions prévu.

— Vos ancêtres étaient les principaux entrepreneurs architecturaux pour les réseaux de domination dans tous les territoires du Nord, a dit Marcus tranquillement, sa documentation minutieuse de nos expressions suggérant qu'il enregistrait les réponses émotionnelles aussi bien que les informations factuelles. Quand ils ont fui la politique de la Cour il y a dix-huit ans, ils ont emporté avec eux des connaissances techniques que personne d'autre ne possédait. Des connaissances qui dormaient dans les installations à travers la région, attendant que quelqu'un de la bonne lignée les réveille.

La chaise du professeur Blitzen a crépité plus vivement alors que la tension électrique faisait briller les surfaces de la chambre d'une énergie contenue. — La question est de savoir si ce réveil était accidentel ou délibérément déclenché par quelqu'un qui attendait le bon moment pour contester l'autorité territoriale de la Cour d'Hiver.

— Les schémas de réveil ne sont pas aléatoires, a poursuivi Lyra, ajustant les écrans pour révéler quelque chose qui m'a glacé le sang. Quelqu'un avec une connaissance détaillée des Lux/Niveus utilise le déclencheur d'hier pour activer des installations spécifiques en séquence.

La carte sur son écran ne montrait pas une activation aléatoire. C'était un arc-couronne, un chemin de maintenance qui balayait depuis la côte vers l'intérieur des terres, de nœud dormant en nœud dormant, de la même manière qu'on réveille une rivière gelée sans faire déborder ses rives. Le genre de procédure technique systématique qui exigeait à la fois une expertise architecturale et une stratégie politique.

— Mes parents, a murmuré Ivy, sa voix portant le choc creux de quelqu'un qui réalise qu'elle a été un catalyseur dans un plan dont on ne lui avait jamais parlé. Ils utilisent l'activation d'hier pour accéder à des systèmes qu'ils n'ont pas pu atteindre depuis dix-huit ans.

À travers notre lien, j'ai senti son mélange de trahison et de compréhension. Ses parents avaient passé dix-huit ans à la protéger de l'attention de la Cour d'Hiver, mais ils s'étaient aussi préparés pour ce moment, où les capacités héritées de leur fille pourraient être utilisées pour défier l'autorité politique qui les avait contraints à l'exil.

— Pour prouver que l'autorité territoriale de la Cour d'Hiver est construite sur des fondations qu'ils ne contrôlent pas, ai-je dit, comprenant le jeu plus large avec le genre de clarté politique qui vient du fait d'avoir grandi dans une famille où la stratégie et la survie étaient souvent la même chose. Si ta famille peut démontrer que leurs connaissances architecturales l'emportent toujours sur les revendications politiques de la cour, alors chaque installation devient négociable plutôt que souveraine.

La magie des sprites du vent du professeur Meridian a créé de subtils courants d'air qui portaient une tension semblable à celle d'une tempête imminente. — La Cour d'Hiver percevra cela comme une remise en cause directe de son autorité fondamentale. Pas un désaccord académique, mais une menace existentielle.

— Temps d'achèvement estimé ? a demandé le professeur Blitzen, la tension électrique faisant briller les surfaces de la chambre d'un éclair contenu.

— Soixante-douze heures pour terminer le schéma de l'arc-couronne, a répondu Lyra d'un air sombre, sa précision académique ne faisant rien pour adoucir les implications alarmantes. Ou pour l'arrêter.

À travers notre lien, j'ai senti les connaissances architecturales d'Ivy fournir un contexte qui a transformé la peur en détermination. Le schéma de l'arc-couronne n'était pas seulement une démonstration politique, c'était une restauration d'infrastructure, réveillant des systèmes qui avaient été conçus pour servir la collaboration éducative plutôt que le contrôle territorial. Sa famille n'essayait pas tant de détruire l'autorité de la Cour d'Hiver que de rappeler au monde magique que d'autres formes de gouvernance étaient possibles.

Ils essaient de nous donner le choix, réalisa-t-elle à travers notre connexion. Entre servir l'autorité politique ou la mission éducative.

Et la Cour d'Hiver va faire tout ce qui est en son pouvoir pour s'assurer que nous n'ayons pas ce choix, ai-je répondu, ma propre expérience politique fournissant la compréhension de ce qui se passait toujours lorsque les structures de pouvoir existantes se sentaient menacées.

— Quel genre d'action directe devons-nous anticiper ? ai-je demandé, bien que je soupçonnais déjà la réponse.

— Le genre qui ne fait pas la distinction entre les étudiants et les menaces politiques, a dit Marcus tranquillement, sa compréhension de la politique de la cour fournissant un contexte que les perspectives académiques ne pouvaient égaler. Si la Cour d'Hiver perçoit que son autorité territoriale est remise en question par des moyens techniques qu'elle ne peut contrôler, elle répondra avec toute la force qu'elle jugera nécessaire pour préserver sa base de pouvoir.

Les mots nous ont frappés, Ivy et moi, à travers notre lien comme des coups physiques. Grâce à notre connexion améliorée, j'ai senti sa compréhension croissante que nous n'étions plus seulement des étudiants dont le développement magique avait des implications politiques. Nous étions potentiellement le catalyseur d'une confrontation entre différentes approches de la gouvernance territoriale, la collaboration éducative contre le contrôle politique.

Et la méthode préférée de la Cour d'Hiver pour traiter les catalyseurs qu'elle ne pouvait pas contrôler était l'élimination.

— Il nous faut des alliés, a dit Ivy avec une compréhension

architecturale qui offrait une vision aussi bien stratégique que technique. Si cela doit devenir une confrontation entre différentes approches de l'autorité territoriale, nous avons besoin de gens qui comprennent que l'infrastructure magique devrait servir des objectifs éducatifs plutôt que politiques.

L'expression du professeur Meridian portait le poids de quelqu'un qui avait passé des décennies à regarder les forces politiques tenter de subordonner l'indépendance académique à un contrôle extérieur. — D'accord. Mais nous devons aussi comprendre exactement ce que votre famille essaie d'accomplir à travers la séquence d'activation. Cherchent-ils à négocier avec l'autorité de la Cour d'Hiver, ou prévoient-ils de la défier directement ?

Avant que quiconque puisse répondre, le système de communication de la chambre s'est activé avec des motifs d'aurore que j'ai reconnus comme un routage prioritaire d'urgence. Les surfaces cristallines autour de nous ont vibré d'harmoniques qui parlaient de messages urgents transmis par une infrastructure antérieure aux canaux de communication normaux.

Le message qui s'est matérialisé était bref, formel et absolument terrifiant dans ses implications :

Administration de l'université : la délégation de la Cour d'Hiver demande une conférence immédiate concernant la clarification de l'autorité territoriale. La délégation comprend le seigneur Darian Frostborn, dame Silverleaf, l'évaluateur architectural de la Cour et la division de la sécurité des infrastructures magiques. Arrivée estimée : 08 h 00. Objet : Résolution des anomalies d'activation architecturale par des moyens diplomatiques ou alternatifs. Affaires académiques.

Moyens diplomatiques ou alternatifs. Le genre de langage politique qui signifiait que la négociation serait offerte, mais que la conformité serait appliquée quelles que soient les préférences de l'université.

À travers notre lien, j'ai senti la pointe de terreur d'Ivy en voyant le nom de mon oncle à un titre officiel, suivie de sa détermination à ne pas laisser la peur la paralyser alors qu'une action décisive était nécessaire. Sa rune de lien a pulsé d'une chaleur qui a ancré ma propre magie de la tempête avant qu'elle ne puisse spiraler vers les schémas destructeurs qui caractérisaient la malédiction des Blackthorn sous pression.

— Quatre heures, a observé le professeur Blitzen avec une tension électrique qui faisait luire les surfaces cristallines de la chambre d'une énergie contenue. Pour se préparer à une confrontation qui pourrait déterminer si NPU maintient son indépendance académique ou devient soumise à l'administration directe de la Cour d'Hiver.

Le stylet de Marcus s'est déplacé plus rapidement sur sa tablette de documentation, enregistrant non seulement les faits mais aussi les courants émotionnels sous-jacents qui aideraient la Guilde des Protecteurs à comprendre ce contre quoi ils se défendaient potentiellement. À travers notre lien, j'ai senti la gratitude d'Ivy pour sa présence, quelqu'un dont la compréhension politique correspondait à l'ampleur de ce à quoi nous étions confrontés.

— Division de la sécurité des infrastructures magiques, a dit Lyra avec une précision académique qui ne pouvait pas tout à fait masquer son alarme. Ce n'est pas de la surveillance diplomatique. C'est une force d'intervention conçue pour neutraliser les menaces à la stabilité territoriale.

À travers notre lien, j'ai senti les connaissances architecturales d'Ivy fournir la compréhension de ce que signifierait une administration directe de la Cour d'Hiver, non seulement pour notre partenariat, mais pour chaque aspect de l'éducation magique. Le

savoir technique subordonné aux objectifs politiques. L'infrastructure conçue pour servir l'autorité territoriale plutôt que l'excellence académique. Les étudiants formés pour soutenir les
structures de pouvoir existantes plutôt que de développer des
capacités qui pourraient les remettre en question.

La vision de NPU, transformée de sanctuaire en centre d'endoctrinement, nous a frappés tous les deux à travers notre
connexion avec la force d'un cauchemar partagé. Pas seulement la
fin de notre partenariat, mais la mort de tout ce que l'université
était censée représenter.

Ils ne peuvent pas avoir cet endroit, la voix mentale d'Ivy
portait la protection féroce de quelqu'un dont la famille avait
construit quelque chose de magnifique et refusait de le voir
corrompu. Peu importe ce que ça coûte, peu importe ce que nous
devons faire, ils ne peuvent pas transformer ça en un autre outil
de contrôle politique.

D'accord, ai-je répondu, laissant ma propre résolution
s'écouler à travers notre connexion pour ancrer sa détermination.
Mais nous devons être intelligents dans la façon dont nous les
combattons. La confrontation directe joue sur leur terrain.

— Nous nous battrons, a dit Ivy à haute voix, avec une certitude qui venait de la connaissance héritée de ce que sa famille
avait essayé de préserver pendant dix-huit ans. Nous utiliserons
l'avantage architectural que nous avons, nous rallierons tous ceux
qui croient que l'éducation magique devrait servir les étudiants
plutôt que les autorités politiques, et nous prouverons que
certaines fondations sont trop solides pour être contrôlées par des
gens qui ne les ont pas construites.

Sa voix portait la confiance de quelqu'un qui venait de réaliser
que le savoir hérité incluait non seulement des capacités techniques, mais aussi le cadre philosophique qui régissait leur application. Pas seulement comment construire une infrastructure,

mais pourquoi elle devrait être construite pour servir la collaboration plutôt que le contrôle.

— Ensemble ? ai-je demandé, faisant écho à la conversation qui avait commencé notre partenariat des semaines auparavant.

— Toujours, a-t-elle répondu, et le mot portait le poids de la magie territoriale, de la connaissance architecturale et de la compréhension croissante que nous construisions quelque chose qui survivrait à toute tentative de le contrôler.

Les écrans autour de nous pulsaient de motifs d'aurore qui montraient le réveil magique à travers des installations dans tous les territoires du Nord, un réseau de pouvoir qui précédait l'autorité politique de la Cour d'Hiver et pourrait potentiellement la remplacer par quelque chose de conçu pour servir l'éducation magique plutôt que le contrôle territorial.

J'ai senti le moment où notre résolution commune s'est cristallisée en quelque chose qui ressemblait moins à de la défiance qu'à un destin. Nous ne nous battions plus seulement pour notre partenariat. Nous nous battions pour l'avenir de l'éducation magique elle-même.

Quoi que la délégation de la Cour d'Hiver apporte avec elle dans quatre heures, ils découvriraient que certains partenariats étaient assez forts pour changer les fondations sur lesquelles reposait cette autorité politique.

Et que certains étudiants étaient prêts à construire un avenir meilleur, même si cela signifiait défier tous ceux qui profitaient de l'ordre actuel.

CHAPITRE DIX-NEUF

CHOISIR SON CAMP

IVY

La délégation de la Cour d'Hiver est arrivée à huit heures précises, car la ponctualité était apparemment une forme d'intimidation quand on disposait d'assez d'autorité magique pour forcer des universités entières à réorganiser leurs emplois du temps à sa convenance.

J'observais depuis la plateforme d'observation supérieure de l'Observatoire trois traîneaux de cristal descendre du ciel zébré d'aurores boréales, chacun taillé dans une glace si pure qu'elle semblait courber la lumière autour d'elle. Des patins d'argent gravés de motifs d'aurores boréales laissaient des traînées scintillantes dans l'air, tandis que des bannières portant les flocons de neige entrelacés de l'autorité de la Cour d'Hiver claquaient dans des vents porteurs du parfum d'orages lointains. Les traîneaux ont atterri avec une précision cérémonieuse dans la cour principale de l'UPN, leurs passagers émergeant dans des robes qui faisaient miroiter l'air matinal de magie du givre contenue.

Lord Darian descendit le premier, ses cheveux pâles captant la lumière du matin comme du givre filé, chacun de ses mouvements irradiant le genre d'autorité qui venait de siècles de lignée noble. Sa robe de cour portait des insignes de rang qui indiquaient qu'il était plus qu'un simple administrateur territorial et familial, avec le pouvoir légal d'ordonner plutôt que de demander. Lady Silverleaf suivit, sa cape d'un blanc hivernal attachée par des broches qui pulsaient d'une magie contenue, tandis que deux silhouettes que je ne reconnus pas les flanquaient dans le genre de formation officielle qui relevait plus du protocole militaire que diplomatique.

— Division de la Sécurité des Infrastructures Magiques, dit Rowan à voix basse à côté de moi, sa voix empreinte de la reconnaissance neutre de quelqu'un qui avait grandi en sachant exactement ce que ce titre signifiait. Ils ont amené la force d'exécution.

Je sentis son mélange de peur et de fureur protectrice alors qu'il regardait son oncle traverser la cour principale de l'UPN avec l'assurance de quelqu'un à qui appartient le sol qu'il foule. La rune de lien sur mon poignet pulsa d'une tension sympathique, nos signatures magiques se synchronisant automatiquement pour offrir une stabilité contre la pression politique que nous savions tous deux imminente.

— Les étudiants se rassemblent, observa Dylan depuis sa position près du bord de la plateforme, où des barrières cristallines offraient une vue dégagée sur l'activité du campus. La nouvelle de la délégation s'est répandue.

Il avait raison. Des grappes d'étudiants étaient sorties des dortoirs et des bâtiments universitaires, mais ils ne se disposaient pas au hasard. Près de la tour administrative, un groupe d'étudiants de dernière année s'était rassemblé autour d'une bannière érigée à la hâte où l'on pouvait lire « Indépendance académique maintenant ! ». Leurs voix traversaient la cour en chants rythmés :

« À nous la magie, à nous le choix ! À nous le campus, à nous la voix ! »

Mais plus près de la délégation de la Cour d'Hiver, une autre foule s'était formée avec une énergie sensiblement différente. Des pancartes affichant « La stabilité par la structure » et « Honorez l'autorité de la Cour » suggéraient que ces étudiants considéraient la présence des envoyés comme une supervision bienvenue plutôt qu'une intrusion menaçante. Frost Silverleaf se déplaçait parmi eux avec l'autorité gracieuse de sa mère, distribuant des brochures qui portaient le blason de la Cour d'Hiver.

— Le campus se divise, dit sombrement le professeur Meridian en nous rejoignant sur la plateforme d'observation, sa magie des esprits du vent créant des courants d'air parfumés au pin qui transportaient la tension comme un temps d'orage approchant. Certains étudiants croient que la supervision de la Cour d'Hiver apporterait de la stabilité. D'autres y voient la fin de l'indépendance académique.

À travers notre lien, je sentis que Rowan comprenait ce que cette division signifiait pour notre situation. Nous n'étions plus seulement confrontés à la pression politique d'autorités extérieures, nous devenions des symboles dans un débat à l'échelle du campus sur la question de savoir si l'éducation magique devait servir l'indépendance institutionnelle ou l'autorité territoriale.

Entre les deux groupes principaux, de plus petits groupes d'étudiants indécis observaient la manifestation grandissante avec une incertitude évidente. J'ai surpris des bribes de conversations inquiètes :

— ... j'ai entendu le professeur Ember dire que la Cour essaie juste d'aider...

— ... mais s'ils se trompaient ? Et si c'était une question de contrôle ?

— … regardez comme les partisans de Silverleaf sont organisés. Quelqu'un a préparé ça…

— Le conseil de la faculté se réunit dans deux heures, continua le professeur Meridian, sa voix portant le poids de quelqu'un qui avait passé la nuit à se disputer avec des collègues dont les positions se durcissaient autour de différends irréconciliables. Vote formel pour savoir s'il faut se conformer aux exigences de la Cour d'Hiver pour votre garde immédiate, ou maintenir l'indépendance de l'université quelles qu'en soient les conséquences.

Garde immédiate. L'euphémisme nous a frappés tous les deux à travers notre connexion comme des coups physiques. Ni supervision ni surveillance. Une possession.

— Quels sont les résultats probables ? ai-je demandé, bien que je ne sois pas sûre de vouloir connaître la réponse.

— Un vote partagé, admit le professeur Meridian avec une honnêteté frustrée. La faction d'Ember croit que la conformité est le seul moyen d'empêcher une escalade qui pourrait mettre en danger tout le campus. Ma faction estime que livrer des étudiants à une autorité politique extérieure viole tout ce que l'UPN a été fondée pour protéger.

J'ai perçu le souvenir de Rowan surprenant hier le professeur Ember dans le salon des professeurs, sa voix portant le genre de certitude qui ne tolérait aucune contradiction : « Parfois, protéger les étudiants signifie faire des choix difficiles qu'ils sont trop jeunes pour comprendre. La Cour d'Hiver n'est pas notre ennemie, elle nous offre des conseils que nous serions stupides de refuser. »

— Et si le vote est partagé ? demanda Rowan.

— Alors la chancelière Northwind aura le vote décisif, répondit le professeur Meridian. Et elle a été remarquablement absente des discussions préliminaires.

À travers notre lien, je sentis le sursaut d'alarme de Rowan. Dans la politique de la Cour d'Hiver, une absence remarquée signifiait généralement que quelqu'un négociait des arrangements privés qui ne survivraient pas à un examen public. Le genre d'accords conclus à huis clos qui transformaient les votes publics en résultats prédéterminés.

— Des rumeurs disent qu'elle est en communication avec les représentants de la Cour depuis avant l'arrivée officielle de la délégation, ajouta tranquillement le professeur Meridian. Reste à savoir si cela représente un compromis ou une collaboration.

— Nous devrions nous préparer aux deux issues, dis-je, ma voix plus assurée que je ne me sentais. La conformité et la résistance.

— D'accord, acquiesça le professeur Meridian. Mais il y a autre chose que vous devez comprendre sur votre état magique actuel. L'intégration du lien a progressé au-delà de tout ce qui est documenté dans la littérature sur la magie de partenariat.

Elle a désigné les écrans de surveillance que Dylan et Lyra maintenaient depuis l'activation forcée de la veille. Les lectures montraient une synchronisation magique si complète que nos signatures individuelles devenaient impossibles à distinguer.

— Une séparation de plus de quinze minutes entraînerait désormais un effondrement magique pour vous deux, dit Lyra avec une précision clinique qui ne pouvait adoucir les implications dévastatrices. Une défaillance complète de vos noyaux magiques individuels.

Les mots m'ont fait l'effet d'une douche glacée. Je sentis Rowan absorber la même information avec un mélange d'horreur et de détermination protectrice. Mais sous sa réaction immédiate, j'ai capté autre chose, le même étrange soulagement que je ressentais.

Une seule entité magique dans deux corps. La phrase aurait dû être terrifiante. Au lieu de ça, elle semblait confirmer quelque chose que je sentais mais que je n'avais pas pu nommer. La conscience grandissante qu'être séparée de Rowan devenait non seulement inconfortable, mais fondamentalement anormal. Comme essayer de respirer avec un seul poumon ou de penser avec un demi-cerveau.

Était-ce une perte d'identité individuelle, ou une évolution vers quelque chose de meilleur que ce que l'un ou l'autre pouvait être seul ? À travers notre lien, je sentis Rowan aux prises avec la même question, la peur de nous perdre nous-mêmes luttant contre la certitude que ce que nous devenions ensemble dépassait tout ce que nous avions été séparément.

— Combien de temps avons-nous avant que cela ne devienne irréversible ? demanda Rowan.

— C'est peut-être déjà irréversible, admit Lyra. Mais si l'intégration se poursuit au rythme actuel, d'ici soixante-douze heures, vos signatures magiques seront si entrelacées que vous serez essentiellement une seule entité magique dans deux corps.

Ce délai aurait dû ressembler à un compte à rebours avant une catastrophe. Au lieu de cela, à travers notre lien, j'ai senti quelque chose qui aurait pu être de l'anticipation. Quelles que soient les forces politiques qui tentaient de nous déchirer, notre magie elle-même choisissait l'intégration plutôt que la séparation.

— Est-ce nécessairement une mauvaise chose ? ai-je demandé à voix basse.

— C'est sans précédent, répondit Lyra. Mais les lectures suggèrent qu'au lieu de diminuer vos capacités individuelles, l'intégration crée quelque chose de fondamentalement nouveau. Pas seulement une magie de partenariat améliorée, mais une conscience collaborative qui dépasse la somme de ses parties.

Je sentis que Rowan comprenait ce qu'elle voulait dire. La connexion mentale que nous avions développée n'était pas seulement un soutien émotionnel ou une communication magique, elle évoluait vers une conscience partagée qui nous rendait plus forts ensemble que nous ne l'avions jamais été seuls.

— Comme la conscience architecturale dont j'ai hérité, réalisai-je à voix haute. Mais appliquée aux relations personnelles plutôt qu'à la gestion des infrastructures.

— Exactement, dit Dylan avec le genre d'enthousiasme académique qui suggérait qu'il documentait des développements qui remodèleraient la théorie de la magie de partenariat pour des générations. Vous êtes les pionniers d'une magie collaborative qui pourrait changer fondamentalement notre façon de comprendre l'identité magique individuelle par rapport à l'identité partagée.

Mais avant que quiconque puisse explorer davantage les implications, le système de communication de l'Observatoire s'est activé avec un routage prioritaire qui portait l'autorité de la Cour d'Hiver.

Administration de l'université : Conférence immédiate demandée avec les sujets Rowan Blackthorn et Ivy Snowfall. Lieu : Tour administrative, salle de conférence 1. Heure : 9 h 30. Présence requise. Tout refus sera interprété comme une non-conformité à l'autorité territoriale. Délégation de la Cour d'Hiver.

Présence requise. Pas demandée, ordonnée.

Je pouvais sentir l'analyse minutieuse de la convocation par Rowan, ainsi que sa certitude croissante que ce n'était pas juste une autre entrevue. La Cour d'Hiver était passée de l'observation et de la documentation à l'action directe.

— Ils ne demandent plus, dit-il calmement.

— Non, approuva le professeur Meridian. Ils affirment une autorité qu'ils estiment supérieure à l'indépendance de l'université.

— Avons-nous des motifs légaux pour refuser ? ai-je demandé.

— Des motifs légaux, oui, répondit le professeur Meridian

avec une sombre honnêteté. La capacité pratique de faire valoir ces motifs contre la pression politique de la Cour d'Hiver ? Ça, ça reste à voir.

Les barrières de cristal de la plateforme d'observation vrombirent d'une résonance harmonique alors que la tension magique se propageait sur le campus. À travers notre lien, je pouvais sentir la façon dont les infrastructures de l'UPN répondaient à ma présence, non pas seulement avec accommodement, mais avec un soutien actif. La conscience architecturale dont j'avais hérité reconnaissait la menace politique pour l'indépendance éducative et était prête à se défendre contre elle.

— La trame du campus se rallie, dis-je avec une certitude croissante. Quoi que ma famille ait intégré dans les fondations de l'UPN, c'est conçu pour résister au contrôle politique extérieur.

— La résistance des infrastructures ne vous protégera pas de la coercition magique, prévint le professeur Meridian. Si la Cour d'Hiver décide d'utiliser l'action directe plutôt que la pression politique, elle a des capacités qui dépassent tout ce contre quoi les systèmes de défense de l'UPN ont été conçus.

— Alors nous devons être plus malins qu'ils ne s'y attendent, dis-je, sentant la résolution se cristalliser dans ma poitrine comme une magie structurelle trouvant sa forme adéquate. Utiliser le cadre politique dans lequel ils opèrent pour limiter leurs options d'action directe.

— Comment ?

— En rendant notre choix public, dit Rowan avec une compréhension soudaine. Si nous déclarons ouvertement que nous nous choisissons l'un l'autre plutôt que de nous soumettre à une autorité extérieure, ils ne peuvent pas présenter la garde comme une supervision protectrice. Ça devient un enlèvement politique.

Je sentis sa pensée stratégique fournir le cadre tactique de résistance que mes connaissances architecturales ne pouvaient pas fournir à elles seules. Nous ne construisions pas seulement des défenses, nous construisions une position politique qu'il serait plus difficile pour la Cour d'Hiver d'attaquer sans révéler ses véritables objectifs.

— Une déclaration publique pendant la session du conseil de la faculté, ajoutai-je, comprenant sa stratégie. Les forcer à défendre leur position devant des témoins qui représentent des intérêts académiques plutôt que politiques.

— Risqué, observa le professeur Meridian. Si le vote se retourne contre vous, un défi public pourrait être interprété comme une rébellion plutôt que comme une liberté académique.

— Et si nous ne prenons pas le risque, nous perdons toute chance d'influencer le résultat, répliqua Rowan avec le genre de clarté politique qui avait grandi dans une famille où la survie dépendait souvent de la compréhension du fonctionnement du pouvoir derrière les façades polies.

À travers notre lien, je sentis son mélange de peur et de détermination, ainsi que sa prise de conscience croissante que cette confrontation avait toujours été inévitable. La Cour d'Hiver n'avait pas passé des années à orchestrer notre lien pour ensuite ignorer ses implications politiques. Ils attendaient le bon moment pour affirmer leur contrôle sur des capacités magiques qui pourraient défier leur autorité territoriale.

— Salle de conférence 1 dans trente minutes, nous rappela Dylan, en consultant les chronomètres qui montraient le temps passer avec une précision implacable. Quelle que soit la stratégie que vous choisirez, vous devez décider rapidement.

J'ai regardé Rowan, remarquant la façon dont la lumière du matin attrapait les angles vifs de son visage et donnait à ses yeux pâles l'impression de contenir des profondeurs de magie hivernale qui pourraient remodeler le monde si elles étaient correctement dirigées. À travers notre lien, j'ai senti sa conscience de mon attention, ainsi que sa propre certitude grandissante quant au choix que nous devions faire.

— Ensemble ? ai-je demandé, faisant écho à la conversation qui avait commencé notre partenariat et l'avait soutenu à travers chaque défi que nous avions affronté.

— Toujours, répondit-il, et le mot portait un poids qui allait au-delà du lien magique ou de la nécessité politique. Pas parce que nous le devons, mais parce que nous le choisissons.

Cette simple déclaration a réglé quelque chose de fonda-mental entre nous qui n'avait rien à voir avec les exigences de proximité ou les capacités améliorées. Quelles que soient les forces qui nous avaient réunis, quelle que soit l'intégration magique qui rendait la séparation impossible, le choix de construire quelque chose de significatif à partir des circonstances restait le nôtre.

Je sentis le moment où notre résolution se synchronisa en quelque chose qui ressemblait moins à de la résistance qu'à une destinée. Nous ne défendions pas seulement notre partenariat contre un contrôle extérieur, nous choisissions de devenir quelque chose de nouveau, quelque chose qui nous appartenait plutôt qu'aux personnes qui pensaient pouvoir nous utiliser pour leurs propres objectifs.

Le système de communication de l'Observatoire carillonna de nouveau, cette fois avec un message crypté qui portait la signa-ture électrique du professeur Blitzen :

Session d'urgence du conseil de la faculté déplacée au Grand Auditorium en raison des demandes de présence étudiante. Galerie publique autorisée. Vote prévu à 11 h 00. Suggérons que vous vous prépariez à un public à l'échelle du campus. Affaires administratives.

Galerie publique autorisée. Ce qui signifiait que notre déclara-tion ne serait pas seulement observée par les membres de la faculté, elle le serait par des centaines d'étudiants dont les opinions façonneraient l'avenir de l'éducation magique à l'UPN.

— Un public à l'échelle du campus, dit Rowan avec un mélange d'anticipation et d'alarme. Impossible de revenir en arrière une fois que nous nous serons engagés publiquement.

— Tant mieux, répliquai-je, sentant la conscience architecturale fournir une certitude qui venait de la compréhension de la différence entre des bâtiments conçus pour servir une convenance politique temporaire et ceux destinés à durer des générations. Certains choix devraient être permanents.

Je sentis son accord résonner avec une détermination qui n'avait rien à voir avec la contrainte magique et tout à voir avec un choix conscient de défendre quelque chose qui valait la peine d'être préservé.

Nous avions vingt-cinq minutes pour nous préparer à une confrontation qui déterminerait non seulement notre avenir individuel, mais aussi l'avenir de la magie de partenariat et de l'indépendance éducative à l'Université du Pôle Nord.

Quoi que la Cour d'Hiver apporte à cette confrontation, ils découvriraient que certains liens étaient plus forts que les cadres politiques conçus pour les contrôler.

Et que certains étudiants étaient prêts à choisir leur propre destin, peu importe qui préférait qu'ils restent les sujets passifs de l'autorité des autres.

Les motifs des aurores boréales au-dessus du campus se sont transformés en configurations qui ressemblaient étrangement à des plans architecturaux, pas seulement un spectacle magique, mais une géométrie instructive qui suggérait que l'infrastructure elle-même se préparait à soutenir le choix que nous ferions.

Il était temps de découvrir si des fondations construites sur la collaboration pouvaient résister à une pression politique conçue pour transformer le sanctuaire en soumission.

Mais d'abord, nous avions une délégation de la Cour d'Hiver à affronter. Et un choix à rendre public qui changerait tout sur la façon dont le partenariat magique était compris et pratiqué.

Vingt-trois minutes avant la réunion en salle de conférence 1.

Vingt-trois minutes pour se préparer à la conversation qui déterminerait si nous affronterions l'avenir en tant que partenaires libres ou en tant que pions politiques.

La rune de lien sur mon poignet pulsa d'une lumière constante qui n'avait rien à voir avec une autorité extérieure et tout à voir avec un choix conscient.

Il était temps de montrer à la Cour d'Hiver à quoi ressemblait la magie de partenariat lorsqu'elle était défendue par des gens qui refusaient d'être contrôlés.

CHAPITRE VINGT
DÉFI

ROWAN

La salle de conférence 1 avait été transformée en quelque chose qui ressemblait plus à une salle d'audience qu'à un espace de réunion universitaire.

Les sièges confortables habituels avaient été remplacés par des dispositions formelles qui accentuaient la hiérarchie : les représentants de la Cour d'Hiver à la table d'honneur, le corps professoral de l'université à des places secondaires, et Ivy et moi assis à ce qui s'apparentait au box des accusés. Des appareils d'enregistrement en cristal vrombissaient le long des murs, documentant chaque mot pour qu'il soit analysé par des gens aux intentions suspectes. Une mallette scellée contenant un sceau de voyage reposait près de la table d'honneur, ses fermoirs d'argent brillant d'un enchantement permanent qui suggérait un déploiement immédiat.

Les Affaires administratives avaient autorisé la reconfiguration sous la pression, bien que l'absence prolongée de la chancelière Northwind signifiait que personne ne savait vraiment qui prenait les décisions qui auraient dû requérir son approbation directe.

Lord Darian était assis avec une autorité désinvolte qui indiquait clairement qu'il considérait cet endroit comme son territoire, peu importe sur quel campus nous nous trouvions réellement. Lady Silverleaf le flanquait avec une patience de prédatrice, tandis que l'Évaluatrice Architecturale de la Cour, une femme dont la signature magique ressemblait à des mathématiques gelées, étudiait des plans qui ne provenaient manifestement pas des archives architecturales publiques de la NPU. Elle ne leva pas les yeux quand nous entrâmes, ses lèvres bougeant en un calcul silencieux :

— Trois contraintes. Deux seuils. Une issue acceptable.

— Monsieur Blackthorn, dit Lord Darian avec la fausse chaleur qui caractérisait nos interactions familiales depuis la mort de mes parents. Mademoiselle Snowfall. Merci de prendre du temps sur votre emploi du temps universitaire.

La fiction polie selon laquelle notre présence était volontaire fit se lover ma magie des tempêtes dans ma poitrine, sur la défensive. Je sentis la pointe d'indignation d'Ivy en réponse, sa magie de la lumière stabilisant automatiquement mon givre avant qu'il ne puisse devenir destructeur.

— Mon oncle, répondis-je avec une courtoisie tout aussi fausse. Je crois comprendre que la Cour d'Hiver a des préoccupations au sujet de notre cursus.

— Des préoccupations, oui, intervint Lady Silverleaf avec aisance. Mais aussi des occasions de collaboration mutuellement bénéfique.

Une collaboration mutuellement bénéfique. L'euphémisme pour une soumission forcée qui préservait l'illusion du choix tout en éliminant les options réelles.

La professeure Blitzen était assise avec le reste des représentants du corps professoral de la NPU, ses cheveux argentés crépitant d'une tension électrique qui suggérait qu'elle était prête à intervenir si cette réunion dépassait les limites de la diplomatie. La professeure Meridian maintenait une prudente neutralité de sylphide, bien que je puisse voir à son expression qu'elle consignait chaque nuance politique pour une future analyse universitaire.

— L'intégration que vous avez accomplie représente un développement magique remarquable, dit l'Évaluatrice Architecturale de la Cour en consultant les mesures sur une tablette cristalline qui pulsait de données que je ne reconnaissais pas. Surtout compte tenu des... circonstances inhabituelles qui ont initié votre lien.

— Des circonstances inhabituelles, répéta Ivy avec une désinvolture trompeuse. Vous voulez parler du charme maudit qui a été placé dans mon laboratoire d'Applications Magiques Avancées ?

Le silence s'imposa. Un cristal d'enregistrement éclata en surcharge, et les doigts de la professeure Blitzen se nimbèrent de foudres pâles. Je pouvais sentir la satisfaction d'Ivy d'avoir brisé le tabou que tout le monde s'était efforcé de contourner. Ils avaient fait des expériences sur nous sans notre consentement, et elle n'avait plus l'intention de faire semblant.

— Le charme qui a initié votre connexion a en effet été... délibérément placé, confirma Lady Silverleaf avec une satisfaction qui laissait penser qu'elle attendait le bon moment pour faire cet aveu. Dans le cadre d'une évaluation complète du potentiel de la magie de partenariat parmi les étudiants aux lignées compatibles.

Le cristal le plus proche s'embrasa, captant trois halètements simultanés de la part des membres du corps professoral qui ne comprenaient que maintenant l'ampleur de ce qui avait été fait sur leur campus. Les éclairs de la professeure Blitzen crépitèrent plus vite, des étincelles dangereuses se formant entre ses doigts.

Une évaluation complète. Ils avaient testé plusieurs paires d'étudiants, utilisant notre campus comme un terrain de reproduction pour des partenariats magiques qui pourraient être contrôlés à des fins politiques.

— Combien d'autres étudiants ? demanda la professeure Blitzen, la foudre commençant à danser entre ses doigts. Le comité d'éthique va se réunir immédiatement pour examiner les protocoles d'expérimentation non autorisée.

— Plusieurs combinaisons prometteuses ont été identifiées, répondit l'Évaluatrice Architecturale de la Cour avec un détachement clinique, son comptage ne s'arrêtant jamais. Quatorze paires. Sept liens réussis. Deux avec des applications territoriales. Bien que Monsieur Blackthorn et Mademoiselle Snowfall se soient révélés exceptionnellement réceptifs à l'intégration.

Je sentis le mélange d'horreur et de fureur d'Ivy alors qu'elle réalisait que nous n'étions pas seulement victimes de manipulation politique, mais les réussites d'un programme plus vaste visant à créer des partenariats magiques pouvant être militarisés pour les objectifs de la Cour d'Hiver.

— Vous avez utilisé des étudiants de la NPU comme sujets d'expérimentation sans le consentement de l'institution et à son insu, dit la professeure Meridian, sa magie de sylphide créant de subtils courants d'air qui transportaient l'odeur âcre des tempêtes approchantes.

— Nous avons évalué des étudiants dont le développement magique suggérait un potentiel pour des applications qui pourraient bénéficier à toute la région territoriale du nord, corrigea Lord Darian avec un langage diplomatique qui transformait la violation en vertu. Les résultats ont dépassé nos projections les plus optimistes.

Il désigna des écrans qui affichaient les relevés magiques de l'activation forcée de la veille, ainsi que des schémas d'éveil d'infrastructures qui s'étendaient bien au-delà des environs immédiats de la NPU.

— La magie territoriale que vous avez démontrée se connecte à des installations dans toute la sphère d'influence de la Cour d'Hiver, poursuivit-il avec une satisfaction croissante. Avec une supervision appropriée, votre partenariat pourrait apporter une efficacité sans précédent aux infrastructures magiques qui nécessitent actuellement un entretien et une surveillance coûteux.

Vous voulez nous brancher directement à votre réseau, des relais humains que vous pouvez téléguider depuis un trône, pensai-je sombrement, comprenant toute la portée de leurs intentions.

— Et si nous préférons ne pas fournir ce genre de supervision ? demandai-je, même si je soupçonnais déjà la réponse. À travers notre lien, je sentis Ivy prendre conscience du temps qui passait : nous étions séparés depuis près de dix minutes déjà, et nos runes de lien commençaient leur habituelle pulsation d'avertissement de bas niveau.

— Alors vous choisiriez de refuser vos remarquables capacités à des gens qui pourraient en bénéficier, répondit Lady Silverleaf avec le genre d'autorité morale qui assimilait l'égoïsme à un refus de servir les intérêts de la Cour d'Hiver. Un gaspillage de potentiel qui pourrait être perçu comme irresponsable, étant donné l'ampleur de ce que vous pourriez accomplir.

Le piège était magnifiquement construit. Soit nous acceptions de devenir des administrateurs magiques pour les systèmes territoriaux de la Cour d'Hiver, soit nous étions des étudiants égoïstes qui se souciaient plus de leur autonomie personnelle que du service public.

Mais à travers notre lien, je sentis la conscience architecturale d'Ivy fournir une compréhension qui transformait le cadre politique qu'ils essayaient d'imposer. L'infrastructure qu'ils voulaient que nous gérions n'avait pas été conçue pour servir l'autorité de la Cour d'Hiver : elle avait été construite par sa famille pour servir la collaboration éducative et l'innovation magique. Utiliser nos capacités pour restaurer ces systèmes à leur but originel renforcerait l'indépendance universitaire plutôt que de soutenir le contrôle territorial.

— Quel genre de supervision proposez-vous ? demanda Ivy avec un intérêt trompeur.

— Une résidence à la Cour d'Hiver pour le reste de votre programme universitaire, dit immédiatement Lord Darian, son empressement à obtenir notre accord l'emportant sur la prudence diplomatique. Une formation spécialisée dans les applications de la magie territoriale, avec toutes les ressources de la cour pour soutenir votre développement continu.

— Une formation spécialisée dispensée par qui ? demanda sèchement la professeure Blitzen.

— Des spécialistes de la Cour ayant des siècles d'expérience dans l'administration magique, répondit l'Évaluatrice Architecturale de la Cour. Des connaissances qui dépassent de loin tout ce qui est disponible par les canaux universitaires traditionnels.

Je sentis Ivy comprendre ce que cela signifiait. Pas de l'éducation, mais de l'endoctrinement, conçu pour garantir que nos capacités servent les structures de pouvoir établies plutôt que de les remettre en question.

— Et notre partenariat serait préservé dans le cadre de cet arrangement ? demandai-je.

— Renforcé, dit Lady Silverleaf avec une satisfaction de prédatrice. Les ressources de la Cour vous permettraient d'explorer le plein potentiel de votre intégration magique sans les limitations imposées par les protocoles de surveillance académique.

Sans les limitations imposées par la surveillance académique.

Ce qui signifiait sans la protection que l'indépendance de l'université offrait contre la manipulation politique.

— La résidence commencerait immédiatement après le vote du conseil de la faculté aujourd'hui, poursuivit Lord Darian avec la certitude désinvolte de quelqu'un qui considérait le résultat comme prédéterminé. Le transport a été organisé.

À travers notre lien, je sentis la pointe d'alarme d'Ivy. Ils ne se contentaient pas de proposer une relocalisation, ils l'annonçaient, peu importe ce que déciderait le corps professoral de la NPU ou ce que nous préférerions.

— Cela semble prématuré, observa la professeure Meridian avec une litote diplomatique. Le conseil de la faculté n'a pas voté sur les modalités de prise en charge.

— Le conseil de la faculté votera en fonction de son évaluation de ce qui sert au mieux les intérêts de ses étudiants, répondit tranquillement Lady Silverleaf. Mais l'autorité de la Cour d'Hiver prime sur l'autonomie universitaire lorsque la sécurité territoriale est en jeu.

Le masque tombait enfin. Ils n'avaient jamais eu l'intention d'honorer l'indépendance de l'université ou le choix des étudiants. Le langage diplomatique n'avait été qu'une mise en scène conçue pour faire paraître la soumission volontaire, tout en préparant le terrain pour la contrainte lorsque la coopération volontaire s'avérerait insuffisante.

Je sentis la conscience architecturale d'Ivy se connecter aux systèmes fondamentaux de la NPU d'une manière qui suggérait que l'infrastructure du campus était prête à résister à l'autorité de la Cour d'Hiver par des moyens qui dépassaient la simple magie défensive.

Mais avant que l'un de nous ne puisse répondre à leur ultimatum, Lord Darian fit quelque chose qui transforma la pression politique en une attaque personnelle.

Il plongea la main dans ses robes de cérémonie et en retira un rouleau scellé du blason de la famille Blackthorn : non pas l'autorité de la Cour d'Hiver, mais mon propre héritage.

— Rowan, dit-il, sa voix passant de diplomatique à familiale avec une intimité calculée. Il y a autre chose à considérer.

Le rouleau se déroula pour révéler un document officiel rédigé dans l'écriture cérémonielle utilisée pour les proclamations de la plus haute importance de la cour.

— Le rétablissement complet du statut de la famille Blackthorn, annonça Lord Darian avec le genre de satisfaction qui laissait penser qu'il avait gardé cette annonce pour un effet maximal. La restauration des droits de succession, des possessions territoriales et de l'autorité politique qui ont été suspendus à la suite de la mort de vos parents.

Les mots me frappèrent comme des coups physiques. Tout ce que j'avais perdu lorsque la Cour d'Hiver avait utilisé l'accident de mes parents pour justifier l'éviction d'une famille politiquement gênante de ses positions d'autorité traditionnelles, m'était offert en échange de l'abandon du partenariat qui avait donné un sens à ma vie.

— Conditionnel, bien sûr, à votre volonté d'accepter une supervision appropriée à votre nouvelle position, ajouta Lady Silverleaf avec une emphase délicate. Une formation de la Cour conçue pour vous préparer aux responsabilités qui accompagnent l'autorité territoriale.

À travers notre lien, je sentis Ivy comprendre ce qu'ils offraient réellement. Pas seulement une restauration politique, mais la promesse d'un pouvoir qui pourrait protéger les gens qui me sont chers, si j'étais prêt à sacrifier la personne qui m'était la plus chère.

— Et Mademoiselle Snowfall ? demandai-je, ma voix plus stable que ce que je ressentais.

— Des dispositions éducatives alternatives adaptées à son milieu et à ses capacités lui seraient fournies, répondit l'Évaluatrice Architecturale de la Cour avec un détachement clinique. Rien de punitif, naturellement. Simplement... approprié pour quelqu'un sans héritage noble.

La phrase me brûla. Notre rune de lien me piqua la peau, la sienne d'abord, la mienne faisant écho à travers la connexion avec une chaleur vive qui témoignait de la façon dont la menace l'avait personnellement touchée.

— Vous voulez que je choisisse entre l'héritage de ma famille et mon partenariat, dis-je, comprenant toute la portée de leur manipulation.

— Nous voulons que vous choisissiez entre un attachement personnel égoïste et un service responsable envers la communauté magique qui dépend d'un leadership fort, corrigea Lord Darian avec une autorité morale qui transformait l'amour en égoïsme et l'abandon en vertu.

La beauté politique du piège était stupéfiante. Ils m'offraient tout ce que j'avais perdu — le statut familial, l'autorité héritée, le pouvoir de protéger les gens qui m'étaient chers — en échange de la preuve que je me souciais plus de la position politique que des liens personnels.

Je sentis le mélange de compréhension et de terreur d'Ivy alors qu'elle réalisait qu'ils avaient trouvé la seule offre qui pourrait réellement me tenter d'abandonner notre partenariat. Non pas parce que je voulais le pouvoir pour le pouvoir, mais parce que l'autorité politique pourrait la protéger des conséquences d'un défi lancé aux intérêts de la Cour d'Hiver.

Mais je pouvais aussi sentir sa conscience architecturale fournir une perspicacité qui transformait le cadre politique qu'ils essayaient d'imposer. L'héritage Blackthorn qu'ils proposaient de restaurer n'avait pas été conçu pour servir le contrôle territorial de la Cour d'Hiver : il avait été construit sur un développement magique collaboratif qui renforçait toute la région du nord plutôt que de concentrer le pouvoir dans la hiérarchie de la cour.

— L'autorité restaurée inclurait la surveillance de l'éducation magique dans tous les territoires du nord, poursuivit Lord Darian, interprétant clairement mon hésitation comme une acceptation potentielle. Vous pourriez vous assurer que des institutions comme la NPU continuent de servir leur mission éducative sans ingérence de forces politiques qui pourraient chercher à exploiter les capacités des étudiants à des fins inappropriées.

L'ironie était à couper le souffle. Ils m'offraient l'autorité de protéger la NPU d'exactement le genre de manipulation politique qu'ils tentaient actuellement, à condition que je démontre ma fiabilité en sacrifiant la personne dont le partenariat m'avait appris ce que la magie collaborative pouvait accomplir lorsqu'elle n'était pas subordonnée au contrôle politique.

— Rowan, dit doucement Ivy, sa voix empreinte d'une calme détermination qui tranchait la complexité politique avec une précision chirurgicale. Que choisis-tu ?

La simple question fit taire toute la salle. Elle ne me demandait pas ce que je pensais de leur offre, ni une analyse des implications politiques, elle me demandait de déclarer, publiquement et irréversiblement, ce qui comptait le plus.

Je regardai l'expression satisfaite de Lord Darian, la patience prédatrice de Lady Silverleaf, l'intérêt clinique de l'Évaluatrice Architecturale de la Cour pour savoir si leur manipulation psychologique suffirait à obtenir ma soumission.

Puis je regardai Ivy, la petite, farouche et brillante Ivy dont l'héritage architectural pouvait remodeler les fondations de l'éducation magique, dont le partenariat m'avait appris que certains liens étaient plus forts que la pression politique, dont l'amour m'avait montré que la magie collaborative était plus puissante que tout ce que l'autorité territoriale pouvait offrir.

— Je la choisis elle, dis-je avec une clarté qui se propagea à travers les appareils d'enregistrement cristallins jusqu'aux comités d'analyse qui examineraient plus tard cette conversation. Je choisis le partenariat plutôt que la position, la collaboration plutôt que le contrôle, l'amour plutôt que l'héritage.

Les mots résonnèrent dans la salle de conférence comme une incantation, créant des harmoniques qui firent vrombir les cristaux d'enregistrement par vibration sympathique. À travers notre lien, je sentis la vague de soulagement et de détermination d'Ivy alors que mon choix ancrait sa propre résolution.

— Vous choisissez d'abandonner l'héritage de votre famille pour une amourette adolescente, dit sèchement Lady Silverleaf, son sang-froid diplomatique se fissurant sous la pression d'une stratégie politique qui n'avait pas tenu compte de la conviction émotionnelle.

— Je choisis d'honorer l'héritage de ma famille en construisant quelque chose de meilleur que ce que la manipulation politique avait détruit, répliquai-je avec une certitude qui venait de la compréhension de la différence entre l'obligation héritée et la responsabilité choisie.

L'expression de Lord Darian passa de satisfaite à froide, la chaleur familiale disparaissant derrière le calcul de la Cour d'Hiver.

— C'est une erreur, neveu. Une erreur qui pourrait avoir des conséquences bien au-delà de vos préférences personnelles.

— Alors ces conséquences, c'est à moi de les affronter, dis-je en prenant la main d'Ivy dans un geste public délibéré qui rendit notre partenariat indubitablement clair pour tout le monde dans la pièce.

Au moment où nos doigts se touchèrent, nos runes de lien

s'embrasèrent d'une lumière aurorale qui n'avait rien à voir avec l'activation de la Cour d'Hiver et tout à voir avec un choix conscient. La lumière se propagea depuis nos mains jointes, créant des motifs qui se connectaient aux systèmes fondamentaux de la NPU d'une manière qui fit résonner les surfaces de cristal de la salle de conférence d'une résonance harmonieuse.

À travers notre lien, je sentis le moment où la conscience architecturale d'Ivy se connecta pleinement à l'infrastructure du campus, non pas comme un privilège hérité mais comme une responsabilité choisie. Les motifs auroraux qui remplissaient la pièce n'étaient pas seulement une démonstration magique, c'étaient des boucliers protecteurs conçus pour défendre l'indépendance éducative contre une autorité politique qui cherchait à transformer le sanctuaire en soumission.

— Extraordinaire, souffla la professeure Blitzen, sa magie électrique répondant à notre démonstration par des motifs de foudre qui renforçaient notre sortilège collaboratif plutôt que de rivaliser avec lui.

Mais les représentants de la Cour d'Hiver étaient moins impressionnés par notre démonstration magique qu'alarmés par ses implications politiques.

— Ce défi sera noté, dit Lord Darian avec le genre d'autorité froide qui précédait des conséquences conçues pour rendre la résistance ridicule a posteriori. Tout comme la complicité de votre université à héberger des étudiants qui refusent une supervision territoriale légitime.

— Noté par qui ? demanda la professeure Meridian avec l'autorité d'une sylphide qui suggérait qu'elle était prête à défendre l'indépendance académique contre n'importe quelle autorité qu'ils pensaient représenter.

— Par des gens qui comprennent que l'éducation magique sert des objectifs plus vastes que les préférences individuelles, répondit Lady Silverleaf avec une précision verbale qui transformait la menace en conséquence inévitable.

Mais avant qu'ils ne puissent élaborer sur ce que ces conséquences pourraient inclure, le système de communication de la salle de conférence s'activa avec un routage prioritaire qui portait des motifs auroraux que je reconnus comme des protocoles de diffusion d'urgence.

Le message qui se matérialisa n'émanait ni de l'autorité de la Cour d'Hiver, ni de l'administration de l'université : c'était une annonce à l'échelle du campus qui pulsait du genre d'énergie urgente signifiant qu'une action immédiate était requise.

« Tous les étudiants et professeurs sont priés de se rendre immédiatement au Grand Auditorium. Assemblée d'urgence convoquée par le Conseil des Étudiants en coordination avec le Sénat de la Faculté. Sujet : Préservation de l'Indépendance Académique. La voix des étudiants sera entendue. Heure : Maintenant. »

De la direction du Grand Auditorium, le treillis battit une fois, deux fois, comme une ligne de tambours s'éveillant. À travers les fenêtres de cristal, nous pouvions voir des bannières apparaître en un éclair : des sceaux à l'encre aurorale pour l'indépendance, des blasons d'un givre pur pour la soumission. Le campus choisissait son camp, et il voulait rendre son choix visible.

— Il semble que votre autorité soit remise en question par des gens qui ont leur propre opinion sur ce qui sert leurs intérêts, dis-je à Lord Darian avec la satisfaction de voir la manipulation politique se heurter à une résistance organisée.

Les motifs auroraux qui remplissaient la salle de conférence pulsèrent plus vivement et, à travers les fenêtres de cristal, nous pûmes voir des étudiants affluer vers le Grand Auditorium avec le genre d'énergie déterminée qui suggérait qu'ils s'étaient organisés pendant que nous endurions ce théâtre politique.

— L'assemblée ne changera rien à l'autorité de la Cour d'Hiver d'agir dans l'intérêt de la sécurité territoriale, dit Lady Silverleaf avec un langage diplomatique qui ne parvenait pas tout à fait à masquer son alarme face à une résistance organisée plutôt qu'à des étudiants isolés.

— Mais elle démontrera que certaines institutions éducatives sont plus fortes que les forces politiques qui tentent de les contrôler, répliqua Ivy avec une confiance architecturale qui puisait dans des siècles de constructions magiques conçues pour servir la collaboration plutôt que la domination.

À travers notre lien, je sentis sa certitude que quoi que la Cour d'Hiver apporte à sa confrontation avec le corps étudiant assemblé de la NPU, ils découvriraient que certains partenariats inspiraient plutôt qu'ils n'isolaient, que certaines magies construisaient la communauté plutôt que d'imposer une hiérarchie.

— Ensemble ? demanda-t-elle.

— Pour toujours, répondis-je, et le mot portait le poids d'un choix rendu public, d'un défi déclaré ouvertement, d'un amour défendu contre toutes les forces qui tentaient de l'utiliser comme levier pour le contrôle politique.

Les motifs auroraux qui emplissaient la salle de conférence 1 pulsèrent une fois de plus d'une lumière chaude qui nous appartenait, à nous et non à une autorité extérieure, puis commencèrent à se déplacer vers le Grand Auditorium où des centaines d'étudiants se rassemblaient pour prouver que certaines institutions éducatives valaient la peine d'être défendues.

Quoi que la Cour d'Hiver tente ensuite, elle ne ferait pas seulement face à deux étudiants qui s'étaient choisis au détriment de la commodité politique, mais à un campus entier qui avait décidé que l'indépendance académique valait la peine qu'on se batte pour elle.

La rune de lien sur mon poignet pulsa d'une lumière stable

alors que nous suivions les motifs auroraux vers la confrontation qui nous attendait dans le Grand Auditorium.

Certains choix, une fois faits, transformaient tout ce qui suivait.

Il était temps de découvrir quel genre d'avenir pouvait être construit sur les fondations de partenariats qui refusaient d'être contrôlés.

CHAPITRE VINGT-ET-UN

TOUT EST PERDU

IVY

Le Grand Auditorium avait été transformé en un champ de bataille déguisé en forum démocratique.

Les étudiants s'entassaient sur les gradins en groupes qui ne laissaient aucun doute sur leurs allégeances politiques. Les partisans de l'indépendance portaient des sceaux à l'encre-aurore qui pulsaient d'une lumière pleine de défi, tandis que les sympathisants de la Cour d'Hiver arboraient des blasons d'un blanc givré qui brillaient d'une autorité froide. L'air entre les factions scintillait d'une tension magique à peine contenue, créant une pression qui faisait pulser ma rune de liaison à un rythme d'avertissement.

Je sentis le mélange de fierté et d'appréhension de Rowan alors qu'il mesurait l'ampleur de l'organisation étudiante qui s'était développée dans les heures qui avaient suivi notre confrontation avec la délégation de la Cour d'Hiver. Des centaines d'étudiants avaient choisi leur camp, transformant ce qui aurait dû être une simple décision administrative du corps professoral en une déclaration politique à l'échelle du campus.

— Quelle affluence, dit doucement la professeure Meridian en prenant sa place au sein du bloc de vote du corps professoral. Sa magie des esprits du vent créait des courants d'air parfumés au pin qui transportaient la tension d'un orage approchant. Je n'ai jamais vu les étudiants aussi organisés autour de la politique institutionnelle.

— Parce que la politique institutionnelle ne les a jamais affectés aussi directement, répondit Marcus Thornfield depuis son poste de délégué des étudiants. Ses insignes de la Guilde des Gardiens faisaient de lui un pont naturel entre les préoccupations universitaires et politiques. Ils comprennent que ce qui se passera ici créera un précédent sur la manière dont l'éducation magique sert l'autorité politique ou l'autonomie des étudiants.

Sur la plateforme centrale, la chancelière Northwind était enfin sortie des négociations privées qui l'avaient tenue à l'écart des discussions préliminaires. Son expression arborait la neutralité prudente de quelqu'un qui avait passé les heures précédentes à calculer les conséquences politiques plutôt que les principes éducatifs.

Lord Darian siégeait avec la délégation de la Cour d'Hiver à des places d'honneur qui soulignaient leur autorité à influencer les débats, indépendamment des préférences de l'université. Lady Silverleaf conservait une patience de prédatrice tandis que l'évaluatrice architecturale de la Cour continuait son décompte silencieux, ses lèvres bougeant au rythme de calculs qui n'avaient probablement rien à voir avec le processus démocratique.

— Le conseil de la faculté va maintenant voter sur la Résolution 847, annonça la chancelière Northwind, sa voix portant à travers l'auditorium grâce à une amplification magique. Déterminer s'il faut se conformer aux demandes de la Cour d'Hiver pour le transfert de garde des étudiants Rowan Blackthorn et Ivy Snowfall, ou maintenir l'indépendance de l'université concernant les décisions sur le bien-être des étudiants.

Transfert de garde. L'euphémisme nous frappa tous les deux à travers notre connexion comme un coup physique. Pas une supervision ou une surveillance, mais une possession qui nous séparerait au-delà de tout espoir de maintenir l'intégration magique qui était devenue fondamentale à notre existence.

— Les membres de la faculté exprimeront leur vote par signature magique, continua la chancelière Northwind. Les résultats seront affichés publiquement pour garantir la transparence.

Les cristaux de vote qui se matérialisèrent au-dessus de la plateforme centrale commencèrent à accepter les signatures magiques de la faculté, avec des motifs d'aurore qui se répartissaient en deux catégories distinctes : la conformité ou l'indépendance. À travers notre lien, je sentis la tension grandissante de Rowan alors que les résultats commençaient à s'accumuler, suggérant que l'issue serait terriblement serrée.

La signature de la professeure Meridian brilla de l'autorité des esprits du vent en soutien à l'indépendance. La magie électrique du professeur Blitzen renforça la même position avec une détermination crépitante. Dylan et Lyra votèrent ensemble, leur magie de partenariat créant des motifs collaboratifs qui mettaient l'accent sur l'autonomie des étudiants face au contrôle extérieur.

Mais la signature de la professeure Ember fusa avec le genre de certitude qui vient de la conviction que la conformité servait mieux la sécurité des étudiants qu'une indépendance dangereuse. La professeure Frostwick, du département des Applications Avancées, vota de la même manière, sa magie de la glace créant des motifs qui s'alignaient sur les structures d'autorité de la Cour d'Hiver. Trois professeurs du département de Magie Pratique suivirent, leurs signatures combinées créant un bloc formidable en faveur du transfert de garde.

— Décompte actuel, annonça la chancelière Northwind alors que les cristaux de vote traitaient les signatures magiques de la faculté. Conformité : douze votes. Indépendance : onze votes. Deux abstentions en attente.

Nous perdions d'une seule voix, et il ne restait que deux membres de la faculté à se prononcer, dont la chancelière Northwind elle-même, dont l'autorité administrative aurait un poids décisif, quel que soit le décompte numérique.

La professeure Asterin, des Études de Magie Théorique, vota avec une réticence évidente, sa magie stellaire créant des motifs qui témoignaient de choix difficiles faits pour des raisons de principe. Le cristal classa sa signature dans la colonne de la conformité, portant le score à treize contre onze.

— Dernier vote en attente, dit la chancelière Northwind, sa voix portant le poids de quelqu'un qui comprenait que sa décision déterminerait non seulement notre sort immédiat, mais aussi la future relation entre l'UPN et l'autorité politique de la Cour d'Hiver.

L'auditorium tomba dans le silence, à l'exception du bourdonnement de la tension magique émanant de centaines d'étudiants dont l'avenir éducatif dépendait de la capacité de l'indépendance académique à résister à la pression politique.

À travers notre lien, je sentis Rowan comprendre que la longue absence de la chancelière Northwind lors des discussions préliminaires avait probablement été consacrée à négocier avec les représentants de la Cour d'Hiver ce que l'UPN gagnerait ou perdrait en fonction de son vote. Des arrangements privés qui transformeraient la démocratie publique en théâtre politique.

— En tant que chancelière de l'Université du Pôle Nord, dit-elle avec une autorité formelle qui traversa les dispositifs d'enregistrement en cristal jusqu'aux comités d'analyse qui examineraient cette décision plus tard, je vote en faveur de la conformité avec les demandes de garde de la Cour d'Hiver.

Les mots frappèrent l'auditorium comme des coups physiques. Les étudiants de la section de l'indépendance éclatèrent en cris de protestation et d'incrédulité, tandis que les partisans de la Cour d'Hiver gardèrent un silence respectueux qui témoignait de leur compréhension que ce résultat avait été prédéterminé plutôt qu'obtenu démocratiquement.

— Décompte final, annonça la chancelière Northwind par-dessus le chaos étudiant. Conformité : quatorze votes. Indépendance : onze votes. La Résolution 847 est adoptée. Le transfert de garde commencera immédiatement.

Les mots tombèrent dans le silence foudroyé qui suit l'impact de l'éclair, quand on réalise que tout ce qui nous était familier vient d'être détruit.

Nous avions perdu. Après tout ce que nous avions construit, tout ce pour quoi nous nous étions battus, nous avions perdu à une seule voix, achetée par la pression politique plutôt que par une décision de principe.

Sa main trouva la mienne, désespérée et inébranlable, ses doigts se resserrant si fort que mes os me firent mal. Je pressai mon front contre le sien, nos runes de liaison s'embrasant entre nous comme des étoiles mourantes. — Ne me lâche pas, murmurai-je, les mots à peine audibles même pour lui. Quoi qu'il arrive, ne me lâche pas.

Jamais, sa voix mentale portait le poids des promesses brisées que nous ne pouvions pas tenir. Mais ils vont essayer de nous y forcer.

L'auditorium devint flou, les sons s'assourdirent comme si j'avais été plongée sous la glace. Pas le lien, qui brûlait plus fort que jamais, nourri par le désespoir. Mais l'espoir. La conviction que se choisir l'un l'autre pouvait suffire contre des forces qui commandaient des siècles d'autorité politique.

— Le consentement n'est pas requis lorsque la sécurité territoriale est en jeu, répliqua Lady Silverleaf avec une satisfaction qui suggérait qu'elle attendait précisément ce moment de défi. L'autorité de la Cour d'Hiver supplante les préférences individuelles lorsque des intérêts magiques plus larges sont en jeu.

Mais avant que quiconque puisse répondre à son affirmation, quelque chose d'inattendu commença à se produire dans les sections étudiantes.

Marcus Thornfield se leva de son poste de délégué des étudiants, ses insignes de la Guilde des Gardiens brillant d'une autorité magique qui rivalisait avec celle de la faculté. — Le Conseil des Étudiants appelle à une objection formelle à la Résolution 847 pour vice de procédure.

— Quel vice de procédure ? demanda la chancelière Northwind avec une attention vive.

— La résolution concerne le transfert de garde d'étudiants sans représentation étudiante dans le processus de vote, répondit Marcus avec une précision juridique qui suggérait qu'il s'était préparé à ce moment précis. La charte de l'UPN exige que les étudiants aient voix au chapitre dans les décisions qui affectent leur bien-être.

L'auditorium explosa d'une énergie renouvelée alors que les étudiants de la section de l'indépendance réalisaient que le processus démocratique pourrait encore offrir une protection contre la manipulation politique. Mais ce n'étaient pas seulement les voix qui s'élevaient, c'était la magie.

Les esprits de la terre des premiers rangs frappèrent le sol en un rythme synchronisé, chaque impact envoyant des vibrations à travers les fondations de l'auditorium qui réveillèrent des sorts de protection dormants tissés dans l'architecture elle-même. Les élémentaires du feu levèrent les mains, des étincelles jaillissant de leurs doigts pour former des constellations à travers le plafond voûté. Les esprits de l'eau créèrent des halos de condensation qui captaient la lumière et la reflétaient en des éclats prismatiques qui parlaient de résistance unifiée plutôt que de défi individuel.

La magie de l'air d'une douzaine d'esprits du vent créa des courants qui portèrent les voix d'étudiants qui n'avaient jamais parlé en public auparavant : — Voix étudiante ! Choix étudiant ! Notre campus, pas votre politique !

Je regardai des esprits dont j'avais à peine remarqué la magie en trois ans de cours travailler ensemble pour créer des sortilèges collaboratifs qui dépassaient tout ce que nous avions au programme. Des constructions de lumière de mes camarades spécialistes en illumination commencèrent à s'entrelacer en structures de protection, tandis que des mages du givre, menés par des étudiants qui n'avaient probablement jamais été d'accord sur quoi que ce soit auparavant, fournissaient un renforcement structurel qui transforma l'auditorium entier en un ouvrage magique protecteur.

Je sentis l'admiration de Rowan faire écho à la mienne alors que nous réalisions que notre partenariat n'avait pas seulement inspiré un soutien politique, il avait enseigné à nos camarades ce que la magie collaborative pouvait accomplir lorsqu'elle servait une communauté choisie plutôt qu'une autorité imposée.

— Les objections des étudiants sont notées, dit Lord Darian d'un ton d'autorité dédaigneuse. Mais la juridiction territoriale de la Cour d'Hiver supplante les exigences de procédure académique lorsque la sécurité magique est en jeu.

— Alors vous reconnaissez qu'il ne s'agit pas du bien-être des étudiants, dis-je avec une conscience architecturale puisée dans la compréhension de la façon dont les établissements d'enseignement devraient servir le développement collaboratif plutôt que le contrôle politique externe. Il s'agit de contrôle territorial qui utilise la garde des étudiants comme levier pour une autorité plus large.

L'accusation traversa l'auditorium avec une clarté qui rendait les implications politiques indéniables. À travers notre lien, je sentis l'admiration de Rowan pour ma volonté de les défier publiquement, ainsi que sa certitude croissante que le défi public rendrait la réponse de la Cour d'Hiver plus sévère plutôt que moins.

— Mademoiselle Snowfall, dit Lady Silverleaf avec une amabilité dangereuse, vous semblez avoir l'impression que les préférences individuelles comptent plus que la responsabilité institutionnelle.

— J'ai l'impression que la responsabilité institutionnelle inclut la protection des étudiants contre la manipulation politique déguisée en garde protectrice, répondis-je avec une détermination qui s'était accumulée depuis le moment où ils avaient essayé pour la première fois de nous séparer.

Mais alors même que je parlais, le personnel d'intervention de la Cour d'Hiver se mettait en position autour des sorties de l'auditorium. Non pas les représentants diplomatiques qui avaient mené les négociations, mais des gardes armés dont les signatures magiques rayonnaient du genre d'autorité qui mettait fin aux désaccords par la force plutôt que par la persuasion.

— Le transfert de garde se déroulera comme prévu, annonça Lord Darian avec une finalité qui n'admettait aucune discussion. M. Blackthorn accompagnera les représentants de la Cour d'Hiver dans des installations appropriées à son statut familial restauré. Mademoiselle Snowfall sera transférée dans des établissements d'enseignement adaptés à son passé et à ses capacités.

Les euphémismes ne pouvaient dissimuler ce qu'ils annonçaient réellement : notre séparation immédiate, sans tenir compte des conséquences magiques ou des préférences personnelles.

Je pouvais sentir la magie de la tempête de Rowan commencer à grimper vers les schémas destructeurs qui caractérisaient la malédiction des Blackthorn sous une pression extrême. Mais au lieu de la violence chaotique qui résultait habituellement de la perte de contrôle, son pouvoir chercha le mien avec une précision désespérée, en quête de la stabilité que notre partenariat offrait.

Je répondis instinctivement, ma magie de la lumière affluant vers son pouvoir de givre avec une synchronisation accrue qui créa des motifs d'aurore sur le plafond cristallin de l'auditorium. Pas seulement une collaboration magique, mais un défi protecteur qui puisait dans la conscience architecturale pour renforcer notre lien contre les tentatives externes de le briser.

Les runes de liaison sur nos deux bras s'embrasèrent d'une lumière brillante qui n'avait rien à voir avec l'activation de la Cour d'Hiver, mais tout à voir avec un choix conscient de résister à la séparation. À travers notre connexion renforcée, je sentis le moment où nos signatures magiques se verrouillèrent dans une intégration si complète qu'une séparation forcée nous détruirait tous les deux.

— Ils ne peuvent pas nous séparer, dit Rowan avec une certitude qui venait de la compréhension que notre lien avait évolué au-delà de tout ce que la science politique de la Cour d'Hiver pouvait contrôler. Quoi qu'ils essaient, quelle que soit la force qu'ils utilisent, nous sommes plus forts ensemble que tout ce qu'ils peuvent mobiliser contre nous séparément.

Mais alors même qu'il parlait, je pouvais voir à l'expression satisfaite de Lord Darian qu'ils avaient anticipé exactement ce genre de résistance magique. Le personnel d'intervention n'était pas seulement des gardes armés, c'étaient des spécialistes formés pour gérer les partenariats magiques qui refusaient de se conformer à l'autorité politique.

— L'application de la force magique est autorisée, annonça Lady Silverleaf avec une précision glaciale. Toute résistance sera interprétée comme une rébellion contre les intérêts de la sécurité territoriale.

La température chuta de 10 °C en un battement de cœur. Le givre descendit le long des allées tel des soldats en marche, et l'air devint piquant avec l'odeur d'ozone des sorts de combat chargés.

L'application de la force magique. L'euphémisme pour le genre de force qui nous séparerait sans se soucier des conséquences magiques ou du coût personnel.

À travers notre lien, je sentis la fureur protectrice de Rowan atteindre des niveaux qui allaient soit tout détruire autour de nous, soit forger notre partenariat en quelque chose d'incassable. Ses mains trouvèrent les miennes avec une précision désespérée, nos doigts s'entrelaçant tandis que nos runes de liaison se synchronisaient sur un rythme qui parlait de battements de cœur partagés et de détermination unifiée.

— Quoi qu'il arrive, dit-il doucement, sa voix portant à travers notre connexion mentale avec une intimité qu'aucune autorité extérieure ne pouvait toucher, nous y faisons face ensemble. — Ensemble, acquiesçai-je, laissant ma conscience architecturale affluer à travers notre lien pour ancrer sa magie de la tempête avant qu'elle ne puisse devenir destructive. Même s'ils essaient de nous déchirer. Les motifs d'aurore au-dessus de nous pulsaient d'une lumière protectrice qui nous appartenait, à nous et non à une autorité politique, tandis qu'autour de l'auditorium, les étudiants commençaient à scander avec une intensité croissante : — Notre magie, notre choix ! Notre campus, notre voix !

· · ·

MAIS À TRAVERS les fenêtres cristallines, je pouvais voir arriver des renforts de la Cour d'Hiver, des traîneaux remplis de spécialistes dont le seul but était de s'assurer que l'autorité politique l'emporte sur la résistance individuelle.

Le vote de la faculté avait été prédéterminé. Les objections de procédure étaient rejetées. L'intervention se mettait en place.

Et dans quelques minutes, ils tenteraient de déchirer un lien qui était devenu fondamental à notre existence magique, que nous survivions ou non au processus.

À travers nos mains jointes, je sentis la magie de la tempête de Rowan se calmer en une détermination qui parlait de résolution partagée plutôt que de désespoir individuel. Quoi que la Cour d'Hiver lance contre nous, ils découvriraient que certains partenariats étaient plus forts que les cadres politiques conçus pour les contrôler.

Même si défendre cette vérité nous coûtait tout ce que nous avions construit ensemble.

La rune de liaison sur mon poignet pulsa d'une lumière constante alors que le personnel d'intervention commençait à se diriger vers la plateforme centrale où nous étions assis, leurs signatures magiques rayonnant du genre d'autorité qui avait mis fin à d'innombrables efforts de résistance individuelle tout au long de l'histoire de la Cour d'Hiver.

Mais alors qu'ils approchaient, quelque chose d'inattendu commença à se produire dans les sections étudiantes. Les chants devenaient plus organisés, plus unifiés, se transformant en quelque chose qui ressemblait moins à une protestation et plus à un ouvrage magique collaboratif.

Des motifs d'aurore commençaient à se former au-dessus des partisans de l'indépendance, non pas des manifestations aléatoires d'énergie contestataire, mais des constructions de lumière structurées qui ressemblaient étrangement à des formations de protection. Une magie défensive créée par un effort collectif, conçue pour protéger plutôt que pour attaquer.

Des centaines d'étudiants se préparaient à défendre notre partenariat par un sortilège collaboratif qui puisait dans tout ce que l'UPN leur avait enseigné sur le pouvoir de choisir de travailler ensemble.

Le personnel d'intervention marqua une pause dans son approche, reconnaissant clairement que séparer deux étudiants liés était devenu beaucoup plus compliqué lorsque ces étudiants étaient entourés de centaines d'alliés prêts à utiliser la magie pour les protéger.

— Retirez-vous, ordonna Lord Darian avec une autorité qui attendait une obéissance immédiate. Ceci est une affaire de la Cour d'Hiver, pas une préoccupation étudiante.

— Le bien-être de nos camarades est absolument notre préoccupation, répliqua Marcus Thornfield avec l'autorité de la Guilde des Gardiens qui parlait d'une compréhension juridique autant que d'une capacité magique. Et nous sommes prêts à le défendre.

La confrontation qui s'ensuivit ressemblait au moment qui précède l'éclair : un air chargé, une énergie contenue, la certitude que ce qui allait se passer ensuite changerait tout dans la relation entre les institutions éducatives et l'autorité politique.

— S'ils veulent nous séparer, dit-il à travers notre connexion mentale, ses pensées portant une chaleur qui ancra ma propre détermination grandissante, ils devront passer par tous ceux qui croient que certains choix devraient être protégés plutôt que contrôlés.

Autour de nous, les formations de protection aurorales continuaient de se construire, soutenues par des étudiants dont l'éducation magique leur avait appris que la collaboration pouvait accomplir des choses que l'effort individuel ne pourrait jamais atteindre. Ce qui avait commencé comme une protestation politique se transformait en quelque chose de plus puissant, une démonstration vivante que la collaboration éducative pouvait défier l'autorité politique lorsqu'elle servait des principes dignes d'être défendus.

Je sentis les esprits de la glace canaliser leur magie dans des supports cristallins qui renforçaient les constructions de lumière que d'autres étudiants créaient. Des manipulateurs de plantes persuadèrent les lianes des arrangements décoratifs de former des barrières physiques entre le personnel d'intervention et notre position sur la plateforme centrale. Même les étudiants dont la magie avait toujours semblé purement académique, les spécialistes théoriques et les chercheurs en histoire, contribuaient avec une énergie qui nourrissait l'ouvrage collaboratif avec une précision savante.

Près de l'entrée, une timide étudiante de première année leva son stylet à notes comme une baguette, sa magie d'illumination mineure ajoutant sa lueur à la structure de protection grandissante. Petal Brightwood lança son propre stylet dans un arc parfait qui devint un point d'ancrage lumineux, attirant d'autres fils magiques en une formation stable. Un traducteur de dernière année que je reconnus du cours de Linguistique Avancée tissa des runes légales dans les motifs protecteurs, ajoutant une force de liaison qui rendrait les protections plus difficiles à qualifier de simple spectacle d'étudiants.

La Cour d'Hiver était venue à l'UPN en s'attendant à faire face à deux étudiants isolés dont la résistance pouvait être surmontée par une force supérieure.

Au lieu de cela, ils découvraient que certains partenariats inspiraient la communauté plutôt que de créer l'isolement, que certains liens renforçaient les institutions éducatives plutôt que de les menacer.

— S'ils veulent nous séparer, dit-il à travers notre connexion mentale, ses pensées portant une chaleur qui ancra ma propre détermination grandissante, ils devront passer par tous ceux qui croient que certains choix devraient être protégés plutôt que contrôlés.

Il était temps de découvrir ce qui était le plus fort : l'autorité politique soutenue par des siècles de contrôle territorial, ou la collaboration éducative soutenue par des gens qui avaient choisi de construire quelque chose de mieux ensemble.

La rune de liaison pulsa d'une lumière qui nous appartenait, à nous et à tous ceux qui avaient choisi de nous soutenir, tandis qu'au-dessus de nos têtes, les protections aurorales continuaient de se développer en motifs protecteurs qui parlaient du pouvoir d'un partenariat choisi défendu par une communauté choisie.

Tout n'était pas perdu. Pas encore.

Le personnel d'intervention de la Cour d'Hiver leva ses armes avec une précision synchronisée qui parlait d'entraînement militaire plutôt que de résolution diplomatique. Le sourire de Lady Silverleaf s'élargit avec une satisfaction prédatrice, comme si la résistance des étudiants était exactement ce qu'elle avait espéré provoquer. La chancelière Northwind s'avança, son expression calculant le coût politique des ordres qu'elle s'apprêtait à donner.

L'auditorium retint son souffle, la magie crépitant dans l'air comme au moment qui précède l'éclair, tandis que des centaines d'étudiants se préparaient à découvrir si leur sortilège collaboratif pouvait protéger ce qu'ils avaient choisi de défendre.

CHAPITRE VINGT-DEUX

LA NUIT OBSCURE DE L'ÂME

ROWAN

Le chaos qui régnait dans le Grand Auditorium a fourni une couverture parfaite pour disparaître.

Des éclairs incapacitants crépitaient contre des barrières cristallines tandis que nous nous glissions par une porte de service. Les protections ont tenu, assez longtemps pour que le bâtiment conspire à notre évasion. La conscience architecturale dont Ivy avait hérité nous a guidés à travers des passages qui réagissaient à sa présence avec une chaleur accueillante, les sceaux s'ouvrant à son contact, tandis que les couloirs nous menaient plus profondément dans les fondations de NPU.

— Où allons-nous ? ai-je demandé par notre connexion mentale, ne voulant pas risquer que nos voix portent dans des couloirs qui pourraient encore être surveillés par les sortilèges de la Cour d'Hiver.

Dans un endroit où ils ne pourront pas nous suivre, a-t-elle répondu, ses pensées chargées d'une détermination mêlée à quelque chose qui ressemblait à un retour aux sources. Un endroit qui nous appartient, plutôt qu'à eux.

Les passages par lesquels elle nous a menés descendaient plus profondément dans les fondations de NPU que je ne l'avais jamais été, au-delà des sous-niveaux où Dylan et Lyra menaient leurs recherches, dans des strates architecturales qui étaient entièrement antérieures à l'influence de la Cour d'Hiver. Ici, les murs étaient taillés dans une glace vivante qui retenait des motifs d'aurores boréales dans ses profondeurs cristallines, illuminés par une magie qui puisait à des sources plus anciennes que l'autorité politique.

C'est ici que tout a commencé. La voix mentale d'Ivy était empreinte d'émerveillement alors que nous avancions dans des couloirs qui reconnaissaient sa lignée. La magie collaborative originelle qui a créé les fondations de NPU. Avant que quiconque ne songe à utiliser un partenariat pour le contrôle territorial.

Je sentais sa compréhension grandissante de ce que sa famille avait bâti ; pas seulement une infrastructure, mais une philosophie rendue manifeste. Une collaboration éducative conçue pour servir le développement magique plutôt que des objectifs politiques, une magie de partenariat qui renforçait les individus plutôt que de les soumettre à des structures d'autorité externes.

Le passage que nous suivions s'ouvrait sur une chambre circulaire que je reconnaissais de nos rêves partagés, l'espace où la magie de partenariat avait été développée comme un art plutôt qu'une arme, une collaboration plutôt qu'un contrôle. La Chambre des Fondateurs, où les premiers liens collaboratifs avaient été forgés non pas pour un avantage politique, mais pour la joie de construire quelque chose de beau ensemble.

La voir de mes propres yeux révélait des détails que le partage de rêves avait occultés.

Les portraits gravés dans la glace n'étaient pas de la propagande. Ils montraient des gens, des mains tendues, des mains acceptées, des partenariats qui s'étaient choisis même si cela leur avait tout coûté. Chaque portrait pulsait d'une résonance émotionnelle résiduelle, un amour qui avait transcendé la compatibilité magique pour devenir quelque chose de plus profond, des partenariats qui s'étaient choisis malgré les forces qui tentaient de les déchirer.

— Ils ont tous fait face à ça, a dit Ivy à voix basse, sa voix portant à travers la chambre avec une acoustique architecturale qui donnait aux chuchotements l'allure de proclamations. Le choix entre ce que les autres voulaient qu'ils soient et ce qu'ils choisissaient de devenir ensemble.

J'ai étudié les portraits avec une compréhension grandissante de ce qu'elle voulait dire. Pas seulement des partenariats magiques, mais une résistance politique déguisée en choix personnel. Des gens qui avaient refusé de laisser leurs capacités collaboratives servir une autorité extérieure, qui avaient construit quelque chose de beau au lieu de quelque chose d'utile aux objectifs des autres.

— Et ils se sont tous choisis les uns les autres, ai-je dit, remarquant la façon dont chaque portrait montrait un geste délibéré, des mains tendues dans des offres qui avaient été acceptées plutôt qu'imposées.

— Même quand ça leur a coûté tout ce qu'ils auraient pu avoir d'autre, a convenu Ivy, sa magie de la lumière répondant aux anciens schémas d'illumination de la chambre avec une reconnaissance qui dépassait la connaissance consciente.

À travers notre lien, je sentais sa conscience de ce que notre propre choix coûterait, pas seulement le confort ou la sécurité, mais tout l'avenir pour lequel j'avais été élevé. L'autorité des Blackthorn, la position à la Cour d'Hiver, le pouvoir politique qui pouvait protéger les gens qui m'étaient chers. Tout cela conditionné à l'abandon de la personne qui m'avait appris ce que le partenariat pouvait accomplir lorsqu'il n'était pas subordonné au contrôle politique.

— As-tu peur ? a-t-elle demandé. Je pouvais sentir le poids de ses propres craintes. Pas seulement de l'autorité de la Cour d'Hiver ou de la séparation magique, mais de se tromper sur ce que nous représentions l'un pour l'autre. De découvrir que notre lien était une contrainte magique plutôt qu'une véritable connexion, une commodité politique plutôt qu'un amour choisi.

— Terrifié, ai-je admis en m'asseyant à côté d'elle sur le banc cristallin qui occupait le centre de la Chambre des Fondateurs. Pas d'eux. De me réveiller un jour et de réaliser que ce que je ressens n'est qu'un échafaudage, pas de la pierre. De la magie, pas un choix.

La confession est restée suspendue entre nous avec le poids d'une honnêteté que je n'avais jamais offerte à personne d'autre. À travers notre lien, j'ai senti sa surprise face à ma vulnérabilité, suivie de sa compréhension que la même peur la rongeait depuis le moment où les gens avaient commencé à suggérer que notre partenariat était une contrainte plutôt qu'un choix.

— Et si ça avait commencé comme une contrainte pour devenir un choix ? a-t-elle demandé doucement. Et si la magie nous avait réunis, mais que ce que nous avons construit à partir de cette connexion nous appartenait ?

Sa main a trouvé la mienne avec une précision familière, nos runes de lien s'installant dans un rythme synchronisé qui parlait d'un battement de cœur partagé et d'une détermination unifiée. Le contact semblait consciemment choisi plutôt que magiquement requis.

— Alors nous décidons de ce que nous sommes en fonction de ce que nous voulons être, ai-je répondu, laissant ma magie de la tempête s'écouler vers sa magie de la lumière avec une synchronisation accrue qui créait des motifs d'aurores boréales sur les surfaces cristallines de la Chambre des Fondateurs. Pas de ce pour quoi quelqu'un d'autre veut nous utiliser.

La lumière qui a jailli de nos mains jointes n'était pas seulement une collaboration magique, c'était un choix conscient rendu visible, un partenariat qui puisait dans la compatibilité mais transcendait la contrainte. À travers notre lien, j'ai senti le moment où notre résolution commune s'est cristallisée en quelque chose qui nous appartenait, plutôt qu'aux forces qui l'avaient façonnée.

— Je t'aime, a dit Ivy simplement, les mots portant à travers la chambre avec une acoustique architecturale qui leur donnait l'air de proclamations plutôt que de confessions chuchotées. Pas parce que la magie m'y force, pas parce que la proximité l'exige, mais parce qu'être avec toi, c'est comme si je retrouvais enfin ma place, auprès de quelqu'un qui me manquait sans même que je le sache.

La déclaration m'a frappé de plein fouet, une force qui n'avait rien à voir avec le lien magique mais tout à voir avec une vérité émotionnelle que j'avais eu peur de reconnaître. À travers notre connexion, j'ai senti sa certitude que, peu importe ce qui nous avait réunis, ce que nous étions devenus ensemble valait la peine d'être défendu contre quiconque essayait de le réduire à une simple commodité politique.

— Je t'aime aussi, ai-je répondu, les mots semblant à la fois inévitables et révolutionnaires. J'aime ton courage quand tu es terrifiée, ta détermination à construire plutôt qu'à détruire, la façon dont tu fais en sorte que ma magie se souvienne de ce qu'elle était censée être avant que quiconque n'en fasse une arme.

J'ai entendu sa brusque inspiration, suivie d'une sensation de chaleur qui n'avait rien à voir avec un renforcement magique, mais tout à voir avec le fait d'être vue dans sa totalité et aimée malgré tout.

— Que faisons-nous maintenant ? a-t-elle demandé, bien que je puisse sentir à travers notre connexion qu'elle connaissait déjà la réponse.

— Nous nous choisissons, ai-je dit, me levant du banc cristallin et tendant la main dans un écho délibéré des portraits qui nous entouraient. Publiquement, définitivement, peu importe ce que ça coûte.

Elle a serré ma main, et ensemble nous nous sommes dirigés vers la sortie de la chambre. Pas le passage qui nous avait fait descendre, mais l'escalier en colimaçon taillé dans le mur du fond, qui montait à travers les fondations de NPU vers la surface.

— Où mène-t-il ? ai-je demandé pendant que nous montions, bien que la réponse soit devenue évidente alors que la lumière des aurores boréales commençait à filtrer d'en haut.

— Sur le toit de l'Observatoire, a répondu Ivy avec une certitude qui venait d'une connaissance architecturale héritée de siècles de construction magique. Le point le plus élevé du campus. Là où la magie de partenariat a été démontrée pour la première fois au monde extérieur.

L'escalier que nous suivions était plus ancien que les bâtiments actuels de NPU, taillé dans une glace qui détenait la chaleur d'une magie ancienne plutôt que le froid du contrôle de la Cour. Chaque pas vers le haut donnait l'impression de passer d'une vérité cachée à une déclaration publique, d'un choix privé à une résistance partagée.

Le toit lui-même était à couper le souffle, une plateforme cristalline qui offrait une vue panoramique sur le campus enneigé de NPU tout en offrant un accès direct aux aurores boréales qui dansaient dans le ciel arctique. Mais c'est l'intimité qui m'a frappé le plus puissamment. Pas de sorts de surveillance, pas d'observateurs politiques, pas d'autorité externe essayant de dicter ce que notre partenariat devrait devenir.

Juste nous, les aurores, et le choix qui définirait tout ce qui suivrait.

— C'est magnifique, a soufflé Ivy, se dirigeant vers le bord de la plateforme où des barrières de cristal assuraient la sécurité sans obstruer la vue. Je peux voir tout le campus d'ici. Tous ceux pour qui nous nous battons.

À travers notre lien, j'ai senti sa conscience des formations de protection des étudiants qui maintenaient toujours une magie protectrice autour du Grand Auditorium, des professeurs qui avaient voté pour notre indépendance, de la résistance collaborative que notre partenariat avait inspirée. Nous ne nous choisissions pas seulement l'un l'autre, nous choisissions de mener un mouvement qui remettait en question la manière dont l'éducation magique servait l'autorité politique.

— Ils viendront nous chercher, ai-je dit, m'installant à côté d'elle, assez près pour que nos épaules se touchent et que nos runes de lien se synchronisent dans un rythme qui parlait d'une détermination commune. Une fois qu'ils réaliseront que nous avons disparu, ils nous traqueront avec tout ce qu'ils ont.

— Qu'ils viennent, a répondu Ivy avec une conscience architecturale qui puisait dans la compréhension de la façon dont un sanctuaire est construit pour durer. Nous les affronterons en tant que partenaires, pas en tant que victimes de leur manipulation politique.

Au-dessus de nous, l'aurore boréale s'est transformée en motifs qui ressemblaient étrangement à une célébration ; pas des phénomènes naturels aléatoires, mais une expression artistique intentionnelle qui répondait à notre présence avec approbation. À travers notre lien, j'ai senti qu'Ivy reconnaissait les jeux de lumière comme de la magie architecturale, l'héritage de sa famille saluant le choix que nous étions en train de faire.

— Ensemble ? a-t-elle demandé, se tournant vers moi avec des

yeux couleur de givre qui contenaient des abîmes de détermination et d'amour qui me serraient la poitrine d'émotions que je
n'aurais jamais pensé ressentir.

— Toujours, ai-je répondu, et le mot portait un poids qui allait
bien au-delà du lien magique ou de la nécessité politique.

Nos runes se sont alignées, et quelque chose s'est enclenché.
La tempête en moi a trouvé des contours, des couloirs, un plan. Sa
lumière ne s'est pas contentée de briller, elle a mesuré. Le choix
n'était pas un élan impulsif ; c'était un projet. Nous avons tracé la
première ligne ensemble.

Le vent a peigné l'aurore en rubans ; le givre a auréolé ses
cheveux. Quand elle m'a regardé, le ciel tout entier semblait
retenir son souffle.

Puis Ivy s'est hissée sur la pointe des pieds et m'a embrassé
avec une tendresse qui parlait d'un choix conscient plutôt que
d'un besoin désespéré, un amour librement donné plutôt que
magiquement contraint.

Le contact était électrique d'une manière qui n'avait rien à
voir avec nos runes de lien, mais tout à voir avec la vérité
émotionnelle, trouvant enfin une expression physique. Pour la
première fois depuis le début de notre lien, il n'y avait aucune
douleur d'exigence magique nous poussant l'un vers l'autre, juste
le désir, pur et simple. La tempête en moi trouvait des angles
maintenant ; ses plans apprenaient à ma glace à tenir une ligne.
Ses lèvres étaient douces et chaudes malgré l'air arctique, sa
magie de la lumière s'écoulant vers la mienne avec une synchronisation qui créait des jeux d'aurores à travers tout le ciel nordique.
Quand nous nous sommes séparés, l'aurore s'était déjà réarrangée
en plans, moins une célébration qu'une instruction.

— Magnifique, ai-je murmuré, et je ne parlais pas du spectacle
lumineux.

— Parfait, a-t-elle acquiescé.

Le baiser avait été un choix rendu manifeste, un partenariat qui transcendait la contrainte magique pour devenir une collaboration consciente. Quoi que la Cour d'Hiver lance contre nous maintenant, ils feraient face à une résistance unifiée plutôt qu'à des étudiants isolés qu'ils pouvaient séparer et contrôler.

— Nous devrions y retourner, a dit Ivy à contrecœur, bien que je sente à travers notre connexion sa conscience que l'impasse dans le Grand Auditorium ne pouvait pas durer indéfiniment. Ils auront besoin de savoir que nous choisissons de nous battre plutôt que de nous cacher.

— Nous le leur montrerons ensemble, ai-je convenu, prenant sa main alors que nous nous dirigions vers l'escalier qui nous ramènerait à travers les fondations de NPU vers la confrontation qui nous attendait, quelle qu'elle soit.

Mais alors que nous nous préparions à descendre, les lumières sont passées brusquement de la célébration à un signal, des pulsations urgentes. En bas, le treillis crachait des données : protections assiégées, professeurs dispersés, les forces de l'ordre balayant les couloirs en quadrillage.

À travers notre lien, je sentais la conscience architecturale d'Ivy s'interfacer avec l'infrastructure du campus d'une manière qui fournissait des informations sur ce qui se passait au niveau du sol. Mais pire que la situation tactique, il y avait la signature magique que je pouvais sentir à travers sa connexion héritée au treillis du campus, un glyphe de chien-de-neige verrouillé sur sa lignée, cristallin et patient, fouinant le long de chaque pierre qui se souvenait de Lux et Niveus.

— Ils n'attendent pas que nous revenions, a réalisé Ivy avec une alarme grandissante. Ils nous traquent.

— Alors nous les affronterons selon nos propres termes, ai-je répliqué, la magie de la tempête commençant à monter dans ma poitrine avec une fureur contrôlée qui n'avait rien à voir avec la malédiction des Blackthorn, mais tout à voir avec une détermination protectrice. En tant que partenaires qui refusent d'être séparés par des gens qui pensent que l'amour est une faiblesse politique.

L'aurore au-dessus de nous a pulsé une fois de plus en signe d'approbation, et à travers les barrières de cristal de l'observatoire, nous pouvions voir des signatures magiques se déplacer sur le campus de NPU avec des sorts de pistage conçus pour localiser des individus spécifiques, peu importe à quel point ils essayaient de se cacher.

Il était temps de découvrir si un amour consciemment choisi était plus fort qu'une autorité qui exigeait la soumission.

Il était temps de découvrir ce que la magie de partenariat pouvait accomplir lorsqu'elle servait la résistance plutôt que la conformité.

La rune de lien sur mon poignet a pulsé d'une lumière stable alors que nous commencions notre descente à travers des fondations qui avaient été construites pour protéger la magie collaborative du contrôle politique, nous emportant vers une confrontation qui déterminerait l'avenir de l'éducation magique et le sens du partenariat choisi.

CHAPITRE VINGT-TROIS

CONFRONTATION AU CONSEIL DE LA FACULTÉ

IVY

Le glyphe de neige-limier s'est verrouillé sur nous à l'instant où nous sommes sortis de la Chambre des Fondateurs pour rejoindre les couloirs principaux de l'Observatoire.

L'air est devenu plus vif — menthe glaciale et fer. La présence cristalline avait attendu, patiente comme l'hiver lui-même, prête à se caler sur ma signature Lux à la seconde où nous quitterions les anciennes protections. À travers le maillage du campus, j'ai senti les équipes d'intervention de la Cour d'Hiver converger vers notre position avec une précision systématique.

Ils savent où nous sommes, ai-je dit via notre connexion mentale, sentant le filet magique se resserrer autour du complexe de l'Observatoire.

Alors on ne fuit pas, a répondu Rowan, sa magie orageuse s'apaisant dans cette calme détermination que j'avais appris à reconnaître comme la sienne avant un combat. — Nous allons droit à la session d'urgence du corps professoral. Nous rendrons notre déclaration publique avant qu'ils ne puissent nous embarquer en douce.

À travers le maillage du campus, j'ai senti les signatures magiques des membres de la faculté qui se rassemblaient déjà dans la salle de gestion de crise de la Tour administrative — l'espace de conférence sécurisé où la professeure Meridian avait convoqué une session d'urgence. Si nous pouvions les atteindre, nous aurions des témoins. La publicité comme protection.

Par ici, nous ai-je guidés à travers un conduit de maintenance qui, d'après les archives de construction de ma famille, menait directement au sous-sol de la Tour administrative. Ce n'était pas une fuite — c'était un positionnement stratégique. La Cour d'Hiver pouvait nous suivre, mais elle devrait nous extraire devant l'ensemble du conseil de la faculté.

— Trois minutes, ai-je murmuré tandis que nous avancions dans le passage étroit, sentant nos runes de lien commencer leur familière pulsation d'avertissement. Non pas à cause de la séparation — nous étions serrés l'un contre l'autre dans l'espace confiné — mais à cause du stress magique. La présence du glyphe de neige-limier interférait avec la stabilité de notre lien, créant une angoisse de la séparation artificielle alors même que nous nous touchions.

Il est temps de faire notre entrée, a répondu Rowan via notre connexion mentale, sa magie orageuse s'installant dans une calme détermination qui a ancré mon propre stress magique grandissant.

La session d'urgence de la faculté avait été convoquée dans la salle de gestion de crise de la Tour administrative, non pas dans l'auditorium public où se déroulaient les votes formels, mais dans l'espace de conférence sécurisé où les décisions académiques de vie ou de mort étaient prises sans pression extérieure. Grâce à ma connexion avec l'infrastructure de NPU, je pouvais sentir les signatures magiques des membres de la faculté affluer vers la réunion d'urgence, leur autorité combinée créant des schémas de résonance qui témoignaient d'une résistance institutionnelle plutôt que d'une soumission.

Mais je pouvais aussi sentir les forces de la Cour d'Hiver resserrer le filet autour de notre position avec une précision systématique qui laissait de moins en moins d'issues de secours à chaque minute qui passait.

— Quatre minutes, a dit Rowan à voix haute alors que nous émergions du conduit de maintenance au niveau des fondations de la Tour administrative. Sa magie orageuse réagissait déjà au stress de l'angoisse de la séparation imminente, des motifs de givre commençant à se former sur les murs du couloir malgré son contrôle minutieux.

La session d'urgence était déjà en cours lorsque nous nous sommes glissés dans la salle de gestion de crise par une entrée de service qui se connectait à la construction originelle du bâtiment. Les membres de la faculté s'étaient disposés en formation défensive autour de la zone de discussion centrale, tandis que les représentants de la Cour d'Hiver occupaient des positions qui soulignaient leur autorité à observer et à intervenir, sans tenir compte de l'indépendance académique.

— Nous ne pouvons pas permettre à des forces de l'ordre extérieures de dicter la politique de l'université, disait la professeure Meridian avec une autorité de sylphide du vent qui créait de vifs courants d'air dans toute la salle. — La résolution de placement sous garde était viciée sur le plan de la procédure et compromise sur le plan stratégique.

— La résolution a été obtenue démocratiquement par le biais des protocoles de vote établis de la faculté, a répliqué Lady Silverleaf avec une précision diplomatique qui ne parvenait pas tout à fait à dissimuler sa satisfaction de voir l'indépendance académique s'effriter sous la pression politique. — L'autorité de la Cour d'Hiver pour assurer la sécurité des étudiants prime sur l'autonomie institutionnelle lorsque la sécurité territoriale est en jeu.

— Correction, a rétorqué la professeure Meridian avec une autorité procédurale qui a fait résonner les luminaires en cristal de la salle. — Charte de NPU 3.2.1, les décisions relatives au bien-être des étudiants exigent la présence de la voix des étudiants. Votre résolution est annulable en attente d'un renvoi.

— La sécurité des étudiants, a ajouté la professeure Blitzen avec une énergie électrique qui a fait jaillir de dangereuses étincelles des luminaires en cristal de la salle. — Vous voulez dire une manœuvre politique déguisée en placement sous protection.

À travers notre lien, j'ai senti le mélange de fierté et d'alarme de Rowan en réalisant que le corps professoral de NPU opposait une résistance sérieuse à l'autorité de la Cour d'Hiver, mais aussi que cette résistance était systématiquement minée par des cadres juridiques qui privilégiaient le contrôle territorial à l'autonomie éducative.

— Quatre-vingt-dix secondes, ai-je murmuré, sentant les défenses de la tour s'effondrer plus vite que je ne l'avais prévu.

Montrons-leur ce que nous sommes devenus, a répondu Rowan via notre connexion mentale, sa magie orageuse s'installant dans une calme détermination qui a ancré mon propre stress grandissant.

Nous sommes entrés dans la zone centrale de la salle avec un mouvement synchronisé qui a immédiatement attiré l'attention des membres de la faculté comme des représentants de la Cour d'Hiver. Du givre s'est déployé sous les bottes de Rowan alors que le conseil se tournait, et j'ai senti ma conscience architecturale s'interfacer avec l'infrastructure cristalline de la salle selon des schémas qui témoignaient d'une autorité héritée choisissant les principes éducatifs plutôt que le contrôle territorial.

— M. Blackthorn, Mlle Snowfall, a dit la chancelière North-wind avec une autorité soigneusement neutre, son sourire n'atteignant pas ses yeux, une négociatrice qui avait déjà fait son choix et qui espérait maintenant que ce choix paraissait encore fondé sur des principes. — Les représentants de la Cour d'Hiver ont exprimé leur inquiétude pour votre bien-être suite à votre disparition de l'auditorium.

— Notre bien-être ne concerne pas la Cour d'Hiver, ai-je répondu avec une conscience architecturale puisant dans des siècles de construction magique conçue pour servir la collaboration éducative plutôt que le contrôle politique. — Nous sommes des étudiants de NPU, soumis à l'autorité de l'université plutôt qu'à des revendications territoriales extérieures.

— Vous êtes des sujets dotés de capacités magiques qui affectent l'infrastructure de la Cour d'Hiver dans toute la région nord, a interjeté l'Évaluatrice Architecturale de la Cour avec une précision clinique qui nous réduisait à des problèmes techniques nécessitant des solutions politiques. — Votre disparition représente un risque pour la sécurité qui prime sur les limites administratives académiques.

— Un risque pour la sécurité, a répété Rowan avec une magie hivernale qui a créé des motifs de givre sur les surfaces cristallines de la salle. — Parce que nous refusons de laisser notre partenariat servir des objectifs politiques extérieurs plutôt que nos propres objectifs éducatifs.

— Parce que votre partenariat a démontré des capacités qui exigent une supervision responsable, a répondu Lord Darian avec une autorité familiale qui mettait l'accent sur les liens du sang plutôt que sur l'autonomie individuelle. — Des capacités qui pourraient déstabiliser l'infrastructure magique établie si elles n'étaient pas contrôlées.

Incontrôlées. Le mot nous a frappés tous les deux à travers

notre connexion comme un coup physique. — Pour vous, « incon-trôlées » signifie « qui ne vous appartiennent pas », ai-je dit avec une autorité architecturale tirée d'un savoir hérité. — Pour nous, cela signifie « non militarisées ».

— Deux minutes, a dit Rowan à voix basse, et à travers notre lien, j'ai senti la magie orageuse monter dans sa poitrine alors que l'angoisse de la séparation commençait à affecter sa capacité à maintenir un contrôle minutieux. Je l'ai ancré en posant ma paume contre son sternum, sentant son cœur se stabiliser sous mon contact.

Mais avant que quiconque puisse répondre au dernier ulti-matum de la Cour d'Hiver, quelque chose d'inattendu a commencé à se produire dans l'infrastructure cristalline de la salle.

Des motifs d'aurores ont commencé à se former le long des murs, non pas des démonstrations aléatoires d'énergie magique, mais des constructions de lumière structurées qui ressemblaient étrangement aux formations de protection que les étudiants avaient créées dans le Grand Auditorium. Grâce à ma conscience architecturale, j'ai senti le maillage du campus répondre à notre présence avec une reconnaissance qui allait au-delà de la simple reconnaissance de lignées indi-viduelles.

Les protocoles de construction originaux de Lux et de Niveus s'éveillaient, mais ils étaient recouverts par quelque chose de nouveau, une magie collaborative qui combinait ma connaissance héritée avec le contrôle évolutif de la tempête de Rowan pour créer des schémas protecteurs qui servaient l'indépendance éducative plutôt que l'autorité territoriale.

— Extraordinaire, a soufflé la professeure Meridian, sa magie de sylphide du vent répondant aux formations de protection émergentes avec des courants d'air de soutien qui nourrissaient le travail collaboratif. — L'infrastructure défend l'autonomie académique.

— L'infrastructure répond à des protocoles de reconnaissance de lignée, a corrigé Lady Silverleaf avec une attention aiguë portée aux signatures magiques qui s'interfaçaient avec les systèmes fondamentaux de NPU. — L'héritage Lux et Niveus commande les installations de la Cour d'Hiver, quels que soient les arrangements politiques actuels.

— Le sang ouvre les portes, ai-je répondu avec une conscience architecturale qui puisait dans des siècles de savoir hérité. — Le choix décide de ce qui est construit à l'intérieur.

Mais au moment même où elle parlait, je pouvais sentir à travers ma connexion au maillage du campus que son interprétation était incomplète. L'infrastructure ne se contentait pas de répondre à une autorité héritée, elle reconnaissait le choix conscient d'utiliser cette autorité pour défendre des principes éducatifs plutôt que le contrôle politique.

— Une minute, ai-je dit à voix haute, sentant nos runes de lien commencer à émettre une lueur d'avertissement alors que l'angoisse de la séparation atteignait des niveaux dangereux.

À travers notre lien, j'ai senti que Rowan comprenait que nous devions faire notre déclaration maintenant, avant que le stress magique ne compromette notre capacité à parler avec clarté et conviction.

— Nous nous choisissons l'un l'autre, ai-je dit avec une autorité architecturale qui a porté à travers les dispositifs d'enregistrement cristallins de la salle jusqu'aux comités d'analyse qui examineraient plus tard cette confrontation. — Non pas parce que la magie nous y oblige, non pas parce que la commodité politique l'exige, mais parce qu'un partenariat librement choisi est plus fort que n'importe quel lien imposé par une manipulation extérieure.

— Nous choisissons la collaboration plutôt que le contrôle, a

ajouté Rowan avec une magie orageuse qui a renforcé les formations de protection aurorales qui se propageaient sur les murs de
la salle. — Le développement éducatif plutôt que l'autorité territoriale, l'amour plutôt que le levier politique.

Les mots ont résonné dans la salle de gestion de crise avec
des harmoniques qui ont fait vibrer les luminaires en cristal par
sympathie. Autour de nous, les motifs d'aurores qui s'étaient
formés le long des murs ont pulsé plus vivement, créant des
affichages protecteurs qui témoignaient de la puissance d'un
partenariat conscient défendu par une infrastructure institutionnelle.

Mais plus encore que le spectacle magique, il y avait la
réponse des membres de la faculté qui avaient observé notre
interaction avec une compréhension croissante de ce qui était
réellement en jeu.

— Voix étudiante confirmée, a annoncé la professeure Meridian avec une autorité officielle qui portait le poids de la procédure académique. — Partenariat déclaré volontaire plutôt
qu'obligatoire. Indépendance de l'université maintenue.

— Appuyé, a dit immédiatement la professeure Blitzen, sa
magie électrique renforçant les formations de protection avec des
motifs de foudre qui rendaient les affichages protecteurs plus
forts au lieu de rivaliser avec eux.

Dylan et Lyra ont échangé un regard depuis leurs positions
près du poste de surveillance de la recherche de la salle, puis se
sont avancés avec une magie de partenariat qui a créé des motifs
collaboratifs soutenant notre déclaration.

— La recherche sur la magie de partenariat confirme un lien
émotionnel volontaire sous-jacent à la compatibilité magique, a
dit Lyra avec une précision académique qui a fourni un soutien
scientifique à notre position politique.

— Le partenariat est notre méthode, pas votre mécanisme, a

ajouté Dylan avec la franchise du renard-garou qui tranchait avec le langage diplomatique.

À travers notre lien, j'ai senti la surprise de Rowan devant la rapidité avec laquelle le soutien de la faculté se cristallisait autour de notre déclaration publique. Pas seulement des professeurs individuels défendant l'indépendance académique, mais une résistance institutionnelle s'organisant autour de principes qui transcendaient la commodité politique.

Mais les représentants de la Cour d'Hiver étaient moins impressionnés par le soutien de notre faculté qu'alarmés par les implications d'une infrastructure qui répondait à la magie colla- borative plutôt qu'à l'autorité territoriale.

— Assez, a dit Lord Darian avec une précision glaciale qui a réduit au silence l'élan grandissant de la salle. — L'autorité d'in- tervention de la Cour d'Hiver est activée. La sécurité territoriale prime sur l'indépendance académique lorsque la stabilité régio- nale est menacée.

— La stabilité régionale, a répété la professeure Meridian avec une autorité de sylphide du vent qui a créé de vifs courants d'air dans toute la salle. — Menacée par deux étudiants dont le parte- nariat magique renforce l'infrastructure éducative plutôt qu'il ne la défie.

— Menacée par des capacités magiques qui s'interfacent avec des installations sur tout le territoire de la Cour d'Hiver, a répliqué l'Évaluatrice Architecturale de la Cour avec un détachement clinique qui réduisait notre partenariat à un problème technique nécessitant une solution politique. — Des capacités qui exigent une application contrôlée plutôt qu'un développement autonome.

Pendant qu'elle parlait, j'ai senti un frisson qui n'avait rien à voir avec la température de la salle. Grâce à ma connexion à l'in- frastructure de NPU, j'ai perçu les équipes d'intervention de la

Cour d'Hiver se mettre en position autour de la Tour administrative, non plus comme des observateurs diplomatiques, mais
comme des spécialistes militaires se préparant à une extraction,
sans tenir compte de la résistance de l'université.

Le sceau de neige-limier a hurlé à travers la pierre, doucement, sans relâche, puis les protections de la tour ont répondu par
une note grave que j'ai sentie jusque dans mes os.

— Intervention magique autorisée, a annoncé Lady Silverleaf
avec une satisfaction qui suggérait que la défiance des étudiants
était exactement ce qu'elle avait espéré provoquer. — L'autorité
territoriale prime sur l'autonomie académique lorsque la sécurité
régionale exige une intervention directe.

J'ai senti la magie orageuse de Rowan répondre à la menace
avec une fureur contrôlée qui a trouvé des angles architecturaux
plutôt que de devenir destructrice. Les formations de protection
aurorales qui s'étaient propagées sur les murs de la salle ont pulsé
plus vivement, puisant leur énergie dans nos signatures magiques
synchronisées pour créer des schémas protecteurs qui servaient
l'indépendance éducative plutôt que le contrôle territorial.

Mais à l'extérieur de la salle de gestion de crise, je pouvais
sentir à travers le maillage du campus que l'intervention de la
Cour d'Hiver passait de la pression diplomatique à l'action
directe. Ils ne cherchaient plus notre consentement volontaire,
mais se préparaient à nous extraire sans tenir compte de la résistance institutionnelle ou de notre choix personnel.

— Alors ils découvriront ce que l'infrastructure académique
peut accomplir lorsqu'elle défend des principes plutôt que de
servir la commodité politique, ai-je dit avec une conscience architecturale qui s'est interfacée avec les systèmes fondamentaux de
NPU de manière à préparer tout le campus à une résistance collaborative.

Les surfaces cristallines de la salle ont résonné d'harmoniques qui parlaient de fondations construites pour durer, de partenariats choisis plutôt qu'imposés, et de la compréhension que certaines institutions éducatives valaient la peine d'être défendues contre toute autorité qui tentait de les réduire à des outils politiques.

Quoi que la Cour d'Hiver lance contre nous ensuite, elle n'affronterait pas seulement deux étudiants qui s'étaient choisis, mais une université entière dont l'infrastructure avait été conçue pour protéger la magie collaborative des forces qui cherchaient à la contrôler.

Les fenêtres de la Tour administrative sont devenues noires comme l'hiver alors que des ombres de traîneaux éclipsaient l'aurore. Cent sceaux d'intervention se sont allumés à l'unisson, un filet qui se resserrait. — Les portes, a soufflé Rowan.

Le maillage a répondu : Pas aujourd'hui.

Depuis la cour, un rugissement, le chant de protection des étudiants qui s'élevait, entrelacé du vent de Meridian et de la foudre de Blitzen. NPU ne cachait plus son pouls. Elle marchait au front.

Nous n'affrontions plus cela seuls.

Le campus entier choisissait son camp, et la bataille pour l'avenir de l'éducation magique était sur le point de commencer.

CHAPITRE VINGT-QUATRE
DÉFI

ROWAN

L'attaque de la Cour d'Hiver a eu lieu à l'aube, précise et écrasante.

Pas les pressions diplomatiques ou les manœuvres politiques qui avaient caractérisé leurs précédentes tentatives pour obtenir notre soumission, mais un assaut magique direct, conçu pour nous extraire de la NPU sans tenir compte de la résistance de l'institution ou de notre choix personnel. À travers les barrières de cristal de la Tour administrative, j'ai regardé les traîneaux des forces de l'ordre descendre selon des schémas de formation qui relevaient de la coordination militaire plutôt que de l'intervention académique.

Soixante-treize spécialistes des forces de l'ordre, a transmis la voix mentale d'Ivy, sa conscience architecturale interfacée avec les systèmes de surveillance du campus. Ils disposaient également d'équipement de siège conçu pour briser les protections éducatives.

Nous avions passé la nuit dans la salle de gestion de crise, en maintenant un contact physique pour satisfaire aux exigences de proximité du lien, tandis que les membres du corps professoral organisaient la résistance autour de nous. La professeure Meridian avait coordonné la création d'une magie défensive à plusieurs couches avec Dylan et Lyra, puisant dans les systèmes fondamentaux de la NPU, tandis que le professeur Blitzen avait électrifié les barrières extérieures de la tour avec des motifs de foudre conçus pour décourager un assaut direct.

Mais alors que les forces de la Cour d'Hiver commençaient leur approche systématique de la Tour administrative, il est devenu évident que la magie défensive académique, aussi sophistiquée soit-elle, n'avait pas été conçue pour résister au type d'autorité territoriale qu'ils déployaient.

— L'intégrité structurelle est compromise aux niveaux un à trois, a rapporté la professeure Meridian avec une précision de sylphide du vent, l'alarme perçant malgré tout. Leurs sorts de siège sont spécifiquement conçus pour contrer les formations de protection éducatives.

L'air avait un goût d'ozone et de cristal brûlé. À travers notre lien, je sentais la conscience architecturale d'Ivy se connecter à l'infrastructure de la NPU, fournissant une analyse en temps réel des dommages que les forces de la Cour d'Hiver infligeaient. Il ne s'agissait pas seulement d'un assaut physique contre les barrières cristallines de la tour, mais d'un démantèlement systématique des protections magiques qui avaient défendu l'université pendant des siècles.

Ils n'essaient pas de nous capturer rapidement, a-t-elle réalisé avec une horreur croissante. Ils démontrent que la NPU ne peut protéger personne qui défie l'autorité de la Cour d'Hiver.

— Protocoles d'évacuation activés pour le personnel non essentiel, a annoncé la chancelière Northwind, en les regardant prendre d'assaut son université et anéantir tous les arrangements privés qu'elle avait pu conclure avec les représentants de la Cour d'Hiver. Quels que fussent les calculs politiques qui avaient motivé son vote de conformité, le fait de voir une attaque directe contre l'autonomie de l'enseignement avait apparemment clarifié où se situaient en fin de compte ses loyautés.

Mais alors même que les membres du corps professoral et du personnel administratif commençaient à organiser un retrait des niveaux inférieurs de la tour, quelque chose d'autre se produisait sur le campus de la NPU, témoignant d'une résistance plutôt que d'une retraite.

Les signatures magiques des étudiants s'organisaient en formations collaboratives qui puisaient dans tout ce que notre partenariat leur avait appris sur le pouvoir de choisir de travailler ensemble. Pas une magie défensive aléatoire, mais des réseaux de protection structurés qui s'interfaçaient avec les systèmes fondamentaux de la NPU pour créer des motifs de protection qui dépassaient tout ce que la théorie académique actuelle proposait.

— Marcus coordonne la réponse des étudiants depuis le Grand Auditorium, a rapporté Dylan depuis sa position près du poste de communication de la salle. Ils utilisent des techniques de partenariat pour amplifier les capacités de lancement de sorts individuelles.

Je pouvais sentir le mélange de fierté et de terreur d'Ivy alors qu'elle réalisait que notre relation avait inspiré une innovation magique à l'échelle du campus. Des étudiants qui n'avaient jamais travaillé ensemble auparavant découvraient ce que la conscience collaborative pouvait accomplir lorsqu'elle servait une communauté choisie plutôt qu'une autorité imposée.

— Quatrième niveau percé, a annoncé le professeur Blitzen avec une tension électrique qui a fait jaillir de dangereuses étincelles sur les surfaces cristallines de la salle. L'électricité statique a soulevé mes cheveux ; la poussière de glace nous a piqué les poumons alors que les défenses extérieures de la tour s'effondraient. Ils atteindront le niveau de gestion de crise d'ici quelques minutes.

L'horloge de proximité ne s'est pas arrêtée lorsque nous avons commencé à bouger ; elle a changé. Maintenant, son tic-tac concernait tout le campus.

Il est temps d'arrêter de se cacher, ai-je dit à travers notre connexion mentale, sentant la magie de la tempête monter dans ma poitrine avec une fureur contrôlée qui n'avait rien à voir avec la malédiction des Blackthorn et tout à voir avec la protection de la personne et de l'institution que j'avais choisi de défendre.

Nous nous sommes levés de nos positions défensives derrière les barrières renforcées de la salle et nous nous sommes dirigés vers la zone centrale où les murs cristallins offraient une vue dégagée des équipes d'intervention de la Cour d'Hiver qui montaient à travers les niveaux compromis de la tour. Non pas pour fuir ou nous cacher de la confrontation, mais pour choisir de répondre à l'assaut territorial avec un esprit partagé qui servait des principes éducatifs plutôt que le contrôle politique.

Au moment où nous sommes entrés dans l'espace central de la salle, nos runes de lien ont brillé d'une lumière éclatante qui n'avait rien à voir avec les exigences de proximité et tout à voir avec le choix conscient de défendre ce que nous avions construit ensemble. Grâce à notre connexion améliorée, j'ai senti le moment où nos signatures magiques se sont synchronisées au-delà de tout ce que nous avions atteint auparavant, non seulement une compatibilité ou une collaboration, mais une fusion consciente qui a créé quelque chose de fondamentalement nouveau.

La conscience partagée qui s'est manifestée n'était pas seulement une capacité magique accrue, c'était une unité visible qui faisait apparaître nos pensées combinées comme des aurores boréales sur les surfaces cristallines de la salle. À travers les murs de cristal, à travers les barrières, à travers chaque surface transparente de la Tour administrative, n'importe qui pouvait voir les formations géométriques qui représentaient notre connexion mentale rendue manifeste.

Deux voix parlant comme une seule est apparu en écriture fluide sur les murs de la salle alors que nos pensées devenaient visibles pour tous ceux qui regardaient. Deux noyaux magiques unis par le choix plutôt que par la contrainte.

— Extraordinaire, a soufflé la professeure Meridian, sa magie de sylphide du vent répondant à notre démonstration par des courants d'air de soutien qui alimentaient le travail collaboratif. La conscience partagée rendue visible.

Mais ce n'était pas seulement le spectacle qui a fait s'arrêter les membres du corps professoral et les forces de la Cour d'Hiver dans leurs préparatifs respectifs, c'était le pouvoir. La magie de la tempête et la lumière architecturale s'écoulant ensemble avec une synchronisation parfaite pour créer des motifs défensifs qui puisaient dans des siècles de développement magique, rehaussés par une vérité émotionnelle qui avait été consciemment choisie plutôt qu'imposée par la magie.

La première équipe d'intervention de la Cour d'Hiver a atteint le niveau de gestion de crise avec les armes levées et les sorts d'extraction préparés pour un déploiement immédiat. Mais au moment où ils ont tenté de percer les barrières défensives de la salle, ils ont rencontré une résistance qui dépassait tout ce qui était prévu dans leur planification tactique.

Pas seulement des formations de protection individuelles ou une magie de protection académique, mais la fusion transformant la sorcellerie défensive en art architectural. Ma magie de la tempête a trouvé des angles et des couloirs que les connaissances héritées d'Ivy pouvaient diriger, tandis que ses constructions de lumière fournissaient des cadres structurels qui donnaient à mon pouvoir de givre des applications qui transcendaient la simple destruction.

— Avertissement : cessez toute résistance magique ou faites face à une action coercitive intensifiée, a annoncé le chef des forces de l'ordre avec une autorité qui s'attendait à une obéissance immédiate.

— Contre-avertissement, a répliqué Ivy avec une conscience architecturale puisant dans des siècles de magie éducative conçue pour servir la collaboration plutôt que le contrôle. Cessez votre assaut contre cette institution éducative ou faites face à des conséquences auxquelles vous n'êtes pas préparés.

L'échange aurait pu se poursuivre comme une joute verbale, mais à travers notre connexion renforcée, j'ai senti la conscience croissante d'Ivy de ce qui se passait sur le campus de la NPU. Pas seulement une résistance étudiante dans des poches isolées, mais un travail magique à l'échelle du campus qui puisait dans notre conscience collaborative pour créer des motifs de protection qui englobaient toute l'université.

Ils se connectent à nous, a-t-elle réalisé avec un mélange d'admiration et d'alarme. Les étudiants, les professeurs qui ont choisi la résistance, ils utilisent notre conscience comme modèle pour leur propre magie collaborative.

À travers notre lien, j'ai senti le moment où notre partenariat individuel est devenu le fondement d'une résistance à l'échelle de la communauté. Pas seulement deux personnes se choisissant l'une l'autre, mais une institution éducative entière choisissant la collaboration plutôt que le contrôle, le partenariat plutôt que la domination, la connexion consciente plutôt que l'autorité imposée.

Les aurores boréales qui avaient affiché nos pensées partagées sur les surfaces de la salle ont soudainement explosé vers l'extérieur, se propageant à travers l'infrastructure cristalline de la NPU pour apparaître sur chaque surface transparente du campus. Fenêtres, barrières, cristaux décoratifs, tous montraient les formations géométriques qui représentaient une conscience collaborative choisissant de défendre les principes éducatifs contre l'autorité territoriale.

— Diffusion à l'échelle du campus confirmée, a rapporté l'Évaluatrice Architecturale de la Cour, ses jointures tapotant le cristal dans un calcul rapide alors qu'elle était témoin d'un développement magique qui dépassait la compréhension théorique de la Cour d'Hiver. Je recommande une escalade tactique immédiate pour empêcher une propagation en cascade.

Cascade. Le mot nous a frappés tous les deux à travers notre connexion avec le poids de la peur de la Cour d'Hiver. Ils n'essayaient pas seulement de capturer deux étudiants dont la résistance était devenue gênante, ils essayaient d'empêcher la propagation d'une innovation magique qui pourrait remettre en cause le fondement du contrôle territorial dans toute la région du nord.

— Escalade des forces autorisée, a annoncé Lord Darian avec une précision glaciale qui a réduit au silence l'élan magique croissant de la salle. La sécurité territoriale prime sur le bien-être individuel lorsque la stabilité régionale est menacée.

Le changement tactique a été immédiat et dévastateur. Les forces de la Cour d'Hiver ont cessé de tenter une extraction chirurgicale et ont commencé à déployer une magie de siège conçue pour écraser la fusion par la force brute.

Mais ils avaient mal calculé ce que notre partenariat était devenu.

La première faille de bannissement a sifflé à travers la tour, produisant le genre de son que l'on sent dans ses plombages. Notre toile de bouclier a vacillé, une fissure fine comme un cheveu se propageant en toile d'araignée à travers la barrière principale de la salle. Des éclats de glace m'ont tailladé la joue ; la lumière d'Ivy s'est amincie en fils fins comme des cheveux.

Puis le campus nous a trouvés. Une centaine de petits partenariats se sont enclenchés, l'un après l'autre, comme des étoiles décidant de former une constellation. La faille a fléchi. Leur sort ne nous a pas brisés ; il nous a nourris.

Pas seulement de la résistance ou de la déviation, mais de la transformation. La magie de rupture qui aurait dû briser notre conscience partagée l'a plutôt nourrie, fournissant une énergie que nos noyaux magiques fusionnés ont convertie en quelque chose de beau plutôt que de destructeur.

Synchronisation parfaite est apparu en écriture fluide d'aurore boréale sur chaque surface de la Tour administrative alors que notre conscience collaborative atteignait des niveaux qui dépassaient l'identité magique individuelle. Deux cœurs, un seul rythme. Deux esprits, un but partagé. Deux noyaux magiques, un choix unifié.

Pendant un battement de cœur qui a duré une éternité, nous n'étions plus Rowan et Ivy, nous étions quelque chose de nouveau, quelque chose qui nous appartenait plutôt qu'aux forces qui avaient essayé de le façonner. Son pouce a trouvé mon pouls à travers notre conscience partagée ; mon souffle s'est coupé dans des poumons que nous partagions d'une manière ou d'une autre. Pensées partagées, magie partagée, détermination partagée à protéger le sanctuaire éducatif qui avait permis à notre partenariat de s'épanouir.

Les armes des forces de l'ordre nous ont traversés comme si nous étions faits de lumière aurorale, leurs sorts d'extraction ne trouvant rien de solide à saisir. À travers notre conscience unifiée, nous avons senti leur panique croissante alors qu'ils réalisaient que les tactiques traditionnelles de la Cour d'Hiver étaient inutiles contre un développement magique qui transcendait leur compréhension du fonctionnement de la magie de partenariat.

— Impossible, a soufflé Lady Silverleaf, son sang-froid diplomatique se fissurant sous la pression d'assister à une innovation qui remettait en question tout ce sur quoi reposait l'autorité de la Cour d'Hiver.

— Pas impossible, avons-nous répondu à l'unisson parfait, nos voix s'harmonisant d'une manière qui a fait résonner les surfaces cristallines de la salle d'une vibration sympathique. Inévitable.

Mais alors même que notre conscience collaborative repoussait l'assaut de la Cour d'Hiver, je sentais le coût de ce que nous étions en train de réaliser. Pas un épuisement physique ou une déplétion magique, mais la prise de conscience croissante que nous changions d'une manière irréversible. La fusion qui avait commencé comme une nécessité défensive devenait une transformation permanente, créant quelque chose de beau mais de fondamentalement différent de ce que chacun de nous avait été individuellement.

Nous n'étions plus seulement des partenaires, nous devenions quelque chose de nouveau, quelque chose qui nous appartenait plutôt qu'à quiconque essayant de le contrôler, mais quelque chose qui signifiait abandonner les identités individuelles que nous avions avant le début de notre lien.

— As-tu peur ?

— Terrifié, ai-je répondu avec une honnêteté qui venait du partage non seulement de pensées mais d'une vérité émotionnelle fondamentale. Et reconnaissant. C'est ce que nous choisissons de devenir.

Le moment d'unité parfaite s'est étiré entre nous comme une éternité contenue dans un battement de cœur, puis a commencé à changer alors que les forces de la Cour d'Hiver répondaient à leur échec tactique par quelque chose qui ressemblait plus à du désespoir qu'à une stratégie.

— Protocoles de rupture dimensionnelle autorisés, a annoncé Lord Darian avec une autorité qui laissait présager des conséquences plus graves qu'une simple intervention magique. Si la fusion ne peut être contenue, elle sera isolée.

Rupture dimensionnelle. Grâce à notre compréhension commune, nous avons tous deux reconnu la menace qu'ils se préparaient à déployer. Pas une capture ou une extraction, mais un retrait complet de la réalité magique normale, un bannissement dans un espace dimensionnel où notre conscience partagée ne pourrait pas se connecter à l'infrastructure de la NPU ou inspirer une résistance supplémentaire.

— Non, a dit la chancelière Northwind avec une autorité qui a surpris tout le monde dans la salle. Je retire l'autorisation de la Cour d'Hiver d'opérer sur le terrain de l'université. Vous êtes passés de l'intervention diplomatique à l'assaut contre l'autonomie de l'enseignement.

— L'autorisation de l'université n'est plus pertinente, a répliqué Lady Silverleaf avec une précision glaciale. L'autorité territoriale prime sur l'autonomie académique lorsque la sécurité régionale exige une action directe.

Mais alors même qu'ils préparaient une magie de rupture dimensionnelle qui nous isolerait de tout ce que nous avions choisi de défendre, quelque chose d'autre se produisait dans toute la NPU qui témoignait d'une conscience collaborative s'étendant bien au-delà de notre partenariat individuel.

Sur chaque surface transparente du campus, des aurores boréales montraient les pensées et les intentions de centaines d'étudiants qui avaient choisi de lier leur développement magique à notre modèle collaboratif. Non seulement ils soutenaient notre résistance, mais ils créaient leurs propres partenariats qui puisaient dans tout ce que notre relation avait démontré sur le pouvoir du choix conscient face à l'autorité imposée.

Marcus et Frost est apparu en écriture fluide sur les barrières cristallines de la Tour administrative alors que les partenariats étudiants manifestaient leur propre conscience collaborative. Petal et sa colocataire. Dylan et Lyra étendant leurs recherches à une application pratique.

— Adoption à l'échelle du campus confirmée, a rapporté la professeure Meridian avec une autorité de sylphide du vent empreinte d'exaltation plutôt que d'alarme. La magie du partenariat éducatif se propage par adoption volontaire plutôt que par contrainte magique.

À travers notre conscience unifiée, nous avons senti le moment où le corps étudiant de la NPU a choisi la collaboration plutôt que l'isolement, le partenariat plutôt que la réussite individuelle, la connexion consciente plutôt que la compétition académique. Non pas parce que notre lien leur avait imposé une conscience partagée, mais parce que notre partenariat leur avait montré ce que l'éducation magique pouvait accomplir lorsqu'elle servait une communauté choisie plutôt qu'une autorité extérieure.

— Le confinement a échoué, a annoncé l'Évaluatrice Architecturale de la Cour, ses jointures tapotant le cristal dans un calcul rapide alors qu'elle traitait une analyse tactique plutôt qu'une réponse émotionnelle. La fusion a atteint une propagation institutionnelle.

La Cour d'Hiver avait passé des siècles à empêcher exactement ce type de développement magique, une magie de partenariat qui renforçait les individus plutôt que de les rendre dépendants d'une autorité extérieure, une conscience collaborative qui créait une communauté plutôt que de servir le contrôle territorial.

Et maintenant, une université entière choisissait d'adopter

une innovation magique qui pourrait fondamentalement remettre en question la manière dont l'éducation magique servait les objectifs politiques dans toute la région du nord.

— Déploiement imminent de la rupture dimensionnelle, a annoncé Lord Darian avec une finalité glaciale. Si la conscience collaborative ne peut être contenue, toutes les manifestations seront isolées de la réalité magique standard.

Pas seulement nous, désormais, mais chaque partenariat étudiant qui avait choisi de lier son développement magique aux principes collaboratifs que nous avions démontrés. Des centaines d'étudiants dont le seul crime était d'avoir découvert ce que leur magie pouvait accomplir lorsqu'elle servait une connexion choisie plutôt qu'un isolement imposé.

Nous devons choisir. Les pensées d'Ivy ont traversé notre conscience unifiée avec une clarté qui venait d'une compréhension architecturale de ce que signifierait la rupture dimensionnelle. Accepter l'exil pour protéger tous les autres, ou résister et risquer de mettre tout le monde en danger.

À travers notre conscience partagée, j'ai senti sa volonté de sacrifier notre partenariat pour protéger la communauté qui avait choisi de nous soutenir. Le genre de détermination désintéressée qui m'avait fait tomber amoureux d'elle en premier lieu, maintenant offert comme l'expression ultime de la conscience collaborative que nous avions construite ensemble.

— Non, ai-je répondu avec une magie de la tempête qui trouvait de nouvelles applications à travers la conscience architecturale. Nous avons une troisième option.

Au lieu d'accepter l'isolement ou de sacrifier la communauté, nous avons choisi de transformer ce que l'autorité de la Cour d'Hiver pouvait contrôler. Notre conscience collaborative avait puisé dans les systèmes fondamentaux de la NPU pour créer quelque chose de nouveau, pas seulement un partenariat individuel, mais une innovation institutionnelle qui appartenait à l'université plutôt qu'à des forces politiques externes.

— Autonomie universitaire confirmée par consensus collaboratif, avons-nous annoncé à l'unisson parfait, nos voix se propageant sur le campus à travers chaque surface transparente qui affichait des aurores boréales représentant le choix de la communauté. L'institution éducative choisit l'indépendance par le partenariat plutôt que la soumission par l'isolement.

La déclaration a résonné à travers l'infrastructure cristalline de la NPU avec des harmoniques qui parlaient de fondations construites pour durer, de partenariats choisis plutôt qu'imposés, et de la compréhension que certaines institutions éducatives valaient la peine d'être défendues contre toute autorité qui tentait de les réduire à des outils politiques.

Mais la victoire a eu un coût qui s'est immédiatement manifesté.

— Division du corps professoral confirmée, a rapporté la professeure Meridian avec une précision de sylphide du vent qui ne pouvait masquer son alarme croissante face aux conséquences institutionnelles de notre résistance. Environ quarante pour cent soutiennent l'autorité de la Cour d'Hiver, soixante pour cent soutiennent l'indépendance de l'université.

La NPU elle-même se fracturait sous la pression de choisir entre l'autorité territoriale et l'autonomie éducative. Des membres du corps professoral qui avaient passé des décennies à travailler ensemble découvraient que des désaccords fondamentaux sur le but de l'éducation magique ne pouvaient être surmontés par un compromis diplomatique.

— Je me range aux côtés des intérêts de la Cour d'Hiver, a annoncé la professeure Ember avec la certitude qui avait caractérisé sa position tout au long de la crise. Une éducation magique responsable nécessite une surveillance externe plutôt qu'une autonomie dangereuse.

— Je me range aux côtés de l'indépendance de l'université, a répliqué le professeur Blitzen avec une énergie électrique qui a fait jaillir des étincelles de foudre contenue sur les surfaces cristallines de la salle. Les institutions éducatives servent le développement des étudiants plutôt qu'à la convenance politique.

À travers notre conscience partagée, nous avons senti la fracture institutionnelle s'étendre au-delà des désaccords individuels pour toucher à des questions fondamentales sur ce que l'éducation magique devrait accomplir et qui devrait contrôler sa direction. Notre résistance avait inspiré une collaboration à l'échelle de la communauté, mais elle avait également forcé des choix qui révélaient des différences irréconciliables sur la philosophie de l'éducation.

— Statut de renégat confirmé, a annoncé Lady Silverleaf avec une satisfaction qui témoignait de l'atteinte d'objectifs politiques par des moyens différents de ceux initialement prévus. M. Blackthorn et Mlle Snowfall sont déclarés ennemis de la stabilité territoriale, soumis à un exil permanent de la sphère d'influence de la Cour d'Hiver.

Renégats. L'étiquette qui signifiait que nous ne pourrions jamais retourner à une vie académique normale, jamais poursuivre des carrières nécessitant l'approbation de la Cour d'Hiver, jamais vivre nulle part dans les territoires du nord sans faire face à la menace constante d'une action coercitive renouvelée.

— Ça en valait la peine ? a-t-elle demandé à travers notre conscience partagée.

— Totalement, ai-je répondu avec une magie de la tempête qui avait trouvé son véritable but à travers la conscience architecturale. C'est ce que nous étions censés construire ensemble.

La conscience collaborative qui avait commencé comme une

nécessité défensive s'est installée en quelque chose qui ressemblait à un foyer, pas seulement une compatibilité magique ou une connexion émotionnelle, mais un partenariat choisi qui nous appartenait plutôt qu'aux forces qui avaient essayé de le façonner.

Autour de nous, la NPU continuait de se fracturer sous la pression du choix institutionnel, mais sur chaque surface transparente du campus, des aurores boréales montraient la conscience collaborative que des centaines d'étudiants avaient choisi d'adopter en se basant sur notre exemple.

Nous avions perdu notre place dans la société magique normale, mais nous avions gagné quelque chose de plus précieux, une communauté qui comprenait ce que le partenariat pouvait accomplir lorsqu'il servait une connexion choisie plutôt qu'une autorité extérieure.

La Cour d'Hiver pouvait nous déclarer renégats, mais elle ne pouvait pas annuler l'innovation éducative que nous avions déclenchée ni l'indépendance institutionnelle que nous avions aidé la NPU à atteindre.

Certains partenariats valaient la peine d'être défendus, quel qu'en soit le coût.

Certains amours valaient la peine d'être choisis, même lorsque choisir signifiait l'exil.

La rune de lien sur mon poignet a pulsé d'une lumière stable alors que notre conscience partagée s'installait dans des motifs qui nous appartenaient, plutôt qu'à quiconque essayant de les contrôler, tandis que sur le campus, des centaines d'étudiants découvraient ce que leur magie pouvait accomplir lorsqu'elle servait un partenariat qu'ils avaient choisi pour eux-mêmes.

Loin au sud, les pylônes de balise de Frostbane ont répondu aux aurores boréales, une fois, deux fois, puis se sont éteints.

CHAPITRE VINGT-CINQ
RENÉGATS

IVY

Le silence qui suivait une guerre magique donnait l'impression que le monde retenait son souffle.

La neige tombait à travers les barrières de cristal brisées, là où les sortilèges de siège de la Cour d'Hiver avaient percé les défenses extérieures de l'UPN. Des sceaux endommagés clignotaient et s'éteignaient le long des murs de la Tour administrative, leurs motifs d'aurores se muant en une lueur de braise avant de disparaître complètement. L'air avait un goût d'ozone et de magie consumée, un goût métallique sur la langue qui me faisait mal aux dents.

J'ai essayé de m'écarter de Rowan et j'ai trébuché tandis que ma perception de la profondeur vacillait. Ses yeux voyaient encore à travers les miens, créant une vision double qui faisait bouger la cour enneigée en contrebas comme dans un kaléidoscope. À travers notre lien, j'ai senti sa désorientation faire écho à la mienne alors que nos consciences se séparaient pour redevenir individuelles après des heures de fusion.

— J'ai le vertige, a-t-il dit, et sa voix a résonné étrangement dans ma tête bien qu'il ait parlé à voix haute.

— Synesthésie, ai-je répondu, sentant un goût de menthe d'hiver quand il a fléchi les doigts. Combien de temps avant qu'on soit à nouveau complètement séparés ?

— Dylan a estimé qu'il faudrait entre douze et dix-huit heures pour une dissociation cognitive complète, a dit Lyra, s'approchant avec la démarche prudente de quelqu'un dont le noyau magique avait été poussé au-delà de ses limites habituelles. Les séquelles devraient s'estomper progressivement.

À travers les barrières brisées de la Tour administrative, je pouvais voir des étudiants se déplacer en petits groupes sur le campus, s'occupant de leurs camarades qui en avaient trop fait pendant le lancement de sorts collaboratifs.

Une banderole était suspendue au dôme de cristal de l'Observatoire, Notre campus, notre choix, bien que la magie de siège l'ait presque déchirée en deux, ne laissant que les mots « Notre campus » bien visibles.

Marcus Thornfield a émergé des niveaux inférieurs de la tour avec un parchemin qui portait les sceaux officiels de l'université. Ses accréditations de la Guilde des Gardiens l'avaient apparemment qualifié pour servir de coordinateur juridique d'urgence, documentant les conséquences de la première résistance armée de l'UPN à une autorité extérieure.

— Rapport des victimes, a-t-il annoncé avec une satisfaction sinistre. Dix-sept étudiants traités pour épuisement magique. Trois membres du corps professoral hospitalisés pour surmenage lors du lancement de sorts défensifs. Zéro décès. Il a marqué une pause, balayant du regard les visages rassemblés avec ce qui aurait pu être de la fierté. Les réseaux de protection collaboratifs ont tenu bon.

Zéro décès. À travers nos consciences encore connectées, j'ai senti le soulagement de Rowan faire écho au mien. Nous avions inspiré une innovation magique à l'échelle du campus, mais nous n'avions conduit personne à la mort ou à des blessures permanentes.

En regardant ces mots, j'ai ressenti un écho de notre promesse sur le toit : « ensemble, pour toujours ». Nous avions tenu ce serment, même si cela signifiait nous faire des ennemis de la plus puissante autorité magique des territoires du nord.

— Et les forces de la Cour d'Hiver ? a demandé la professeure Meridian, sa magie des esprits du vent créant des courants d'air qui dissipaient une partie de l'atmosphère âcre d'ozone.

— Retirées au-delà des frontières de l'université, a répondu Marcus. Mais elles maintiennent leurs positions de siège. Elles n'abandonnent pas, elles se regroupent.

Avant que quiconque puisse répondre à cette évaluation inquiétante, la voix de la chancelière Northwind a résonné à travers le campus par le biais de cristaux d'annonce magiquement amplifiés, positionnés sur chaque bâtiment principal.

— Attention à la communauté de l'UPN. À compter de ce matin, l'Université du Pôle Nord déclare son indépendance provisoire de l'autorité territoriale de la Cour d'Hiver. Sa voix ne portait aucune trace du calcul politique qui avait caractérisé ses décisions antérieures. Elle avait voté pour la conformité moins de quarante-huit heures auparavant, mais voir des équipes d'exécution prendre d'assaut son université avait apparemment clarifié que certains compromis n'en valaient pas la peine. Nous fonctionne-rons sous une charte académique d'urgence jusqu'à ce que des structures de gouvernance permanentes puissent être établies.

Indépendance provisoire. L'expression aurait dû sonner comme une victoire. Au lieu de ça, à travers notre conscience partagée, j'ai senti le poids de ce que cette déclaration coûterait : pas seulement l'autonomie institutionnelle, mais la fracture permanente de la communauté académique qui avait été la plus grande force de l'UPN.

— La scission du corps professoral est officielle, a dit Dylan à voix basse, consultant les lectures sur une tablette cristalline qui montrait les signatures magiques sur tout le campus. L'annonce de la chancelière Northwind a déclenché des départs immédiats. Environ quarante pour cent du corps professoral ont soumis des lettres de démission avec effet immédiat.

— Où vont-ils ? ai-je demandé, même si je soupçonnais que je connaissais déjà la réponse.

— À l'Académie administrative de la Cour d'Hiver, a répondu Lyra avec une précision académique qui ne pouvait masquer sa déception. La professeure Ember organise un "Conseil de la Continuité" qui maintiendra les standards d'éducation magique traditionnels sous la supervision de la cour.

Standards d'éducation magique traditionnels. L'euphémisme pour un enseignement qui servait l'autorité politique plutôt que le développement des étudiants, une magie de partenariat qui renforçait le contrôle territorial plutôt que la collaboration individuelle.

À travers notre lien, j'ai ressenti le mélange de tristesse et de détermination de Rowan alors qu'il réalisait que notre résistance avait créé exactement le genre de schisme institutionnel que la Cour d'Hiver avait probablement espéré provoquer. Pas le contrôle direct de l'UPN, mais une fragmentation qui affaiblissait l'indépendance de l'enseignement tout en créant des institutions alternatives au service de leurs objectifs.

Les étudiants commençaient déjà à choisir leur camp. Je pouvais les voir à travers les barrières brisées de la tour, de petits groupes rassemblés autour de différents membres du corps professoral, des signatures magiques s'organisant autour des professeurs qui avaient déclaré leur loyauté soit à l'indépendance de l'université, soit à l'autorité de la Cour d'Hiver. Des amitiés qui avaient duré des années se fracturaient le long de lignes politiques qui n'existaient pas une semaine plus tôt.

— Les étudiants neutres ont jusqu'à demain soir pour déclarer leurs préférences en matière de dortoir et de mentor, a poursuivi Marcus, lisant une documentation qui témoignait de la préparation administrative à la division institutionnelle. Les attributions de logement seront réorganisées en conséquence.

— Ils divisent le campus, ai-je réalisé avec une alarme croissante. Pas seulement le corps professoral, mais les étudiants. L'UPN ne survivra pas à une telle division.

— L'UPN survivra en servant les étudiants qui choisissent l'éducation collaborative plutôt que l'endoctrinement politique, a déclaré la professeure Meridian avec une autorité d'esprit du vent qui créait de subtils courants d'air porteurs de l'odeur des forêts hivernales. Une éducation de qualité ne requiert pas une grande taille institutionnelle, elle requiert un engagement institutionnel envers des principes qui valent la peine d'être défendus.

Mais alors même qu'elle parlait, je pouvais sentir à travers ma conscience architecturale que l'infrastructure du campus réagissait à la division politique avec une instabilité qui allait au-delà d'une simple perturbation magique. Les systèmes fondamentaux que ma famille avait construits pour servir la collaboration éducative se crispaient sous la pression de la fracture communautaire, créant des schémas de résonance qui parlaient de tension plutôt que d'harmonie.

Renégate. Le mot a creusé un vide dans ma poitrine ; j'ai pensé au visage de mes parents s'ils l'entendaient, aux voisins qui m'avaient vue grandir, apprenant que j'étais devenue une ennemie de l'État. Pas seulement un désaccord politique ou une résistance académique, un statut de criminelle qui signifiait que j'avais perdu ma place dans la société magique normale. Plus de visites à la maison pour voir la famille, plus de perspectives de carrière nécessitant l'approbation de la Cour d'Hiver, aucun refuge nulle part dans les territoires du nord.

Nous étions devenus des apatrides, des praticiens de la magie sans protection institutionnelle, des étudiants qui ne pourraient plus jamais entrer dans une salle de classe sans d'abord repérer les sorties.

— Êtes-vous sûrs que ça en vaut la peine ? a demandé Marcus à voix basse, son expression portant le poids de quelqu'un qui regarde ses amis choisir l'exil pour des principes qui pourraient ne pas survivre à la réalité politique. Il y a d'autres moyens de soutenir l'indépendance de l'enseignement qui n'exigent pas un sacrifice permanent.

J'ai regardé la banderole déchirée indiquant « Notre campus », les étudiants soignant leurs camarades blessés, le corps professoral qui avait choisi une indépendance incertaine plutôt qu'une soumission confortable. À travers notre lien, j'ai senti la certitude de Rowan faire écho à la mienne.

— Certaines choses valent la peine d'être défendues quel qu'en soit le coût personnel, ai-je dit avec une conscience architecturale qui puisait dans une compréhension héritée de ce que ma famille avait essayé de protéger pendant dix-huit ans. La collaboration éducative. Le partenariat choisi. Le droit de construire quelque chose de beau au lieu de quelque chose d'utile aux objectifs des autres.

— Ça vaut la peine d'être des hors-la-loi, a ajouté Rowan avec une magie de tempête qui a créé de délicats motifs de givre sur les barrières brisées de la tour.

— Ça vaut tout, ai-je répondu, sentant le poids de cette vérité s'installer entre nous avec une finalité qui relevait d'un choix conscient plutôt que d'une impulsion romantique.

À travers notre conscience partagée, j'ai senti qu'il comprenait que nous venions de nous engager dans quelque chose de plus grand que notre bonheur personnel, que nous avions choisi de devenir ce que la résistance éducative attendait de nous, quel qu'en soit le coût.

— Impossible de quitter le campus en sécurité, a-t-il dit doucement, et à travers notre lien, j'ai senti son calcul du nombre d'étudiants de l'UPN qui pourraient être tentés par le genre de récompenses que la Cour d'Hiver offrait.

— Des protocoles de zone protégée sont disponibles, a proposé Dylan avec un pragmatisme de polymorphe-renard qui suggérait qu'il avait anticipé ce développement. Le complexe de l'Observatoire a des capacités défensives qui pourraient maintenir un sanctuaire indéfiniment.

— Indéfiniment, c'est-à-dire jusqu'à ce que la patience de la Cour d'Hiver s'épuise et qu'elle décide de passer à une escalade au-delà des tactiques de siège, a ajouté Lyra avec une honnêteté académique qui a brisé toute planification optimiste.

J'ai senti une main sur mon épaule et je me suis retournée pour voir la professeure Meridian avec une expression qui portait le poids de décisions difficiles prises pour des raisons de principe.

— Il y a une autre option, a-t-elle dit doucement. Une qui sert les intérêts à long terme de l'UPN mais qui exige un sacrifice personnel de votre part à tous les deux.

À travers notre lien, j'ai senti la méfiance immédiate de Rowan. Les offres qui exigeaient un sacrifice personnel de la part de personnes dont la tête était mise à prix servaient rarement les intérêts de ces personnes, quelle que soit la façon dont elles étaient présentées.

— Un exil temporaire, a poursuivi la professeure Meridian. Quittez le campus jusqu'à ce que la situation politique se stabilise, ce qui permettra à l'UPN de démontrer son indépendance institutionnelle sans la complication d'abriter des fugitifs recherchés.

Exil temporaire. L'expression nous a frappés tous les deux avec le poids d'un abandon déguisé en stratégie. Quitter l'université que nous avions aidée à défendre, la communauté qui avait choisi de nous soutenir, le sanctuaire éducatif qui avait permis à notre partenariat de s'épanouir, tout ça pour la protéger des conséquences que notre présence pourrait entraîner.

— Temporaire, pour combien de temps ? a demandé Rowan avec une magie de tempête qui a créé des motifs de givre sur les barrières brisées de la tour.

— Jusqu'à ce que l'autorité de la Cour d'Hiver trouve d'autres priorités, a répondu la professeure Meridian avec diplomatie. Ou jusqu'à ce que les circonstances politiques changent suffisamment pour permettre votre retour en toute sécurité.

— Des années, donc, ai-je dit avec une conscience architecturale qui me faisait comprendre la lenteur avec laquelle les circonstances politiques changeaient lorsque l'autorité territoriale était impliquée. Peut-être des décennies.

À travers notre conscience partagée, j'ai senti le mélange de détermination protectrice et d'acceptation amère de Rowan. Nous pouvions rester et nous battre, risquant la sécurité de tous ceux qui avaient choisi de nous soutenir. Ou nous pouvions partir, protégeant la communauté au prix de tout ce que nous avions construit ensemble.

Avant que l'un de nous puisse répondre à la proposition de la professeure Meridian, quelque chose a changé dans l'air, piquant ma conscience architecturale d'une sensation familière. Pas la magie des aurores cette fois, mais des protocoles de communication plus anciens, du genre que mes parents m'avaient appris comme des jeux d'enfant, sans jamais m'expliquer qu'il s'agissait en réalité de méthodes de contact d'urgence.

Un murmure qui ressemblait à un souvenir : Concordance du

Solstice compromise. Contre-concordance détectée. Ne faites confiance à aucun canal officiel. Rentre à la maison.

La voix était celle de ma mère, parlant à travers une magie héritée qui contournait complètement la surveillance normale. À travers notre lien, j'ai senti Rowan comprendre que nous venions de recevoir des renseignements familiaux qui allaient bien au-delà d'une simple inquiétude parentale.

— Tes parents ?, a demandé Rowan par notre connexion mentale, et j'ai senti son mélange de protection et de calcul stratégique alors qu'il réalisait qu'on nous offrait des réponses à des questions qui avaient façonné tout notre partenariat.

Avant que je puisse pleinement saisir les implications d'un contact familial, les motifs d'aurores au-dessus de la cour de l'UPN se sont transformés en signaux de détresse d'urgence qui m'ont glacé le sang par leur urgence.

Frostbane compromise, est apparu en écriture fluide sur les barrières restantes de la Tour administrative. Magnus Ironwood et Phoenix Emberwing disparus. Besoin... d'architectes. Coordonnées suivent.

Académie Frostbane. À travers notre lien, j'ai senti la vive attention de Rowan lorsqu'il a reconnu le nom de l'institution sœur de l'UPN, une autre université qui fonctionnait sous la charte de la Cour d'Hiver, servant les étudiants de tous les territoires du sud.

— Frostbane est notre académie sœur, a expliqué Dylan avec une alarme croissante. S'ils envoient des signaux d'urgence en utilisant une magie pré-institutionnelle, quelque chose de catastrophique s'est produit.

Les coordonnées qui ont suivi le message de détresse sont apparues sous forme de formations d'aurores en trois dimensions qui se sont gravées dans ma conscience architecturale avec la précision d'une connaissance héritée. Pas seulement un emplacement géographique, mais des vecteurs magiques qui permettraient de voyager à travers les systèmes fondamentaux plutôt que par les réseaux de transport normaux.

À travers notre lien, j'ai senti le moment où notre choix individuel est devenu quelque chose de plus grand, pas seulement un exil personnel ou une réunion de famille, mais l'acceptation de la responsabilité de défendre les principes de l'éducation partout où ils étaient menacés.

— Plusieurs crises, ai-je dit doucement, sentant l'attraction de trois responsabilités différentes tirailler notre conscience partagée. Frostbane a besoin d'une aide immédiate. Mes parents offrent des informations stratégiques. L'UPN a besoin de prouver que l'indépendance valait le coût.

— Plusieurs opportunités, a corrigé Rowan par notre connexion mentale, sa magie de tempête trouvant des motifs dans le chaos qui parlaient de pensée stratégique plutôt que de pression écrasante. Nous ne choisissons pas l'une plutôt que les autres, nous choisissons l'ordre dans lequel nous les abordons.

J'ai senti sa main trouver la mienne, solide et chaude malgré l'air hivernal qui portait l'odeur de la neige et de la magie consumée. À travers notre lien, j'ai senti sa certitude que quoi que nous choisissions de faire ensuite, nous le choisirions en tant que partenaires qui avaient prouvé que la collaboration pouvait défier n'importe quelle autorité qui tentait de la contrôler.

— Ensemble ? ai-je demandé, faisant écho à la question qui avait soutenu notre relation à travers chaque défi que nous avions affronté, mais maintenant le mot portait un poids qui s'étendait bien au-delà de notre partenariat individuel. Ensemble en tant que partenaires, en tant que représentants de l'indépendance éducative, en tant que personnes qui avaient choisi de défendre des principes qui valaient la peine d'être préservés.

— Pour toujours, a-t-il répondu.

La chancelière Northwind s'est approchée avec une documentation officielle qui portait les sceaux de la charte d'urgence de l'UPN. — Des accréditations diplomatiques provisoires, a-t-elle dit, offrant des étuis à parchemins qui fourniraient une certaine protection lors de voyages entre établissements d'enseignement. L'UPN reconnaît votre autorité pour agir au nom de l'indépendance académique lorsque la coopération institutionnelle est requise.

Accréditations diplomatiques. Pas seulement la permission de partir, mais une désignation officielle en tant que représentants de principes éducatifs dignes d'être défendus. Le genre d'autorité qui pourrait fournir une protection pendant le voyage tout en rendant notre mission claire à quiconque remettrait en question notre présence.

— Marcus organise des recours juridiques, a ajouté Dylan avec un optimisme de polymorphe-renard qui suggérait qu'il croyait que des solutions politiques pourraient encore être possibles. Si l'autorité de la Cour d'Hiver peut être contestée par les canaux appropriés, le statut de renégat pourrait être annulé.

— Et si les recours juridiques échouent ? ai-je demandé.

— Alors les établissements d'enseignement auront besoin de personnes qui comprennent que certains principes valent la peine d'être défendus quel qu'en soit le coût personnel, a répondu la professeure Meridian avec une autorité d'esprit du vent qui créait des courants d'air porteurs de l'odeur de forêts lointaines et d'horizons ouverts.

J'ai senti le moment où notre résolution s'est cristallisée en quelque chose qui n'avait rien à voir avec l'exil et tout à voir avec le choix d'un but qui servait la collaboration plutôt que la commodité politique. Nous n'étions pas forcés de quitter l'UPN, nous choisissions de devenir ce que la résistance éducative avait besoin que nous soyons.

J'ai regardé les étudiants qui se déplaçaient lentement dans la cour, leurs mouvements portant l'épuisement qui venait du surmenage magique et du traumatisme émotionnel. Ils avaient choisi de se battre pour nous, et maintenant ils devraient faire face aux conséquences d'une communauté fracturée et d'un avenir incertain. À travers notre lien, j'ai senti la pensée de Rowan faire écho à la mienne : Nous venons de terminer une guerre, et trois autres nous appellent.

— Quand partons-nous ? a demandé Rowan, et à travers notre lien, j'ai senti qu'il comprenait que nous acceptions plus qu'un voyage à l'Académie Frostbane, nous acceptions la responsabilité de défendre l'indépendance de l'enseignement partout où elle était menacée.

— Demain matin, a répondu la chancelière Northwind. Les arrangements de voyage ont été coordonnés avec des institutions qui soutiennent la coopération académique. Vous ne voyagerez pas entièrement seuls.

Mais alors que nous nous préparions à finaliser les arrangements de départ, les motifs d'aurores au-dessus de l'UPN ont changé une dernière fois en configurations qui ont fait reconnaître à ma conscience architecturale une magie familiale que je n'avais pas sentie depuis l'enfance.

Protocoles d'urgence Lux et Niveus activés, est apparu dans une écriture qui ressemblait à celle de mes parents. Concordance du Solstice compromise. Contre-concordance détectée. Ne faites confiance à aucun canal officiel. Coordonnées cryptées dans les souvenirs d'enfance. Rentre à la maison.

Rentre à la maison. L'expression m'a frappée avec le poids de secrets de famille qui avaient été cachés pendant dix-huit ans, une connaissance architecturale qui allait au-delà d'une capacité héritée pour inclure une résistance active contre les forces politiques qui cherchaient à contrôler l'éducation magique.

À travers notre lien, j'ai senti que Rowan comprenait que nous ne choisissions pas seulement entre l'UPN et l'Académie Frostbane, nous choisissions entre une réponse de crise immédiate et une planification stratégique à long terme qui pourrait remodeler la relation entre l'éducation magique et l'autorité territoriale dans toute la région du nord.

— Plusieurs options, ai-je dit doucement, sentant l'attraction de l'appel parental qui promettait des réponses aux questions que je me posais depuis le début de notre lien.

— Plusieurs responsabilités, a convenu Rowan par notre connexion mentale. Frostbane a besoin d'une aide immédiate. Tes parents offrent des informations stratégiques. L'UPN a besoin de prouver que l'indépendance de l'enseignement peut survivre à la pression politique.

Au-dessus de nous, les motifs d'aurores continuaient d'afficher des signaux d'urgence provenant de multiples sources : détresse institutionnelle, communication familiale, réseaux de résistance politique qui opéraient au-delà de la surveillance de la Cour d'Hiver. Nous étions devenus des symboles de l'indépendance de l'enseignement, mais des symboles qui portaient la responsabilité de protéger des principes qui s'étendaient bien au-delà de notre partenariat individuel.

Nous venions de sauver notre foyer en devenant des hors-la-loi. Au sud, une école était en péril. Au nord, des secrets de famille attendaient. Il a serré ma main dans l'air glacial qui avait un goût d'aventure et de responsabilité à parts égales.

— On part en virée ? ai-je dit, sentant les motifs d'aurores écrire des coordonnées de navigation dans le ciel comme une carte conçue pour des voyageurs qui avaient choisi le but plutôt que la sécurité.

— Allons-y, a-t-il répondu, et l'aurore nous a écrit une

constellation de possibilités qui nous appartenait plutôt qu'à quiconque essayant de dicter nos choix.

Certains partenariats créaient leur propre destin.

Certains amours étaient assez forts pour défendre des institutions entières.

La rune de lien sur mon poignet a pulsé d'une lumière stable alors que nous nous préparions à découvrir ce que la magie collaborative pouvait accomplir lorsqu'elle choisissait de servir la résistance éducative plutôt que le contrôle politique, tandis que derrière nous, l'UPN commençait le difficile travail de prouver que l'indépendance académique valait tout ce qu'il en coûtait pour la défendre.

Fin.

Avez-vous aimé *Malédiction de Noël* ?
N'hésitez pas à laisser un avis sur Goodreads ou votre plateforme préférée. Les avis m'aident à atteindre de nouveaux lecteurs.

Lisez ***Étincelle de Noël***, le prochain livre de la série ***Université du Pôle Nord***.

Avez-vous lu ***Le gardien du Serment*** ?
Cette histoire GRATUITE de l'Université du Pôle Nord se déroule entre Métamorphes de Noël et Gel de Noël

À PROPOS DE L'AUTEURE

Des histoires positives et inspirantes.

Marie-Hélène vit à Sherbrooke, au Québec. Enseignante à la retraite, elle consacre désormais ses journées à l'écriture et à la promotion de ses oeuvres. Elle aime lire, voyager et aller à la plage. Chaque année, elle part un mois en solo vers une nouvelle partie du monde.
www.mhlebeault.com

Suivez-la sur les réseaux sociaux !

facebook.com/mhlebeaultauthor

x.com/mhlebeault

instagram.com/mhlebeault

amazon.com/author/mhlebeault

bookbub.com/authors/marie-helene-lebeault

goodreads.com/mhlebeault

linkedin.com/in/mhlebeault

tiktok.com/@mhlebeaultauthor

AUTRES LIVRES DE L'AUTEURE

La série Evers - Littérature jeunesse fantastique

La clé des ancêtres

L'académie

La marcheuse du temps

Le voyageur des mondes

Magie de sang - Littérature jeunesse fantastique

Mage de sang

Magie de sang

Héritage de sang

Il était une malédiction - Romance fantastique

Une malédiction de neige et de cendres

Une malédiction d'épines et de torpeur

Une malédiction de verre et d'ombres

Une malédiction d'argent et de blessures

Université du Pôle Nord - Romance paranormale

Métamorphes de Noël

Le gardien du serment (GRATIS)

Givre de Noël

Solstice de Noël

Malédiction de Noël

Étincelle de Noël

Félicité Conjugale

Inadaptés du gui

Hors série

Les douze vies de Clare - Réalisme magique

Utopie - Science fiction

Chroniques des cadets interstellaires - Science fiction

Défenseurs du Royaume

Le combat de la flamme sacrée (Gratuit)

Fée grand-mère - Albums jeunesse pour les 3 à 7 ans

Mimi visite l'Antarctique

Mimi visite le Pôle Nord

Mimi visite la Chine

Mimi visite l'Afrique